文春文庫

傍聴者

折原一

文藝春秋

傍聴者◯目次

傍聴者

プロローグ

1――（裁判所にて）

彼女が証言台に立った時、法廷内の空気がさざ波のように揺れた。それから、蜂の羽音のようなざわめきが大きくなっていった。

黒いワンピースに白いカーディガン。胸元を特別に強調するわけでもなく、シックな装《よそお》いだが、人目を引く。被告人は傍聴人という名の百人ほどの観客の視線を意識し、「ひとり舞台」の座長として、堂々と胸を張っていた。法廷内に君臨し、裁判長を始めとするすべての人間の心を掌握《しょうあく》している感があった。

飲まれている。観客のほうが飲まれている。ざわめきがすうっと消え、重苦しい沈黙が法廷内を支配した。

待ちに待った真打ち登場。花音《かのん》劇場の幕開けだ。被告人は弁護人の質問に答える形で事件について語りだす。

――あなたは彼を殺しましたか？

「殺していません」

——練炭《れんたん》コンロを彼の家に持っていったことはありますか？

「いいえ、そうした事実はありません。コンロは彼が持っていたものです」

直接的な証拠はない。すべて状況証拠だけなのだ。だから、否定をつづけていれば、彼女は死刑にはならないだろう。どんなに重くても無期懲役だ。

確信に近い考えを持っていたので、「あいつの思うようにはならない」と独りごちる。

その声が裁判長に届いたらしい。

「被告人は何か言いましたか？」

裁判長はそれに対する返事を待ったが、被告人は黙って前を向いているだけだった。

裁判長は意識的に咳払いをすると、苛立《いらだ》ち気味にデスクを右の人差し指で軽く叩いた。

「被告人は質問されたことにだけ答えてください」

裁判長はきつい言葉で被告人に釘を刺した。「弁護人はつづけてください」

弁護人はうなずいて被告人に目を移す。

——あなたは練炭コンロを使って彼を殺しましたか？

「いいえ」

座長は堂々と胸を張る。

…………

2——（密室にて）

簡単に逃げられるはずだった。窓を開けて、空気を入れ換えさえすれば、状況はすぐに改善できるからだ。

しかし、それができなかった。まずい状況だと認識している。普通ならパニックになっていてもいいのに、体が思うように動かない。彼は横たわったまま考える。体は麻痺《まひ》しているけれど、何か対処法があるはずだ。携帯電話はすぐ近くに置いてある。数時間前に充電したばかりだから、手を伸ばして引き寄せて誰かを呼び出せばいいのだ。誰を呼び出すべきか。彼女はだめだ。あいつを呼び出そう。あいつなら、こっちの言いたいことをすぐに理解し、対処法を教えてくれるか、駆けつけてくれるだろう。

あいつが電話に出たら、こう言うのだ。

「密室状況の中で死につつある」と。

彼は右手を動かそうとしたが、脳の指令通りにならない。それでも、何とか右手を出して、スマホをつかんだ。焦《じ》れったいほどの緩慢《かんまん》な動作でそれを自分の顔の前まで持ってくる。やっとのことで通話画面を開くことができた。電話帳を開く。あいつとは一週間前に新宿で飲んだばかりである。

リストの中の目指す名前を指でタッチして呼び出す。通じているが、なかなか出てくれない。今、何時なんだ。うわっ、午前一時か。普通なら熟睡している時間帯に電話するのは非常識だと思う。でも、今は緊急事態なのだ。

呼び出し音が六回鳴っても、相手は出なかった。留守番設定になったら、何と言ったらいいか。ダイイング・メッセージが留守番電話なんてことになったら最悪。くそっ、だめか。あきらめかけたその時、相手が出た。すごく眠そうな声だった。相手の携帯電話にはこっちの名前が表示されているはずだ。

「ああ、おまえか。こんな時間に何の用だ?」

「助けてくれ」

「え、何? 聞こえないよ」

「密室状況の中で死につつある」

彼は何とかそう言った。

「誰が?」

「僕だよ、僕が」

返ってきたのは不愉快そうな笑い声。

「夜中にそんなくだらない冗談を言うために電話してきたのか」

「密室なんだよ、密室」

さっきより大きな笑い声。それから、別の誰かの声が聞こえた。「誰、こんな時間に?」と不機嫌そうな女の声。

「ああ、知り合いの電話なんだけど、酔っぱらってるみたいだ。すぐ切るから」

「切らないでくれ。頼む」

「あのね、一九三〇年代ならいざ知らず、この二十一世紀の世の中で簡単に密室殺人が起こるはずはないだろう。たまに内側から鍵が掛かっていた密室状況の殺人事件が起こったりするが、その時でも合鍵を持っていた親族や恋人が犯人だったりして、がっかりする例が多い。だから、僕は現代には密室殺人事件はありえないと思ってるよ。……なんてマジレスしちゃった」

皮肉な笑い声。かなり酔っているのかもしれない。

「冗談じゃないんだ。僕は今密室状況の中で死につつある」

「もしかして、これ、ダイイング・メッセージ？」

相手が少し興味を持ったような気がした。「だったら、早く言えよ。ちゃんと聞いてやるから」

相手のからかうような声を聞いた時、彼はかける相手を間違えたと思った。最初から一一〇番通報すればよかったのだ。やはり、頭の回転が鈍《にぶ》くなり、判断力が落ちているのかもしれない。

「犯人は誰なんだ？」

そうだ。最初に犯人の名前を言うべきだった。電話をしている間に、麻痺は彼の全身に及び、口の筋肉さえ動かなくなった。

「おい、早く言えよ」

その時には彼の口から犯人の名前を言うことはできなくなっていた。最初に犯人の名前を言うべきだったと後悔する気持ちしかなかった。ばかみたいだ。

「おい、おまえ、何なんだよ。あのさ……」

意識が途切れるとともに、相手の声と不満そうな女の声も遮断《しゃだん》された。

…………

3——（判決）

被告人席は硬い木の椅子だった。

「被告人はそこに掛けなさい」

冷たく厳しい声が部屋の中に響いた。裁判長は四十歳をちょっとすぎたくらいのはずだ。彼女は怒られないうちに指示された通りにする。硬くてお尻が痛い。両脇に肘《ひじ》かけがついており、体を圧迫するので、すごく窮屈《きゅうくつ》だった。

うなだれて判決を聞く。まるでゲームみたい。わたしは罰ゲームの主人公？

「理由を先に言います」

わたしが悪かったのはわかっている。不注意だった。本当なのだから、こっちには反《はん》駁《ばく》することはできなかった。後悔ばかりが頭の中に渦巻き、裁判長の声が頭の中に入ってこない。

法律の条文を読んでいるような内容は、とてもむずかしく、「理解不能」と声に出して叫びたかった。しかし、それはできなかった。傍聴人の視線は厳しく、もし判決に口を挟もうものなら、ここから引きずりだされて、思いきり殴られてしまいそうな雰囲気だ。実際、そうなってしまうかもしれない。暴力は嫌いだ。

主文より先に理由が言われるのは、罪が重いことを意味している。そんなことは法律書を読むまでもなく知っていた。「死刑」の二文字が頭に浮かぶ。もう覚悟するしかないようだ。涙も出やしない。悲しくもない。悔しいだけだ。

目を閉じると、睡魔が襲ってきた。あの一件以来、ろくに寝ていない。疲労が溜まっているのだ。誰にもわからないよう、膝をつねる。痛い。

「寝ている場合ではないよ。起きなさい」

意識の外から誰かが必死に呼びかけてくる。

それはわかっている。でも……。

「被告人は判決を真面目に聞くように」

裁判長の厳しい叱声《しっせい》が飛ぶ。ほら、見つかってしまった。でも、これで完全に目が覚めた。意識が半ばなくなっている間に、理由は終わりに近づいているようだった。

姿勢を正し、真っ直《す》ぐ前を見据える。

「それでは、判決を言いわたします」

裁判長の視線は、被告人ではなく被害者のほうに向いているようだ。

「被告人は何ら落ち度もない被害者の保護を怠《おこた》り、深刻な怪我を負わせた。このようなきわめて重大かつ非情な行為に及び、生命というかけがえのない価値を軽んじる態度が顕著である。裁判でも弁解に終始するばかりか、被害者を貶《おとし》める発言をするなど、真摯《しんし》な反省や改悛《かいしゅん》の情は見えない。被告人に対しては……」

そこで裁判長は一呼吸おいて、わざとらしく咳払いしたので、肝心なところを聞き落としてしまった。「厳罰をもって臨むしかない。主文、被告人を〇〇に処する」

被告人は立ち上がった。頭の中で〇〇に該当する漢字を考える。二文字か四文字のどっちかだ。そんなことは最初からわかっている。
…………

第一部　花音劇場

1――(追いつめる――境界線上の女)①

池尻淳之介《いけじりじゅんのすけ》

親友の死――。それがなければ、私がこの事件に深入りすることはなかっただろう。彼とは、大学時代、同じ文学サークルの同期で、いつも酒を酌《く》み交《か》わしながら大好きなミステリー論議に花を咲かせたりしていた仲だった。

彼は実家が甲府の大きな造り酒屋で、その次男坊である。大学時代から親からかなりの仕送りを受けて、アルバイトもせず、勉強もろくにせず、ひたすらミステリーを読んでいた。中野区の２ＬＤＫのマンションは親が買い与えたものらしい。本人に聞いたが、否定しなかったので、間違ってはいないのだろう。

就職活動であくせくしている周囲の者たちと違って、彼ははなから就職するつもりはないから、好きな本を読みながらぶらぶらしていた。将来、兄が家業を継ぎ、彼は副社長として兄を補佐するといったことを本人から聞いていたので、私はうらやましい身分だなと半ば羨望《せんぼう》に似た感情を持っていた。彼のマンションには何度も行ったことがあるが、二つの部屋が本に占領され、廊下やリビングルームに至るまで本が積み重なり、足の踏み場もないほどだった。

それから、私の仕事が忙しくなり、彼と会う頻度も減り、疎遠《そえん》になっていった。

私の名前は池尻淳之介。三十二歳、独身。小説家志望のフリーライターである。もともと中堅の文芸出版社の編集者で、忙しい仕事の合間に、小説を書いてあちこちの新人賞に応募したりしていた。しかし、どこも二次予選止まりで、最終候補に入ったことはなかった。

三十歳になり、何年か「籠城《ろうじょう》」できるほどの貯《たくわ》えができたので、本腰を入れて創作に臨もうと思いきって会社を辞めた。楽観的な人間なので、たまにフリーの原稿仕事を入れてやっていけば、そんなに不安はないだろうと思っていた。そして、周囲の心配をよそに、貯えを目減りさせることなく、今のところはうまくやっている。

そんな私が大いに興味をそそられ、命をかけて取材したのが親友の巻きこまれた事件である。取材しながら犯人に迫っていく過程がスリリングで、へたな小説よりおもしろかった。おもしろいというと彼に失礼になるかもしれないが、犯人への復讐記《ふくしゅうき》として完成すれば、彼も草葉の陰で喜んでくれると思っている。

親友よ、おもしろい復讐小説を書くから楽しみにしていてくれ。

さて、そろそろ私の親友の名前を書いてもいいだろう。

等々力《とどろき》謙吾《けんご》――。大学に一浪して入っているので、私より一歳上だ。

ひさしぶりに会ったのは一年前だった。当時、彼は三十二歳。SNSのメッセージで連絡したのは、仕事で必要なある重大な犯罪関係の資料本を彼が持っていると思ったからだ。

「もちろん持ってるさ。こっちに来てくれるなら、見せてやってもいい」

彼は愛書家なので、本は人に貸さないし、人から借りることもない。どうしても読みたければ、彼のマンションで読め。それが彼の昔からのモットーだったのだ。

「甲府まで行かなくてはだめなのか」

「いや、実は今も中野に住んでるんだ」

「そうか、それはよかった」

甲府まで行く手間が省《はぶ》けてほっとした。

「少しもよくないよ。相変わらず本の中に埋もれている。もちろん、独身さ」

そんなわけで、本を見せてもらうために、私が直接等々力のマンションに行くことになったのだ。

ひさしぶりに会った等々力は別人のようだった。学生時代は飄々《ひょうひょう》として俗世間から超越した感じだったが、ひどく貧乏臭くなっていた。

「いやあ、あれから本が増《ふ》えてねえ。収拾《しゅうしゅう》がつかなくなった」

彼は自嘲《じちょう》気味に言う。痩《や》せた顔に不精髭《ぶしょうひげ》がまばらに生えているのが、生活の荒廃ぶりを物語っている。

「東京に来てるなら、連絡してくれてもいいのに」

「いろいろごたごたがあってね。田舎を追われるようにして出てきたんだ。このマンションを引き払わなくて正解だったよ」

彼は暗い顔をして溜息をついた。「親父が急死して、兄貴が会社を継いだんだ」

「おまえも経営陣に加わったんだろう？」

「まあ、もともと興味がなかったし、遺産の分配でもめてね。兄貴の嫁も親父の養子になってたから、会社の経営でいろいろ対立してさ」

要するに、会社のことで対立して彼は要職から下ろされたが、あまりに悔しいので、父親の遺産をとれるだけとって、東京に出てきたのだという。

「おふくろも兄貴の側についたから、もういいやって感じさ」

「でも、いい身分じゃないか。金もあるんだろうし」

「現金が一億近くあるよ」

等々力は大して嬉しそうな顔をせず、淡々と言った。こいつ、あえて貧乏臭くしているのか。

「うわあ、それはうらやましすぎる。僕だったら、仕事を辞めて悠々自適の生活をするな」

私は正直な気持ちを吐露《とろ》した。

「でも、遊んでばかりいられない」

最近はライターの仕事を控えめにして、株のデイトレードにはまっているらしい。

「損を出さず、そこそこ利益を出してる。もうけた金で本を買うって生活かな」

「ろくに運動してないんじゃないか。おまえの顔色、ひどいものだぞ。何か病気してるんじゃないか」

「部屋にこもっているばかりで、食事をする時以外は外に出ない。あとは出前ばかりだから、栄養が偏ってさ」

「おまえの栄養管理をしてくれるような女の人はいないのか」

「ばかだなあ。こんな生活してたら出会いなんかあるわけないだろ。あぶく銭《ぜに》ばかり溜まって、不健康になって、もうほとんどアルコール依存症さ」

その日、私たちは旧交をあたため、大いに酒を飲んだ。昔の思い出話に花が咲き、ひさしぶりに楽しい時間をすごした。

結局、探していた本は等々力の蔵書の中にあり、私は必要なところだけ写真でデータをとった。それから、私たちはたまにメールをやりとりする関係になったのだ。

それが一年前の冬だった。

等々力が結婚するかもしれないと連絡してきたのは、二カ月ほど前だった。

私は彼に結婚を勧めたが、本気で言ったわけではない。学生の頃から、服装に気をつかわなかったし、サークル内にいる女性に関心を持っているのを見たことがなかった。

もちろん、興味がなかったわけではないだろう。少なくとも、私の目の届くところでは女性と付き合っていることはなかったのだ。

資産家の息子であることは学生の頃から知られていたが、交際に金を使うくらいなら本を買うという姿勢を鮮明にしていたので、誰も寄りつかなかったのだろう。

「どういう風の吹きまわしだ」

私は彼のマンションを訪ね、持参した安ウィスキーをグラスに注ぐと、二人で乾杯した。「でも、とにかくおめでとうは言わないとな」

「ありがとう。この歳になって、初めて恋愛に目覚めたよ」

「おまえの口からそんな言葉が出るとはな。おまえの金めあてで近づいてきたんじゃないだろうな」

私の危惧《きぐ》するのはその一点である。女に対する免疫ができていないので、一度色仕掛けで迫られれば容易に落とされてしまうだろう。

「いや、違う。彼女は献身的で家庭的で……」

等々力はうつむいてウフフと笑った。「美人ではないが、ちょっと小柄でぽっちゃり型で、とにかくかわいいんだ」

「気持ち悪いな。相手の年齢は？」

「三十二歳。一つ年下だ」

「身元はちゃんとしてるんだろうな」

「山形県出身で、父親がデザイナーで母親が小学校の教師らしい。妹と弟が一人ずつ。それだけの情報は仕入れた」

「顔を見せてくれ」

断られると思ったら、等々力はスマートフォンを出した。

「ほらよ。かわいいだろう」

画像は暗いところで撮《と》ったのか、不鮮明だったが、ぽっちゃりとした女性であるのはわかる。美人というより……。それが初めて見る「彼女」だった。

「おまえの考えてることは顔に書いてあるからよくわかる」

等々力は私の反応を見て、そう言った。「あばたもえくぼといってね、俺にとってはかわいく見えるんだ。人間、惚《ほ》れてしまうと、相手がよく見えるんだ。本人が写真嫌いだから、こんなものしか撮れてないが、実物はかわいいぞ」

「まるで恋愛経験者の言う台詞《せりふ》だな」

私は半ば呆《あき》れながら言った。

「でも、美人は三日で飽きるというからな。それに性格の悪い美人より、性格がよくて尽《つ》くしてくれる女のほうが絶対いい」

「ふうん、そういうものか。まあ、おまえだって、醜男《ぶおとこ》の部類に入るんだから、お互いさまだな」

我々は笑って、またグラスを合わせた。

「それより、どこで知り合ったんだ。おまえ、このマンションからほとんど出ないんだろう?」

「読書コンさ」

等々力が言うには、ネットでミステリーの資料調べをしている時、たまたまその合コンの存在を知ったのだそうだ。「読書好きの人というくくりで男女が参加するらしいということで、新宿の合コン主催の会社に行ったんだ」

「おまえ、合コンなんて興味がなかっただろう?」

「それまではね。これでも、たまにはライターの仕事もやってるから、取材にもなるかなといった程度の興味だな。年齢の制限が二十代から四十歳までというから、俺が出ても何の問題もない。もちろん、女と付き合う意思はない。面白半分って感じの軽い気持ちだった」

「そういう趣味の女って、どうなの。おたくっぽくない?」

「それは男のほうさ。俺みたいなもてそうもない奴ばっかり。女の人は、まあまともな人が多いよ」

私の呆れ顔を見ながら、等々力は笑った。「動機は不純かもしれないが、そこで運命の出会いがあったわけだからね。人生、何があるかわからない。合コンって、おもしろいぞ。おまえもやってみたらどうだ?」

簡単な仕切りで分けた小部屋に入って男女が五分程度の制限時間内で話し、時間が来たら、次の部屋にという具合に移動し、参加者全員と一通り顔を合わせるのだそうだ。

「彼女の趣味は?」

「俺とぴったり。彼女の他にミステリー好きな女は少なくて、あとはテレビドラマ化されたものの原作を読んだといった程度さ。厳密に言うと、ろくに読んでない者が多い。

男のほうは女目当てのちゃらい奴もまぎれこんでるしな。最後に全員が第三希望までを書いて運営側に提出し、お互いの好みが合えばマッチングするんだ」

　私もそうした合コンに興味がないわけではないが、人数合わせに運営側がサクラをまぎれこませていたり、宗教や物品の勧誘をする者がいたりするなど、悪い面も聞いていたので、ずっと避けていた。そのことを等々力に話すと、彼はにやりとした。

「もちろん、そんな下心を持った奴もいるけど、そんなの一部だし、話していれば、そういう連中かどうかわかる。だまされるのはばかな奴だ」

「おまえもだまされてたりなんかしちゃって」

「運営側は金をとってそういう場を提供してるんだから、変なことはしないさ。そんなことをしたら、悪い評判を流されて、その会社はつぶれるだろうな。今はＳＮＳがあるんだぜ。そういう悪い情報はすぐに広まるんだ」

「その彼女に一度会ってみたいものだな」

「いずれそういう機会をもうけてやるよ。俺の家に来る時は料理を作ってくれるんだ。料理好きで、特にビーフシチューが絶品でね。どうだ、うらやましいだろう。正直言うと、最初はうーんって感じだったんだけど、何回も会ってるうちに惚れてしまった。彼女といると、気持ちがすごく落ち着くんだ。料理もうまいし、読書の趣味も合うし……」

　それが私たちが直接会って話した最後だったのだ。それから、お互いが忙しくなり、たまにメールのやりとりをするだけになった。

　彼女に会っておくべきだった。等々力に無理に時間を作らせて、三人で会うべきだった。ああすればよかった、こうすればよかった。今は後悔ばかりが私を責め苛《さいな》む。

　等々力から結婚すると連絡があったのは、彼の死の一カ月ほど前だった。

　SNSのダイレクト・メッセージにこんなことが書いてあった。

「結婚することになった。今度、彼女と一緒に田舎に帰って母親に報告する」

　一生結婚しないと宣言していた本の虫が、家庭的な妻をもらってうまく生活できるのか。そういう危惧が少しあった。パソコンの画面に向かって、原稿を書いているところだったので、すぐにダイレクト・メッセージを送った。

「結局、あの人と結婚するのか」

「そういうことだ。結婚式はしないから、簡単なメールで報告と思ってね」

「おたくからの卒業、おめでとう」

「いや、これからも本は集めていくつもりだ」

「大丈夫か。彼女、そんなおまえに嫌けがさしてすぐに出ていくんじゃないか」

「縁起でもないことを言うなよ」

「おまえの母親は了承したのか」

「まだ話してない。家は兄貴が継いでるし、会社とは完全に縁が切れてるし、全然問題ないよ。おふくろには事後報告みたいなものだ」

「離婚しないことを祈る（笑）。とりあえず、おめでとう」

「勝手に祈っとけ（笑）」

「了解。おまえがそれで幸せなら、こっちが口を挟むことはないな」

本人が幸せだと思えば、それでいいではないか。私は素直に彼の結婚を喜ぶことにした。

「財産を食いつぶされないように、せいぜい気をつけろよ。明日、雪が降らなければいいけどな」

その日は二月中旬のやけに冷えこむ日だった。私の部屋の窓から見える空には無数の星が瞬《またた》いている。明日は雪ではなく、間違いなく快晴だ。

「ばかやろう。そういう笑えない冗談はやめろ（怒）」

それでメールのやりとりは終わった。最後の（怒）は、等々力なりの冗談の返しだと思って、その時はそれほど不審な気持ちは起こらなかったのだ。

その翌日、雪は少し舞ったが、特に不吉なこととは感じなかった。

結婚式はやらないというので、等々力には何か記念になるようなプレゼントをしたいと私は思った。何がいいかと聞くのも野暮《やぼ》なので、一万円のカタログ・ギフトにした。それなら、新婚の二人が相談して好きなものを選べるはずだ。結婚祝いの相場として一万円は安いと思ったが、披露宴に出るわけではないのだから、そんなものでいいだろう。こっちがそれほど裕福でないことはあいつもわかっているから、文句はないだろう。

等々力が結婚する頃合いを見計らってギフトを送った後、礼のメールは返ってこなかったが、等々力本人から携帯に一度だけ直接電話をもらったことがある。私がすでに寝ている時で、確か午前二時前後だったと思う。ろれつのまわらない声で、「密室がどう」とか、「ダイイング・メッセージがどうした」とか、わけのわからないことをしゃべっているのだ。酔っていると思った。こっちもすごく眠くて、完全に寝ぼけていた。酔っぱらいとほとんど眠っている者との間に会話は成立しない。私はそのまま眠ってしまい、その電話のことは忘れていた。

奇妙な電話があったのは、三月の下旬になり、桜の蕾《つぼみ》が赤くふくらみかけた頃だ。電話は朝の九時すぎにかかってきた。まだ寝ている時だったので、私は目覚ましのメロディーだと思って、時計の目覚まし設定を解除した。だが、メロディーは止まらない。おかしいなと思って起き上がる。それは目覚まし時計ではなく、固定電話の呼び出し音だったのだ。

受話器をはずし、耳にあてると、息せき切ったような女の声が飛びこんできた。声の感じからすると、かなりの年配者のような気がする。私の母と同じくらいの年齢と思うが、声に聞き覚えはなかった。

「突然、お電話して失礼します」

私が名前を言う前に、相手は言った。かなりうろたえた様子だ。「息子が、息子が……、亡くなりました」

「失礼ですが、どちらさまでしょう。間違ってかけてませんか」

「あ、わたくし……。失礼しました」

相手の声が途切れた。しばらく沈黙がつづいたが、相手の荒い息づかいは伝わってくる。間違い電話かいたずらかと思った私が、受話器を下ろそうとするまで約十秒。

「わたくし、等々力謙吾の母でございます」

等々力、母、死んだ……？

三つの単語が脳内でめまぐるしく回転するが、うまく結びつかない。私の頭の中は、うずたかく積まれた本がいっせいに崩落したかのように混乱をきわめた。目がすっかり覚めていた。

「謙吾が自殺しました」

相手の言葉に「えっ」と言ったまま、私は固まってしまい、言葉を発することができなくなった。

「もしもし、聞いてますか？」

声をかけているのは相手のほうだ。

自殺？　そんなばかな。等々力は結婚すると言っていたじゃないか。母親に報告しにいくと言っていたじゃないか。

「もしもし、もしもし……」

ショックのあまり腰の力が抜け、私は受話器を耳に強くあてたまま、その場にしゃがみこんだ。ありえない。そんなことはありえない。

私の沈黙に相手も付き合ってくれたのか、受話器の両側で二人の人間が黙りこんでいた。胸の動悸《どうき》が収まらないが、私はやっと口を開いた。

「どうして、僕の連絡先がわかったんですか？　謙吾君が何か言い残したことでもあるのでしょうか」

その時、等々力からの不審な電話を思い出した。あの時、彼は何か言いたかったのか。いや、あれはただの酔っぱらいの電話だ。

「謙吾の郵便受けにあなたが送ってくださったカタログのギフトがあったんです。息子のお友だちと思って、電話番号があったので、とりあえずお知らせしようと……」

「ああ、それは僕が結婚祝いに送ったものです」

なるほど、その送り状を見て母親は電話をかけてきたのか。

「自殺とはどういうことでしょうか？」

「わたしもよくわからないのです」

「彼が結婚するという話はご存知でしたか？」

「いいえ、聞いておりませんが」

等々力は母親に報告するために田舎に帰ろうとしていた。いきなり実家を訪ねて、母親を驚かせようとしたのか。

それより不思議なのは、母親がなぜ息子が自殺したというのか。

「今、謙吾さんのマンションにおられるんですか？」

「はい、今息子の遺品整理をしているところなんです」

「くわしいことを教えていただけますか」

「わたしも息子がどうして練炭で自殺したのかわからないのです。頭が混乱して……」

「練炭で自殺、ですか？」

信じられなかった。衝撃の大波がまた私に襲いかかる。

「それって、彼が部屋で自殺したのですか？」

「いいえ、車の中です。三月二十日、一酸化炭素中毒で死にました。車の中に練炭があったという状況から、自殺ではないかと警察は判断しています」

これは等々力の母親と直接話したほうがいいと思い、私は急遽《きゅうきょ》等々力のマンションを訪ねることにしたのだ。

2

裁判所の前には、早朝にもかかわらず長い行列ができていた。

五十席ほどの傍聴券を求めるため、午前七時前から傍聴希望者が並んでいるのだ。その数、およそ七百。被告人に興味を持つ者、熱心に傍聴する人たちもいるが、それらは少数派である。ほとんどはマスコミ各社が雇ったアルバイトたちだ。アルバイト要員もさまざまな人間がいる。年齢は二十代から七十代まで幅広い。女性のほうが若干《じゃっかん》多いような気がするが、男女ほとんど同数。見た目も学生風から、中年の主婦風、ホームレス風、暇そうな高齢者まで幅広い。

一月の木枯らしの吹く寒い日だったにもかかわらず、白い息を吐き出す連中のせいで、その場だけはざわざわと騒がしく、異様な熱気に包まれていた。

整理券の交付は八時二十分に締め切られ、その後しばらくして抽選が始まる。抽選倍率はなんと十五倍だという。運よく当たった人、はずれた人、悲喜こもごもの光景がしばらく展開する。アルバイトが当てた券は、マスコミ関係の評論家やライターなどにわたされ、「仕事」を終えたアルバイト要員たちは報酬をもらってその場で解散する。

顔馴染《なじ》み同士で談笑しながら帰る者、コートの襟《えり》を立て一人で帰る者、パチンコ店が開くまで喫茶店で時間つぶしする者、子育ての情報を交換する女たちなど、さまざまである。

ある意味、祭りのような騒ぎが一段落した後、裁判所の前は静けさを取りもどし、主たる舞台は裁判所の中に移っていく。

法廷では、傍聴人をいったん退席させた後、テレビカメラが入って裁判長、裁判官、検察側、弁護側の着席した様子を撮影する。それから、傍聴人が再入場して、裁判が始まるのだ。

一月二十日午前十時、殺人、詐欺、詐欺未遂、窃盗《せっとう》など十一件で起訴された女の初公判が始まった。裁判長が口を開く直前、法廷はしんと静まり返り、緊張感が漲《みなぎ》った。そして、裁判長が軽い咳払いをしてから、おもむろに口を開く。

「それでは、開廷します。被告人は前に出なさい」

被告人がゆっくり立ち上がり、静々と前に進んで、中央にある証言台に立った。裁判長が質問を開始する。

「あなたの名前は？」

「牧村《まきむら》花音です」

数人の男を殺したとは思えないほど落ち着いた、耳に心地よい声だった。男たちはこの声に眩惑《げんわく》され、破滅の道へ進んだのか。

容姿を見たかぎりでは、この女が男たちを手玉にとったことが信じられないだろう。はっきり言って美人ではない。十人並みといったところだろう。

なぜ彼女なのか。なぜ平凡な彼女でなければならなかったのか。なぜ男たちはこの女にころりとだまされてしまったのか。

彼女は身長百五十センチで、それほど高くない。体重は公表されていないが、おそらく五十キロくらいということは何となく想像できる。

細い一重瞼《まぶた》の目。

最初に彼女に注目したのは、事件を報じた女性週刊誌を読んだ女性たちだったのかもしれない。なぜ彼女なの？　なぜ男の人はわたしじゃなくて彼女を選んだの？　彼女の容姿に対して優越感を持つ世の多くの女性たちは、わが身と比べながら彼女を批評する。いわゆる上から目線で、その中には複雑な嫉妬心めいた感情が入っていると思われた。

一方、男たちの視線はちょっと違う。被告人は美人ではないけれど、すごく引かれるものがある。ある意味、被告人のぽっちゃりした体を一回くらいは抱いてみたいとよからぬ思いに駆られたりする。

殺された者の中には、彼女との結婚を考えて、幸福な未来を夢見ながら死んでいった者がいる。一酸化炭素を吸って、苦しまないで昇天する。本人は殺されることを知らないであの世に行くわけだから、ある意味、幸福な一生を送ったと考えられなくもない。だが、残された遺族は別だ。憎んでも憎みきれない女。なんでこんな女にわたしの息子、あるいは兄弟は殺されたのか。

そうした人たちのさまざまな思いが法廷に充満し、彼らは裁判の行方《ゆくえ》を注意深く見守った。初公判の時点で、彼女の年齢は三十三歳だった。

3——(毒っ子倶楽部《クラブ》)

初公判が終わったのは、午後四時すぎだった。

急いで出口に向かうマスコミ関係者。被告人や弁護側、検察側の関係者、裁判長が退廷するのを確認した後、ゆっくり立ち上がるその他の傍聴者たち。

法廷のドアを開けて、外の待合コーナーに出ると、年齢のばらばらな四人の女が、興奮覚めやらぬ顔つきで話をしている。六十から七十歳くらいの男がやはり三人いるが、こちらは静かな声で裁判の感想を話している。

裁判所の係員に急《せ》き立てられるようにして、二つのグループはゆっくり出口へ向かう。女性だけのグループは、地下鉄駅のほうへゆっくりと歩いていく。これから、反省会と称する初めての会合が開かれるのだ。喫茶店でコーヒーを飲みながら、被告人の様子から始まって、裁判の流れを反芻《はんすう》し、それに対して論評を加えることにしている。

　喫茶店の四人掛けのテーブルに着くと、四人の女は互いの顔を探るように見た。

「それでは、ちょっと大げさですけど、毒っ子倶楽部の発足を宣言します。裁判の傍聴を愛好する女性だけの集まりです」

　発起人のスリムな体型の中年女性は、軽く会釈《えしやく》すると、話を始めた。その声から知的で落ち着いた女性であることがわかる。

「今日の裁判の後、このまま帰ってはもったいないと思いました。牧村花音のことを同好の方と語り合いたくて、待合室で話に乗ってきそうな人を勝手に選び、声をかけさせてもらいました。失礼の段、お許しくださいね。『毒っ子倶楽部』というのは、文字通り毒を吐き合うというくらいの軽い意味です。変な名前をつけちゃったけど、いいですか？」

　他の三人はやや警戒気味の視線を交わし合った後、緊張した様子でうなずいた。

「では、発起人のわたしから簡単に自己紹介します。わたしは野間《のま》佳世《かよ》といいます。五十歳、団体職員。年齢と職業は適当に言ってるので、信用しなくてもいいです。みなさんも本名でも仮名でも愛称でもご自由に。年齢詐称も罪に問いません」

　野間佳世はそう言って笑った。「あまり束縛しないゆるやかな集まりを目指しているので、もちろん出席、欠席、退会は自由です。気が向いたら参加ということで気楽に考えてくださいね。それでは、みなさん。今日の裁判を傍聴して、感想を一言ずつ。できれば、自分の愛称も言ってください」

　野間佳世が色の白い若い女性に声をかけると、その彼女は顔をぽっと染めた。

「わたし、たぶんこの中で最年少だと思うんですけど、二十八歳、フリーのイラストレーターです。色白のせいか、子供の時からよく『ミルク』と呼ばれているんです。なので、それを愛称にします」

「ミルク」は華奢《きゃしゃ》な体つきをしている。細いフレームの眼鏡をかけているが、眼鏡をとれば、なかなかの美人と思われる。長い髪を後ろに束《たば》ねていた。

「じゃあ、ミルクちゃん、感想をどうぞ」

仕切り役の野間佳世に言われて、ミルクは軽く息を吸う動作をする。

「わかりました。では、感想を簡単に。被告人はかなり緊張してたと思います。平静を装っていますが、指先が落ち着きなく動いてました。ええと、こんな感じです」

ミルクはノートを取り出し、テーブルの上に載《の》せる。そこには被告人の様子が描かれていた。簡単なデッサンだが、体つきや髪の具合とか、特徴のあるほっぺたや鼻など、被告人の特徴を的確にとらえている。他の連中もそれをのぞきこみ、ふうんと感心したような反応を示す。

「直接的な証拠が全然ないんですよね。すべて状況証拠ってやつですか。でも、かぎりなく臭い。検察側はそこをどうやって突いていくか。今後の裁判に注目です。これからも被告の服装をチェックしていくので、まとまったら、みなさんに見せますね。以上です」

ミルクは、やや上気した顔で締めくくった。「次の方、どうぞ」

ミルクは隣に座る小太りの中年女に視線を移す。その中年女は軽く咳払いしてから口を開いた。

「ええと、わたしはお良《りょう》にしようかな。坂本龍馬《さかもとりょうま》の大ファンなので、その妻の名前を愛称として使います。年齢五十三歳、専業主婦、たまに塾のアルバイト。すでに独立した子供が三人。夫は地方に長期単身赴任中」

お良は額に浮かんだ汗をピンクのハンカチで拭《ぬぐ》いながら言った。「わたし、被告人と年齢は違うけど、若い時のわたしをちょっと思い出すくらい体型が似てます。だから、花音につい感情移入しちゃうんですね。彼女は限りなく臭いけど、裁判でいろいろ見せてもらいたいと思います」

「今日の感想はそれだけ？」と野間佳世。

「実を言うと、今日は冒頭陳述が長かったから、ちょっと退屈でついうとうとしちゃったの」

お良は正直に本音を漏らして苦笑する。「あと、午前と午後で被告人の服装が違ってるのがおもしろかったわ。被告人は傍聴人の目をすごく意識してる感じ。隣の女看守にも傍聴人に見られているのを意識して話しかけてたし……。自意識過剰って感じかしら。わたしはそんじょそこらのつまらない被告人じゃないってアピールしてるところが痛いっていうか。そんな虚勢がキモかわいかったね。でも、わたしはそんな彼女を応援するつもりです。以上」

「じゃあ、次はあなた」

野間佳世は三十歳前後のショートカットの女性に声をかけた。目が大きく、知的な風《ふう》貌《ぼう》。魅力はあるが、男性を寄せつけないタイプのようだ。

「わたしは、そうですね、自分で言うのもなんですが、わたしも色白だから、リリーとでも呼んでください。在宅でライターをやっています。趣味は裁判の傍聴。裁判では傍聴しながら速記もしてるんです」

リリーは開いたノートをテーブルの上に載せた。ミミズがのたくったような記号がノート全面に書かれており、たとえ盗み読みできたとしても、意味がわからない。それを承知でノートを開いているのだろう。

「法廷では録音できないから、これを家に帰ってから清書します。わたしもお良さんと同じで、花音の俗物ぶりが見ていておもしろかった。男はなんであの女にひっかかったのか。女の目から見て、そのあたりのことを注意深く見守っていきたいと思います」

「ありがとう、みなさん」

野間佳世が最後に礼を言った。「一通りみんなの意見を聞かせてもらって、わたしもほぼ同意見かしら」

「え、主催者なのに感想はそれだけですか？」とリリー。

「付け加えることはないといった意味です。今日は顔合わせ的な集まりだし、今後のことを話し合いましょう。これだけ人気が出ちゃったら、抽選に当たる確率が低くなるし、全員が毎回出られるとはかぎらないから、それぞれの情報を出し合って、補完し合うというのがいいわよね。裁判記録、スケッチとか、プロフェッショナルがいるんだから、いずれ本を出すってことを視野に入れておいてほしいの」

「えっ、本にするんですか？」とミルク。

「そう、せっかくこうして好きな同士が集まってるんだから、裁判の記録を残すのもいいんじゃないかしら」

「いいわね。わたし、大賛成」

お良はおしぼりで汗を拭きながら、大きくうなずいた。「で、まとめ役は発起人の野間さんになるのかしら？」

「はい、みなさんの異議がないようなら、わたしがやらせてもらいます」

野間佳世はやや神妙な顔でうなずいた。「裁判の記録と感想、それから被告人の生い立《お》ちまで遡《さかのぼ》って書いていくと、相当厚みのあるものができあがると思うの。せっかくライターのリリーさんがいるんだから、資料作りは彼女に中心になってやってもらったらどうでしょう。無理しない程度にね。どう、リリーさん？」

「わかりました。できる範囲で頑張らせてもらいます」

リリーが言うと、お良とミルクも同意するようにうなずいた。

その時、野間佳世がバッグの中に手を突っこむ。

「それから、こっちにはアンチョコみたいな資料があるから、それを基礎にすれば、まとめるのはそんなにむずかしくないと思うのね」

「アンチョコ？」

お良が不審そうな顔をして聞いた。「アンチョコって、具体的に何かしら」

野間佳世はバッグの中から一冊の本を取り出した。それは本というより、報告書を簡単に綴《と》じたような冊子だった。予算が足りなくて安く仕上げた自費出版といった感じだ。

野間佳世は本のタイトルをみんなに見えるように掲げる。タイトルは『追いつめる――境界線上の女』。作者は池尻淳之介。

「そんなものがあったんですか？」

ミルクが血の気が失《う》せた顔で喘《あえ》ぐように言った。「それ、どうしたんですか？」

野間佳世の説明によれば、池尻淳之介は新人の作家らしい。小説家を目指しているが、週刊誌などに犯罪のルポに比重を置くノンフィクションを発表している。出している本はまだない。ノンフィクション本は売れないので、インパクトのある重大事件でないかぎり、出版社は本を出すことに難色を示す。大きな事件であっても、競合する作品があったりすると、そんなに売れ行きは期待できなかったりする。出版界の不況は小説だけではない。ノンフィクションはさらに深刻だった。

「彼の知り合いが何人かに寄付を募《つの》って、お金を集めたのよ。百万円ほどしか集まらなかったから、こんな安っぽい本になったのね」

「それにしても、その原稿、どこにあったのかしら。すごく意外なんだけど」

お良はやや青ざめた顔で言った。「で、肝心の内容は？」

「迫真的で、とてもおもしろい」

野間佳世は自信満々だ。「被告人に対する疑惑から、その本人に迫っていく内容。ノンフィクション作家がやってるんだから、取材は丹念だし、被告人の生い立ちに遡って現地に行って調べてるし、本人に直接インタビューまでしてるから、真に迫ったすばらしい内容よ。どこかに売りこみたいくらい。サプライズ・エンディングもあるから、サスペンス小説としても読める」

「どのくらい刷ったの？」

「予算の関係で限定百部」

「わあ、超貴重」

お良は野間佳世に手を差し出した。「それ、わたしにも貸してくださらない？」

「まだだめです」

野間佳世は本をさっと引っこめる。「実を言うと、刷るのはこれからなの」

「え、どういうこと？」

お良は首を傾《かし》げる。野間佳世は本をみんなに見えるようにぱらぱらとめくった。中身は真っ白だった。

「実はイメージをつかむために表紙だけ刷ってあるの。彼の原稿はすでにできてるんだけど、刷りだしはまだという状態」

「その原稿はあなたが持ってるの？」とお良。

「いいえ、リリーちゃんが持ってる」

野間佳世がリリーを指差すと、リリーは傍《かたわ》らのバッグからノートパソコンを取り出した。

「原稿はここに入っています」

リリーはパソコンの電源を入れると、画面を三人に見せた。「わたしが彼の原稿をもとにして、そこに裁判の傍聴の記録を差しこんでいけば、内輪ネタとしてはかなりおもしろくなると思うんです。傍聴してからみなさんの意見も聞いて、それらをまとめたものをその都度プリントアウトしてみなさんにわたす。そういう段取りを考えてるんですけど、どうでしょう?」

「ミステリーはいきなり最後を見たらおもしろさが半減するどころか、全部なくなっちゃうから。少しずつ楽しんだほうがいいと思うのね」

野間佳世がそう付け加えた。「実を言うと、わたしとリリーちゃんは知り合いなの。でも、二人だけで感想を言い合うより、仲間をもっと増やしたほうがいいと思って、あなたたちを誘ったってわけ」

お良はやや不満そうだったが、

「了解。裁判を毎回傍聴して、倶楽部のほうにも顔を出さないと続きは見られないってことね。欲求不満がたまるかも」

と言った。「すでに結末はわかってるんだし、犯人は捕まっているんだから、早く教えてほしいものね」

すると、リリーがパソコンの画面を切り換えながら言った。

「今日は特別に目次だけは見せてあげますよ」

ミルクは画面をのぞきこむと、興奮で目をきらきら輝かせた。

「目次はすごくおもしろそうですね。『第一部　花音劇場』。うわあ、ぞくぞくする」

「でも、池尻さん側の了承はもらってるのかしら」とお良。

「もちろん、池尻さんはＯＫしているので、安心してください」

とリリーが言う。

「そんなわけで、みなさん」

野間佳世が軽く手を叩き、改まった顔で言った。「淳之介君の書いたものをわたしたち毒っ子倶楽部のテキストにして、公判の都度、プリントアウトしたものをリリーちゃんからみなさんにわたします。それで傍聴がより楽しくなると思うんですけど、いかがでしょう」

「了解。異議なし」とお良。

「わたしもそれでかまいません」

ミルクも応じた。

「じゃあ、みなさん、納得したところでわが毒っ子倶楽部の第一回ミーティングはこれにて終了です。電話はもちろん、メールやＳＮＳを使うと後々面倒なことになるので、連絡先は交換せず、公判の後、出られる人だけがこの喫茶店に集まることにしましょう。もう一度言いますけど、退会は自由、会合は毎回出なくてもかまいません。テキストはとっておくので、安心して休めますよ」

毒っ子倶楽部の第一回の会合は、初対面にありがちの少しばかりのぎこちなさを残して終わったのである。

4――（追いつめる――境界線上の女）②

池尻淳之介

私が等々力謙吾の母親に会ったのは、彼女から電話があった翌日である。

電話の後、親友の死の衝撃で気持ちの整理ができず、自室で一人酒を飲んだ。いくら飲んでも酔えなかった。大学のサークルの連中には、等々力の母親からくわしい事情を聞いてから伝えようと思っていたので、情報を共有できる相手がおらず、悶々《もんもん》とするばかりだった。

ほとんど眠れないまま夜明けを迎え、しばらく休んでいた朝のジョギングに出た。涙が止めどなく流れたが、かまわずに走りつづける。いつものコースは二キロほどだが、その日は五キロ走った。息が苦しくても足は止まらない。等々力は最後はどうだったのだろう。一酸化炭素は苦しまずに死ねるというが、本当のところはどうなんだろう。

豊島区の独り住まいのマンションにもどり、熱いシャワーを浴びた時、不意に吐き気が襲ってきた。まだ酔いが醒めていなかったのだ。駆けたことで、鎮静しかけていた酔いが全身にまためぐりだしていた。

便器に吐いたが、酸っぱい胃液しか出なかった。それでも、吐き気は収まらない。涙が出たのは吐いた後の生理現象とばかりはいいきれず、便器を抱えるようにしてしばらくそのままじっとしていると、ようやく吐き気が収まった。

キッチンに行って、湯をわかす。椅子の背に体を預けて、インスタントのブラックコーヒーを少しずつ飲みながら目を閉じていた。全身に重い疲労はあるが、眠気はない。大丈夫だ。これで出かけられる。

等々力謙吾の母親との約束の時間は三月二十六日の午後一時。彼のマンションに直接来てほしいとのことだった。ＪＲの中野駅北口を出て、線路に沿って新宿方面に歩く。もちろん、食事はしていない。食欲がわかないし、無理に食べてももどすのはわかりきっていたからだ。

料理専門学校のある通りをさらに東へ行くと、入り組んだ細い道がある迷路のような住宅街になる。等々力のマンションには何度か行っているが、いつも彼と中野駅で待ち合わせて行ったので迷うことはなかった。しかし、今日は初めて一人で行くので、案の定、歩いているうちに道に迷ってしまった。

住所はわかっているし、スマホの地図画面を見ながら歩いているのに、彼のマンションだけ時空間からすっぽりと抜け落ちたようになっているのだ。住所の位置を示す矢印も自信なさそうに一か所から動かない。目的地は近いということなのだろう。

そんな時に不思議な空間に出た。住宅地の中に地上げされたような空き地。駐車場に利用されるでもなく、ただ放置されているような感じだった。

正面に青いロープが張りわたされ、その中央に「私有地につき立入禁止」という札が付いていた。「無断で駐車した場合は通報します」と脅《おど》しにもとれる文言《もんごん》が目立つように赤く書かれている。

ここは見たことがない場所だった。近くでバスのような大型車の走行音がするので、大通りは近いと見て、音のするほうに向かっている時、不意に見慣れたマンションが眼前に現れた。そこが等々力の住んでいたところだった。いつも夜に来ていたので、迷うのも無理はないが、もし次に来る機会があった場合、ここに来られる自信はなかった。

マンションは六階建ての比較的小さな建物で、建てられて三十年以上はたっているだろう。早急に外壁などの修復が必要に見える。

等々力の話では、一階が大家が経営するこぢんまりとした居酒屋で、二階から六階が居住空間、最上階に大家の家族が住んでいるという。

オートロックもなく、訪問者は居酒屋横の入口から入る。エレベーターは一基、二階に住む等々力は通常は階段を昇り降りしていた。

階段で二階に上がると、部屋が五つ並んでおり、その一番奥が等々力の部屋だった。通路を歩き、205号室の前に立つ。換気扇がまわっており、やや埃《ほこり》と黴《かび》が混じったようなにおいが通路に流れている。大量の古い本が発するにおいだ。

表札にはへたくそな字で「轟《とどろき》（等々力）」とある。轟三郎《さぶろう》は等々力が同人誌などでペンネームとして使っていたものだ。古びたチャイムのボタンは、薄茶色に変色し、やや曲がっている。

チャイムのボタンを押すと、いきなりドアが開いたので、私はとっさに後ろに飛び退《の》いた。私の顔すれすれにドアが通過する。どいていなければ、もろに顔にあたっていたかもしれない。

「お待ちしていました」

五十代後半くらいの小柄で痩せた女性だった。まるで私が来るのをドアの内側でずっと待っていたかのようだった。いや、そうとしか思えない。

「池尻淳之介です」

「等々力克代《かつよ》です」

彼女はそう言って泣き腫《は》らしたあとのある神経質そうな目で、私の全身をなめまわすように見た。額から鼻にかけて、等々力の面影が見てとれた。

「今回の件、驚きました。ご愁傷《しゅうしょう》さまです」

彼女は頭を下げた私の腕をつかんだ。まるで獲物のネズミが飛んできた鷲《わし》の爪に引っかけられたような気がした。

「さあ、中に入ってちょうだい」

部屋の中は混沌《こんとん》としていた。等々力が生きていた頃よりさらに雑然としていて、まるでごみ屋敷だ。等々力がいた時は、混沌の中にもそれなりに秩序があって、そんなにうるさくは感じなかった。

「部屋を整理してたら、収拾がつかなくなって、もうどうしたらいいのかわからなくなって……」

そう言った後、等々力の母親は顔を両手で覆い、泣き始めた。「まだ心の整理が全然つかないの。今でも、あの子が本の山の中から出てきそうな気がして」

「その点は僕も同じです。彼が亡くなったことが今でも信じられません」

母親の悲しみが私にも伝わってきて、せつない気分になった。

「亡くなったのは三月二十日なんですね」

「そう、三月二十日。発見されたのは二十二日の朝」

「自殺は確定なんですか？」

「警察はそう見ている。練炭自殺よ」

「練炭って、ちょっと考えられない気がするんですが。実際、等々力君の死に方として、もっともありえないというか……」

推理小説ファンの練炭自殺。小説の中ではあるかもしれないけれど、ファンが実際にその方法で死ぬなんてあまり考えられない。「もし自殺だったら、絶対何か残しているはずなんです。書き置きとかなかったんですか？」

「見つからなかったわ。警察がパソコンの中を調べたんだけど、それらしきものは見つからなかったって」

「僕には、彼が死にたいと思うほど悩んでいたとは思えないのですが、お母さんは心あたりはないのでしょうか？」

「あの子は父親が亡くなってから、ほとんど家に帰らなかったから、わたしは何も知らないの」

「僕には、もうすぐ結婚するって言ってたので、お祝いにカタログ・ギフトを送ったんです」

「ああ、あれのことね。あなた、謙吾の相手の人には会ったの？」

「いいえ。話を聞いただけです。この前のメールで、今度彼女と実家に行ってお母さんに報告すると書いてました」

「わたしは全然聞いてなかったの」

彼女は大きな吐《と》息《いき》をつく。「その時はどうだったの？　あの子、嬉しそうにしてたかしら？」

「ええ、とても嬉しそうでした。前は結婚なんて一生しないなんて言ってましたからね。僕も等々力君が結婚するなんて、想像もできませんでした」

「それなのに自殺？」

等々力の母親はわけがわからないといった様子で首を傾げる。

「僕もそう思います」

「相手の人はどういう人だったのか、聞かなかった？」

彼女のほうが一方的に聞いて、私が答える形になったが、混乱する私の頭を整理するためには、かえって都合がよかった。

「合コンで知り合ったそうです。同じ読書の趣味が合って、話がはずんだようなことは聞いています。料理好きの人で、ここで彼女の手作りの料理を食べたとか聞いてます」

「それなのに、あなたは会ったことはないのね？」

「写真を見せてもらったんですが、暗くてあまりはっきり写っていませんでした。そのうちに食事に呼ぶという話があって、その機会が訪れないうちに……」

「その女性とどうやったら、連絡がとれるかしら？」

彼女はすがるような目で私を見る。「あの子が最後に会ったのがその人だったら、いろいろ知ってるだろうから」

「警察は何と言ってましたか？」

「警察は現場の状況を見て、事件に巻きこまれたということはないだろうって」

「例えば結婚が急に破談になって、それで気を落として発作的にとか？」

警察の考え方に同調するような言い方になって、私は口にしたことを後悔した。

「やめてちょうだい」

母親は顔を歪《ゆが》めて両耳を手でふさいだ。

「すみません。そんなつもりで言ったわけじゃないんですが」

別れ話が出て失意のうちに自殺というのは、動機としてありえないことではないと思った。ただ練炭自殺というのが引っかかるのだ。私は慌てて話題を変えた。

「等々力君が自殺したのはどこなんですか？」

「この近くの空き地。あの子はレンタカーの中で一人で死んでいたの。レンタカーは中野駅近くの店で亡くなる前日に借りていたのね」

「空き地？」

私はさっき偶然通りかかった空き地を思い出した。

「駐車禁止の空き地で車がずっと停まっているのを見て、近所の人が不審に思って車をのぞきこんだら、あの子が運転席でぐったりしてたんだって」

「まさか、青いロープが張ってあるところじゃないですよね？」

「そうよ。すぐそこにあるの」

レンタカー、練炭……。暖《だん》をとるにしても、今はもうすぐ桜が咲く季節である。朝晩は冷えるにしても、かなり違和感がある。

「バーベキューなんかをやるような準備はしてありましたか？」

「いいえ、何もなかった。ただ、大きめのバッグがあって、下着とかシャツが数日分入ってたわ。あとは練炭のコンロがあったの」

おそらくレンタカーで実家に向かおうとしていたのだろう。その後に突発的なことが起きたので、練炭を買ってきて、衝動的に死んだのか。

その時、私は真夜中すぎにかかってきた等々力謙吾からの電話を思い出した。舌がもつれたような声で「密室がどう」とか、「ダイイング・メッセージがどうした」と言っていたような気がするが、私のほうも寝ぼけていたので、はっきりした記憶がないのだ。あれは三月の何日頃だったのか。密室とレンタカー。その関連がわからない。

そこでちょっと確かめてみた。

「等々力君が乗っていたレンタカーなんですが、鍵は掛かっていましたか？」

「鍵？」

彼女は怪訝《けげん》そうな顔をする。

「発見された時、車はロックされていたかどうか知りたいんです」

「たぶん掛かってなかったはず。発見者はドアをそのまま開けたというから」

「なるほど」

レンタカーは「密室」状態ではない。ということは、等々力は何か本を読んで、私に感想を求めただけなのか。念のために私のスマホの通話記録を調べてみたが、履歴はすでに消去してあった。くそっ。

「何か気づいたの？」

「あ、いや。こっちの勘違いだったようです」

等々力の母親は、途方に暮れたように天井を仰ぎ、大きな溜息をついた。

「この部屋いっぱいの本、どうしたらいいのかしら？」

「確かに、専門的に扱う古本屋とかに整理してもらわないといけませんね」

「あなた、無理を承知で言うけど、この本を整理してもらえないかしら。便利屋に頼んで処分するより、本の価値を知っている人に任せたほうがいいと思うの。わたしにはどうしようもないわ」

「わかりました」

私のマンションにはこれだけの本を収納するスペースはないが、同好の者を呼んで手分けして片づければ、きれいになるだろう。

「僕は等々力君の自殺が信じられないんです。自殺でないにしても、何が彼を死に追いやったのか、その原因を調べたいと思っています」

「わたしも同じ気持ちよ。わたし、あの子が殺されたんじゃないかと思ってるの」

母親の顔が、それまでの悲しみにうちひしがれていたものから決然とした顔になった。

「なぜなら……」

そう言って、彼女は口を閉ざす。

「なぜなら？」

私は復唱するように聞き返した。

「現金がほとんど残ってないの。父親の遺産をあの子はかなりもらったのよ。それなのに、預金通帳にお金がないなんて、どういうこと？」

「その点を警察は何と言ってますか？」

「投資か何かで大損して、それで悲観したんじゃないかって。どんな怪しい事実が出ても、警察はかたくなにあの子が自殺したと考えるの」

「確かに彼は株のデイトレードをしていたと聞いたことがあります。それで……」

大損をしたことで結婚が破談になり、それが自殺の引き金になったのかもしれないと口に出かかったが、母親の悲しそうな顔を見て、言うのを思い止《とど》まった。

「お金がないことが自殺の引き金になったという感じですかねえ」

「銀行の口座を調べたんだけど、最近証券会社に振りこんだ記録はなかったの。ただまとまったお金を謙吾本人が引き出したようなのね。その辺の事情をあなたに調べてほしいの。あなた、お仕事は何？」

「一応作家です。たまに頼まれてノンフィクションなんかもやってますが」

「だったら、ちょうどよかった。今回の件、調べてくれないかしら」

彼女は私の顔をのぞきこむように見た。「わたしもいつまでも悲しんではいられない。

あの子の無念を晴らすために何かやらなくちゃいけない気分なの。あなた、とても有能そうだし、この際、探偵を頼むよりいいかなと思って」

「僕がこの件を調べる？」

「そうよ。一日あたり一万円でどう？　少ないようだったら、もう少し出せるわ」

「これが殺人事件なら、僕が犯人という可能性もあるんですよ。僕を信用していいんですか？」

「わたしには他に頼れる人がいないのよ。お願い」

急な依頼なので、私は返答に窮した。今のところ、ある事件ネタで長いものを構想中というだけで、締め切りのある仕事はない。月刊誌に短いものを書く予定はあるが、締め切りは大分先になる。

「もちろん、取材費は別よ。取材にかかる交通費、食費、資料代は別途請求してくれればいい。それから、成果報酬として、犯人を追いつめたら、それなりのお金は出すわ。なんかだんだん腹が立ってきた。犯人をこのまま野放しにはできないわ。絶対復讐する」

彼女の激しい怒りに私は圧倒された。「もし成功したら、あなたは一冊の本を書けるかもしれない。それを出版社に売りこむのも手だと思うんだけど」

いまだ一冊の本も出していない身としては、「本ができる」という彼女の言葉がすごく魅力的に聞こえた。やってみろよという内なる声も私の気持ちの後押しをした。

「わかりました。やりましょう」

「よかった。わたしにできることなら、何でもお手伝いするから」

彼女の顔が輝いた。

「事件性がないとわかったらやめますが、それでもよろしいですか。自殺ということが明らかになったとしても？」

「もちろん、その時は潔《いさぎよ》く諦《あきら》めるわ。でも、それまでの日当と必要経費は支払うから安心して」

「わかりました」

「謙吾がもし事件に巻きこまれたのが明らかになったら、そのことを本にまとめて何とか世に出してほしい」

「了解しました」

「ここにある謙吾の本は、わたしには価値がわからないから、価値のわかる人に譲《ゆず》るとか、古本屋に処分するとか、そういったもろもろのことはあなたにお任せする。それがすんだら、この部屋は売却するつもり」

「初対面なのに僕を信用していいんですね？」

私はもう一度念を押す。

「あの子の友だちだもの。もちろん信用するわよ。それに今日あなたに会って、あなたが信頼できる人と確信したから。何日かここに滞在するから、パソコンとか、いろいろ調べて」

彼女はきっぱり言った。「今日はあなたに会えてよかった。あのカタログ・ギフトが届いてなかったら、あなたには連絡できなかった。息子があなたに会わせてくれたんだと思う」

「僕も犯人に復讐するつもりで頑張ります」

預金通帳や保険証券など大事なものはすでに母親が保管したという。等々力のパソコンにはいろいろなデータが入っていると思うから、徹底的に調べてほしい。ネットにカードなどの重要なデータが残っているかもしれないが、もしあったら、逐一《ちくいち》報告して。あなたを信用するから。銀行口座はすでに凍結され、遺産相続の手続きは十カ月以内にしなくてはならない。子供の遺産を親が受け取るなんて、悲しすぎる。等々力の母親は、そうしたことを一気に吐き出した後、最後は憑《つ》き物が落ちたようにさっぱりとした表情になった。

「ただね、池尻さん。謙吾の携帯電話がないの。どこにも見つからないのよ」

「彼、スマホを持っていました。その中に彼女の写真が入ってましたから」

彼が契約していたのは国内最大手の会社だった。メールのやりとりをしているので、メールアドレスも知っている。

「スマホがあると困る人物がいたってことですね」

私は試《ため》しに自分のスマホから電話をかけてみた。発信音がするが、近くで聞こえないということは、このマンションの本の間にあるということでもなさそうだ。

電話は数回鳴って、留守番設定に切り替わった。私はそのまま通話を切った。

「一度、代理店に行ってみる必要がありますね。僕だけだと怪しまれるから、お母さんと同行したほうがいいかもしれません」

「わかった。そういうことなら、今すぐに行きましょう。人が死ぬと、カードの解約とか、いろいろ手続きがあって、面倒なの、本当に」

こうして私は、自分の一生を左右するかもしれない大事な仕事にとりかかることになったのだが、この時点ではまだ半信半疑の状態だった。

5――（毒っ子倶楽部）

裁判所近くの喫茶店。二回目の会合、四人全員出席。

「わお、池尻淳之介君が事件にのめりこむ導入部が秀逸。そこから一気に読者を話の中に引きこむ。ノンフィクション作家としての彼がいなかったら、この事件は明るみに出なかったのだから、彼の功績は大きいと思うのね。池尻君に改めて感謝します」

会のまとめ役の野間佳世が言った。その場にいる「毒っ子倶楽部」のメンバー四人は、最初の二つの章を読み終わり、ほぼ同時に原稿をテーブルに置いた。

「とりあえず第二章の終わりまで読んだわね？」

「読書会みたいで楽しいわ」

お良が言った。「等々力謙吾の母親の資金、ノンフィクション作家の存在。事件は暴《あば》かれるべくして暴かれることになったのね」

「そして、わたしたちは裁判を傍聴して、大いに盛り上がる」

「不満があるとすれば、裁判のほうね」

野間佳世が言った。「すごく閑散としてる」

実際、第二回の公判までは抽選でないと入れなかったが、三回目となると、傍聴希望者が急激に減って、倍率が二倍を切った。

「まあ、これまで並んでいたのはマスコミの出した抽選のためのアルバイトだから、彼らがいなくなれば、正常になるわよ」

「でも、裁判の中身はすこぶるおもしろい」

リリーが言った。「今日は彼女がどういうファッションだとか、そっちの興味もありますよね」

「それに、花音の話の内容がどぎつくておもしろいです」

ミルクが顔を赤らめて言う。

「ミルクちゃんには刺激が強い？」とお良。

「まあ、そんな感じです」

「傍聴しているのは、マスコミ関係と傍聴マニアばかり。傍聴マニアの人たちって、ふだんどうやって生活してるのか気にならない？　まあ、わたしたちも同類だけど」

野間佳世が苦笑しながら言うと、他の三人も同意するようにうなずいた。

ここには、店内のざわめきとはまるで無縁の空間があった。四人の周囲にバリアが張られ、誰も立ち入ってこられないような雰囲気だった。

6──（追いつめる──境界線上の女）③

池尻淳之介

等々力謙吾と結婚の約束をしていた女は、彼の死後、姿を現さなかった。私は等々力から写真を見せてもらっていたので、もし本物の彼女と会えば、すぐにわかる自信があった。

等々力の母親、克代に「捜査」を一任されたので、彼のパソコンや手帳を調べれば、女に辿り着くのはそんなにむずかしくないと思う。等々力のパソコンを調べた警官に克代が問い合わせたところ、死者の母親ということで、パスワードなどを含めたパソコンを開く方法を親切にもメモにして渡してくれたという。

等々力の携帯電話に関しては、彼の母親と近くの代理店に行って調べてもらった。等々力の死亡証明書などの資料を見せると、代理店はすぐに調べてくれた。携帯電話は等々力の死亡した日以後は使われた形跡はないという。

「警察に紛失届は出しましたか？」

女の係員は言った。

「いや、まだです」と母親。

「だったら、出されたほうがいいですね。どこかの交番とかに届けられている可能性がありますから」

「電話はかけてるんだけど、留守番設定になってしまうの」

「充電が切れているんでしょう。あるいは、部屋のどこかにある可能性もありますが」

「どうしたらいいのかしら？」

「すでにお亡くなりになっているので、契約を解約しましょうか。それともご家族が引き継ぐことも可能ですが、相続関係を証明する書類などが必要になってきます」

係員が事務的に言うのを聞いて、私は等々力の母親にそっと耳打ちした。

「念のために、お母さんが引き継いだほうがいいですね」

「ええ、そうするわ」

もし等々力の婚約者とされる女が完全犯罪を企んでいたとしたら、携帯電話を連絡手段として使用しなかった可能性が高いだろうが、携帯電話の契約をつづけることにした。

それから、等々力の銀行の預金通帳を彼の母親に見せてもらったが、百万円、一千万円単位のまとまった額の入金と出金《しゅっきん》は、証券会社以外は等々力本人によるもので、特定の個人への振り込みは記録されていなかった。本人の引き出しだったら、その金がどのように流れていったのか誰にもわからない。

携帯電話の代理店を出た後、交番に携帯電話の紛失届を出したが、期待はしなかった。万に一つあるかどうか、いや、それ以下かもしれないが、一応念のためという程度の気持ちだ。

携帯電話に過剰な期待はかけないで、私は等々力の「婚約者」に迫る方法を考え出さなくてはならなかった。

手がかりは等々力のパソコンを丹念に調べていけば出てくるかもしれない。本人は私に業者主催の合コンで知り合ったと話しているくらいだから、パソコンにその業者が登録されている可能性がある。

案の定、それらしき会社がパソコンのブックマークに残されていた。その会社は新宿にあり、大々的に合コン事業をやっているようだ。ホームページの冒頭には「きっとあなたの好きな人に出会える」という文言とともに、健康そうな若い男女が楽しそうに語り合っている写真が載っている。

そこには淫靡《いんび》な雰囲気はなく、ひたすら明るいムードが溢《あふ》れている。調べてみると、さまざまなパターンがある。一番大きなくくりが「趣味別」だった。スポーツ、旅行、寺社めぐり、読書、映画、アニメ、ゲーム、料理などに分かれ、例えば「スポーツ」なら、ジョギング、マラソン、スポーツ観戦など多岐にわたる。「読書」は読書一般、ミステリー・ホラー・SFといったくくりだった。

その他の項はさらに興味深い。「年齢別」というくくりには、「中高年」が入っていた。参加条件は「結婚未経験者、離婚経験者、配偶者との死別経験者など」となっている。「もう一度、新しい伴侶と幸福な生活を楽しみませんか?」につられて参加する人はいるかもしれない。

等々力が見つけた相手はどこにいるのか。ミステリー好きというくらいだから、読書の中の「ミステリー・ホラー・SF」だろう。私の勘は、「彼女」がここにいると告げていた。

しかし、会社に問い合わせても、すんなり教えてくれるとは思えない。いきなり友人の付き合っている相手を教えてくれと頼んだとした場合、個人情報なので教えられないという回答が間違いなく返ってくるだろう。

幸いに等々力克代がマンションにいたので、母親である彼女の力を利用することにした。彼女には精一杯協力してもらおう。問い合わせる前に念入りに打ち合わせをする。

息子がそちらの企画に参加していたこと。好きな相手を見つけて結婚を決意したということ。息子が不慮の事故で命を落とし、母親として悲しんでいる。相手の女性から連絡がないので、おそらく息子の死を知らないでいるのだろう。その相手の方に息子の訃《ふ》報《ほう》を伝えたいのだが、誰なのかわからない。そういうことを多少誇張して相手に迫れば、会社側が何かを教えてくれる可能性がある。

その合コンを主催する会社は「ソレイユ・クラブ」といい、新宿駅近くの十階建てのこぎれいなビルの中にあった。八階のフロアを全部使い、何区画かに分けているようだった。三月二十九日の午後二時にアポイントメントをとっていたので、受付で用件を言うと、すぐに応接室に通された。平日の昼下がりということもあり、閑散としていて社員以外の人間は見あたらない。

私と等々力克代は、三人掛けのソファに座った。若い女性の係員がお茶を持ってきて、我々を興味津々《しんしん》といった目で見た。おそらく親子と思ったにちがいない。結婚が決まらない息子とそれを心配する過保護気味の母親。

五分ほどして、手にタブレットを持った三十代前半くらいの女が現れた。仕事柄か、柔和《にゅうわ》な表情を浮かべているが、かすかに警戒する様子も見える。彼女は我々に名刺をわたすと、向かい側に座った。克代は息子の死亡証明書の写しと自身の身元を証明するものとして運転免許証を提示する。

用件はあらかじめ伝えてあるので、話はスムーズに進んだ。係員は我々に見えないようにタブレットを起動すると、データを呼び出し、内容を確認する。

「等々力謙吾様のデータを見ましたところ、ご本人のお名前で登録されています。読書好きの会に五回ほど参加されております。マッチングされたかどうかは記録に残しておりませんので、わかりませんが」

「マッチングというのはどういうことですか？」

克代が言った。

「弊社の場合、回転寿司のような流れで、限られた時間内で参加した人がすべての異性と話をできるようにしております。それが終わってからフリートークの時間があって、気に入った相手の方を第三希望まで選びます。それで相手の方と気持ちが合えば、マッチングということでカップルが成立するのです」

「それって、第一希望同士ということですね？」

「そうとはかぎりません。例えば、第一希望と第三希望という組み合わせもありますし、第三希望同士ということもあります。とにかく希望した三人のうち誰かと合ったら成立になります」

「謙吾が誰かとマッチングしたかどうかはわからないんですね？」

「そうです。弊社はお付き合いのきっかけを提供するだけですから」

「マッチングすると、どうなるのでしょう？」

「マッチングしたら、その日は二人で自由にどこかへ行かれ、気持ちが合えば、また会いましょうという感じでお付き合いが始まります。息子様の場合は、マッチングされて、相手の女性とお付き合いしたことは考えられます」

「じゃあ、そのマッチングの相手が怪しいんですね？」

「怪しいと申されますと？」

　係員が怪訝な顔で聞き返す。

「あ、いいえ。息子とお付き合いがつづいているという意味です」

「お母様のお話ですと、その方と息子様が婚約まで行っていたと……？」

「ええ、そういうことです。息子はとても喜んでいたようなのですが、突然、あんなことになって」

　克代はそこで言葉を途切らせ、やや芝居がかった感じで鼻をすすった。「つまり、不慮の死を遂《と》げたということです」

「あのう、失礼ですが、息子様は事故か病気でということでしょうか？」

　相手が聞きにくそうに言った。練炭で死んだことは知らないようだ。集団自殺ならともかく、一人の練炭自殺くらいでは新聞の地方版にも載らないので、知らなくても不思議ではない。たとえローカルのニュースに出ていても、事件性がなければ実名は載らなき取った。

「ああ、そうでしたか。それはご愁傷さまです」

相手は失礼と思ったのか、それ以上、立ち入って聞いてこない。ここで、私が話を引き取った。

「僕は等々力の親友です。死んだ彼がその最後にマッチングしていた女性と婚約していた可能性が高いと思うんです。その人が彼の死を知らないでいる可能性もあるので、至急連絡をとりたいのです。彼が参加していた会の参加者リストは見せてもらえないでしょうか」

「お気持ちはわかるのですが、弊社としましては、特別な事情がないかぎり、参加された方の個人情報をむやみに教えることはできないんです」

「しかし、彼はすでに亡くなっているんです。これが特別な事情にはなりませんか？」

「犯罪がからんで警察から問い合わせがあれば別ですが、この場合は申し訳ないのですが……」

係員は困惑した顔をして頭を下げた。

「では、何とか相手にこのことを伝えることはできないのかしら？」

克代が悲痛な声で言った。

「各回の女性の参加者は十人ほどで、五回分となると五十人を超えます。それだけたくさんの方の個人情報を明かすことはできません」

「そこを何とか」

「申し訳ないのですが、社外秘というより、個人情報保護法の問題です。警察の要請がないかぎり無理です。その方たちは今後も私どもの会に参加する意思をお持ちかもしれませんし、ご迷惑をかけることになりますので、弊社以外の方からコンタクトするのは控えていただきたいのです。弊社の信用問題にも関わってきますから」

係員のガードは堅く、どこからも切り崩せるような隙《すき》が見えない。参加する客の立場からすれば、プライバシーをそれくらい厳しく管理してもらわなくては信用ができないだろう。私たちはそれ以上、口出しすることができなかった。

等々力謙吾の「彼女」に迫る方法はすぐに思いついた。

等々力克代とソレイユ・クラブに行っていなかったら、思いつきもしなかっただろう。あの会社で我々と会った係員は、各回に参加する女性は十人くらいだと話していた。ということは、何回か会に参加すれば、等々力の相手に会えるかもしれない。可能性が低いにしても、他に思いつく方法がないのだから、やってみるしかなかった。

克代は部屋の整理がつくまで、東京を離れず、しばらくマンションに寝泊まりするという。その間に私は少しでも成果を上げたかった。

要は、私が直接ソレイユ・クラブに一人の男性として合コンを申し込めばいいのだ。年齢は三十代前半だし、条件としては悪くない。安定した職業の会社員に比べれば、フリーの仕事をしている者は敬遠されるかもしれないが、こっちはマッチングを目的とするわけではないので、何の問題もない。等々力の相手だった女を探すのが主目的なのだ。資料類をもらっていたので、どんな感じで進めるのか、何となくイメージできていた。「お気軽に参加して、あなたの気に入ったパートナーを見つけましょう」とパンフレットには大きく謳《うた》ってあった。

インターネットでソレイユ・クラブにアクセスして、参加したいコースを選ぶ。会員になってもいいし、お試し的に一回限りの参加でもいいようだ。そうでもしないと、敷居が高くなりすぎて参加者が減るのだと推測できる。身元を証明する書類などを提出する必要がないのは、参加者の心理的な抵抗をなくすためだと思う。

等々力が選んだのは「読書」の中の「ミステリー・ホラー・SF」と思われるので、とりあえずそこに申しこんでみることにした。私も一人の独身男性であり、実際に「恋人いない歴」五年なのである。等々力の母親には言えないが、もし気に入った女性がいれば、一度くらい付き合ってみてもいい程度の「下心的な」気持ちもあった。等々力の彼女の調査がだめでも、女性との出会いは期待したかった。

四月の最初の週、土曜日午後二時の部に「ミステリー・ホラー・SF」の会があった。定員は二十名で、前日の夜の時点でまだ空きがあったので、申し込んでみると、すんなり予約がとれた。会費は男性八千円、女性三千円。この種の会の場合、女性のほうが料金的に優遇されているらしく、一日のうちに複数の会に参加する強者《つわもの》もいるという。

合コンの当日、私は十年以上も前、就職活動の時に着たスーツを引っ張りだし、めったに使わないネクタイをつけて会場に向かった。受付の女性は私が等々力克代に同行していた時と同じだったが、私を見ても何の反応も示さなかった。人間は服装で印象がまったく違って見えるのだ。等々力謙吾の件で私たちと会ってくれた女性も司会役で出ていたが、やはり私には気づいていないようだった。

二時十五分前、少し広めのホールのようなところに案内される。四人用のテーブルがいくつか用意されており、定員通りであれば、すでに半数ほどの男女が座っている。緊張気味に視線を周囲に送る男、うつむき気味にスマホを見ている女、すでに楽しそうに話している男と女。年齢は女性は二十代から三十代後半だが、男性は四十代の頭部のやや薄くなった者もいる。

私は空いている席に座り、等々力の彼女らしき女を探したが、どれも違うような印象だ。清楚《せいそ》な感じの二十代前半の女性、知的でとっつきにくい感じの三十代後半の女性、年齢を分厚い化粧で隠そうとしている女性……。外見で判断してはいけないが、第一印象は大事だと思う。翻《ひるがえ》ってこの自分は女性たちにどう見られるのか、彼女たちの本音を聞いてみたかった。

午後二時になると、男性の係員がマイクを持って現れた。すでにその頃には定員の二十人は席についていた。

係員は挨拶をし、会の流れについて簡単に説明した後、九人の女性を待合室の外へ連れ出した。それから、十一人の男性が女性たちの向かった部屋に案内された。

そこは細長い廊下のような場所で、簡単な衝立《ついたて》のようなもので仕切られた小部屋がいくつも並んでおり、その一つ一つに女性たちが入っていた。男性たちはそれぞれの部屋に入り、制限時間五分の間に女性と会話を交わし、時間が来たら次の部屋に順々にまわっていく。全員と効率よく対面できる仕組みに私は感心した。

私はあらかじめ渡された女性のデータを記したバインダーを持って、一人一人と会話をした。等々力の話では、相手の女はミステリーをかなり読んでいるということだった。容姿は「ぽっちゃり型」で、身長は「ちょっと小柄」と聞いていたから、それからある程度は絞ることはできる。等々力に見せられた写真は薄暗いところでとった不鮮明なものだったので、実際はほとんど参考にならなかった。

九人の女性と次々と会話してみて、等々力の「彼女」はいないと思った。しかし、会で決められているように、私はとりあえず候補の三人を選んだ。今回は試しということもあり、女性の扱いの苦手な私には本命の「彼女」との対面を想定した練習と、気持ちを切り換えることにしたのだ。

参加した全員が会話を交《か》わした後、最初に集まったホールにもどり、フリータイムが三十分ほど予定されていた。「ミステリーの読書好き」といっても、男女問わずほとんどの人は映画の原作として読んだとか、ベストセラー作家の作品を少しだけかじった程度で、ただ何となく出会いの場を求めて参加したと正直に話す女性もいた。話を聞くと、他の会も似たようなものらしい。

私が最後に残した三人のうち、一人だけ私と同じ程度に読んでいて、かなりミステリー事情にくわしかった。本人のデータによれば、二十代後半で会社員。見た目もかわいく、付き合ってもいいレベルだ。もちろん、その女性と話すのは楽しかった。残りの二人は売れっ子のミステリー作家を読破しているが、その他の作家についてはそれほど読んでいない。それでも、残る六人とはレベルが違うので、私は三人に絞ってフリータイムを有効に使った。

フリータイムが終わると、いよいよ今回の合コンの最大のイベントとなる。つまり、参加した者は、渡された紙に第一希望から第三希望までを記入するのだ。当然のことながら、全員の名前は公表されず、胸に貼った番号で相手を選ぶ仕組みになっている。

私はミステリー好きの度合いで、最初に決めた三人の番号を書いた。一方、女性たちも男性の番号を選び、マッチングした同士でカップル成立となるのだ。

会そのものを知るために参加した私は、最初はカップルが成立しなくてもかまわないと思っていたが、それでもスポットライトを当てたり、派手な音楽をかけて場を盛り上げようとする主催者に乗せられ、最後にはそれなりに期待するようになっていた。

「お待たせしました。それでは、成立したカップルを発表します。番号でお呼びしますので、呼ばれた方はこちらの壇に上がってください」

私と等々力克代の会った女性が司会として壇上にのぼる。場内が静まり、緊張感が張る。壇上以外は照明が落とされ、薄暗くなっていた。司会者が一枚の紙を仰々《ぎょうぎょう》しく開き、中に軽く視線を走らせた後、口元にかすかな笑みを浮かべながら場内を見わたした。演出効果は確かにすばらしい。

「まず、5番と13番の方、カップル成立です」

13番を告げられた時、私はどきりとした。まさか、最初に自分が呼ばれるとは想像もしていなかったからだ。しかも、５番は私が第一希望にした女性である。私は等々力の相手を探すという当初の目的をこの時ばかりは忘れ、趣味の一致する相手とマッチングしたことに身震いするほどの興奮を覚えた。

私と彼女は壇上にのぼる。スポットライトを浴び、何だか恥ずかしかった。

「おめでとうございます。第一希望同士のカップルです」

と言った司会者が私を見て、一瞬戸惑ったような表情を浮かべた。もしかして、等々力克代に同行した者とわかってしまったのか。しかし、司会者は元通りの笑顔にもどり、私たちを壇の隅のほうに誘導する。

マッチングしたカップルはまだあるようで、司会者は再びメモに目をもどした。

「発表をつづけます。次のカップルは……」

その時、私は肘に軽く触れられて、我に返った。隣の彼女が私の背広の肘を引いていたのだ。

「わたし、とても嬉しいです。お互い第一希望だったので」

彼女は私の体に接近してきて、甘い声でささやいた。生温かい香水のにおいに私の心臓は破裂しそうになった。

「ああ、ぼ、僕も同感です」

声が上擦《うわず》ってしまったのを彼女に気づかれてしまったかもしれない。恋愛慣れしていないとこれだからなあと内心苦笑した。

「嬉しい。趣味が合う人と出会ったのは今日が初めてです」

「あなたはこの会に何度か来てるんですか？」

「ええ、五回目です。二度ほどお付き合いした人はいるんですが、話があまり合わないので、最初のデートでやめました」

「そうですか。僕は初めてなんだけど、最初からラッキーでした」

等々力謙吾の恨めしそうな顔が一瞬脳裏に浮かんだが、気の合った女性とこうして出会うことはめったにないのだから、この機会を逃すべきではないという心の声を聞いて、私は頭を強く振った。等々力の「彼女」を探すのは次の機会にしよう。目の前にいる女性と付き合いながら、同時進行的に合コンに参加していけばいいだけの話だ。そう思うと、等々力に対する罪悪感めいた気持ちは消えていった。

その日のカップル成立は他に四組で、参加した半数近くは相手を見つけたことになる。閉会の後、成立したカップル、そうでない者たちが同じエレベーターに乗った。何とも言えないぎこちない空気がエレベーターの中に漂うが、一階に着いて扉が開くと、みなほっとしたように新宿の雑踏の中に散っていった。

私と彼女は近くの喫茶店に移動して、話をすることにした。カップルが成立した後、交際は二人に任され、会社はノータッチになる。

喫茶店は大型書店の近くのビルの二階にあった。我々は窓際に座り、改めて相手の顔を見る。気恥ずかしい。よく見ると、美人というよりかわいいといったタイプで、健康的な色気が漂う女性だった。

「聞いた話なんですけど」

彼女が二重瞼の目を大きく開きながら言った。「ああいう会には気をつけなくてはいけない人もまぎれこんでいるんです。宗教の勧誘とか、高額な商品を売りつけようとしたりする人」

「へえ、そうなんだ」

「わたしが前にマッチングした人がそうでした。だから、何回か会ってちゃんと確認してからお付き合いしたほうがいいと思います」

「なるほど。でも、僕は大丈夫ですよ。会社員じゃないけど、フリーのジャーナリストとして、それなりに稼いでいます」

少し嘘が混じっていたが、大げさに話すことにした。

「わたしは普通の会社で事務をやってます。名前は栗栖《くりす》汀子《ていこ》。アガサ・クリスティーが大好きなので、そこから名前をとりました。もちろん仮名です。栗栖はクリス、汀はティー。おわかりですね？」

彼女は右手の白い人差し指でテーブルの上に字を書いた。

「ああ、わかりました。『てい』は『みぎわ』ですね。あなたみたいに美しい文字だ」

「いやだ、恥ずかしい」

照れ臭そうに言う彼女の笑顔は素敵だった。仮名を使うのは、私をちゃんと見極めるまでは警戒をしているためだろうが、少しも気にならなかった。こっちも友人の相手を探してあの会に潜入したのを秘密にしているのだから。

「じゃあ、僕も仮名のままでいきます。池尻淳之介といいます。一応」

少しフェイントをかけて、本名を仮名にした。

「あのう、メールアドレスの交換は、基本的になしでいいですね？」

彼女の提案はもっともだった。彼女はまだ警戒しているのだ。

「ああ、いいですよ。そのほうが気楽ですものね」

私たちはそれから二人のミステリー読書歴について、いろいろ語り合い、一週間後、大型書店の前で待ち合わせすることにした。もう少し付き合ってみて、ある程度心を許せるようになったら、改めて本名で自己紹介をするつもりだった。

女性が見知らぬ男に対して障壁を作るのは理解できた。交際が進み、男女の仲になってから、それまでの思いやりのある態度からがらりと変わり、暴力的な面を見せる男が多いことを私は知っている。

私は一週間後に再びソレイユ・クラブの読書コンに参加を決めていた。栗栖汀子との交際と並行して、等々力の「彼女」探しはつづけるつもりだった。

7――（毒っ子倶楽部）

裁判所近くの喫茶店。三回目の会合、四人全員出席。

「今日の裁判はつまらなかったわね。中だるみって感じ」

毒っ子倶楽部のまとめ役の野間佳世が話の口火を切った。裁判は第一の事件の審理が始まったばかりである。警察官三人が検察側の証人として出廷し、第一の被害者大田原《おおたわら》源造《げんぞう》の遺体発見の現場状況を証言した。初公判の熱気はどこに行ったかと思われるほど傍聴希望者の数は少なく、会員四人はすんなり傍聴することができた。

「同感。最初に殺された人って、六十代後半の冴えないおっさんだから、話が今いちおもしろくないんだよね。どうしても被告人の服装とか、そんなところに注目が行っちゃうわね」

お良が応じた。今日、法廷に現れた被告人には、法廷内を見まわすほどの余裕があった。服装は初公判の時と同じジャケットにスカート。ブラウスだけを薄ピンクから白に変えていた。毒っ子倶楽部の四人は近くに固まって座っていたが、被告人の視線は傍聴する彼女たちにも向かい、なぜか口元に笑みを浮かべさえしたのだ。

「ふてぶてしい感じがしなかったですか？」

リリーは発言を一言も漏らさないようノートにペンを走らせていたが、それを今、ノートパソコンに打ちこんでいる。

「ほんと。裁判を楽しんでるみたいでした」

色白のミルクが、顔と同じくらい白い乳酸飲料をストローで飲みながら言った。

「裁判はそれぐらいにして、みなさん、池尻淳之介君の手記のほうはどう？」

野間佳世がさっと話題を変えた。「わたしは、わずかな隙間から犯人に迫っていく過程がまさに良質のノンフィクションを読むようで、ぞくぞくしたわ」

「彼は小説よりノンフィクションのほうが得意そうですね」

リリーがすかさず言葉を挟むと、お良はプリントをぱらぱらめくりながら言った。

「三番目の被害者の死に淳之介君が疑問を持ったことがきっかけで、花音の正体が見えてくるわけだから、今のところ裁判よりこっちのほうがおもしろいと思う」

「淳之介さんの熱量が直《じか》につたわってくるようで、つづきを知りたくてわくわくします」

最年少のミルクは法廷内のスケッチに手を加えながら感想を言う。

「わたし、もう全部読んじゃったから、答えを教えてあげたいくらいです」

リリーがノートパソコンから顔を上げ、にやりとしながら言った。

「結末を教えるのは、ミステリーではタブー。絶対だめよ」

野間佳世がリリーを咎《とが》めるように唇に人差し指をあてる。

「でも、みんな、もう答えを知ってるじゃないですか。犯人は捕まっているわけだし、裁判で犯行の過程をそのまんまなぞっているわけだから」

「それとこれは別。本は結末までの過程を楽しまなくちゃ。淳之介君のストーリーは、これからも読書会みたいにやりましょう」

野間佳世がほほ笑みながら提案する。「もちろん、わたしも全部読んでるわけだけどね」

まだ全部を読んでいないお良とミルクは、不満そうに顔を見合わせた。

「じゃあ、次回配る予定だった第四章ですけど、今特別におわたしします」

リリーがいたずらっぽい笑みを浮かべて、三人にプリントアウトした資料をわたした。

「そう来なくっちゃ」

「今日はここまでにしておきましょう」

野間佳世が言った。

「だんだんおもしろくなってきたわ」

お良が名残惜《なごり》しそうに言う。「リリーさん、もっと早く刷りだしてちょうだい。読みたくて読みたくて、なんかもう喉の奥から手が出てきそうな感じ」

お良は苦しそうに首筋を両手でかきむしる。「欲求不満が溜まりそう」

「お気持ちはわかりますが、今日は本当にここでおしまいです」

リリーはきびしく言うと、自身のパソコンの電源を切った。「資料をまとめるのって、意外に時間がかかってたいへんなんですよ」

「この調子なら、本で出しても注目が集まるんじゃないかしら」

お良は諦めきれないような顔をして言った。

「仕方がないですね」

ミルクはわりと冷静だった。「わたしも花音の裁判より池尻さんのストーリーのほうに興味を引かれます」

お良とミルクは顔を見合わせ、苦笑した。

「では、次の機会に」

野間佳世は不敵な笑みを浮かべる。「今後の参加は自由です。傍聴をやめるのもよし、この会を退会するのもご自由にどうぞ」

「ここまで読まされて、今さらやめるわけにはいかないじゃない。野間さん、ずるいよ」

お良が皮肉っぽく言った。「次の公判はいつ?」

「三日後です」

リリーは事務的に言った。「傍聴した後、ここに集合です」

四人の話を喫茶店の隅で聞いている者がいる。四人はわりと大きな声で話しているので、注意して聞いていれば、話の内容はわかるはずだ。店内には他にも同様の傍聴マニアの高齢者のグループもあって、わりとわいわいがやがやと話しているので、話に熱中している女たちに注意を向ける者はいない。度の強い眼鏡をかけたその人物を除けば。

その人物は四人に背を向けて、スマホをいじっているふりをしている。店の自動ドアが開いて女たちが出ていくのを確認してから、スマホを閉じて立ち上がった。

8——(追いつめる——境界線上の女)④

池尻淳之介

私はソレイユ・クラブの二度目の合コンに参加した。

過度の期待はしないで、もしかしてという淡い可能性にかけての参加だった。正直に言うと、お見合いの方法が興味深く、意外と楽しんでいる自分がいたのである。長年、女性との付き合いがなく、ちょっとしたゲーム感覚を味わっていたのかもしれない。

前回と同じ土曜日の午後二時の始まりだった。二回目なので、気持ちに余裕ができ、参加した女性ばかりか男性に対しても冷静に観察することができた。参加した人数は二十四で、男女の数は同じだった。参加者はそれぞれ十二人の異性と顔を合わせることになる。

期待はしていなかったので、それらしい女を見つけた時は、雷に打たれたようなショックが全身を貫いた。等々力謙吾が見せてくれた不鮮明な顔と一致するような気がするのだ。まさか、二回目の参加でヒットするとは思わなかった。

等々力によれば、容姿は十人並み、ややぽっちゃり気味、ミステリーに対する知識量が豊富。外見は地味で目立たないが、趣味が同じだし、話し相手としておもしろいので、すごくひかれたという。等々力は彼女の内面のすばらしさを強調していたように思う。照れ臭そうに笑う等々力の顔が私の脳裏に浮かんだ。

その女は三番目にまわってきた。五分の間に自己紹介をする。すでに何度もやっているので、五分の間に手際よくまとめる術《すべ》は覚えた。ただ、この狙いをつけた女性はミステリー好きなので、こっちの情報を伝えすぎると、逆に怪しまれる可能性もある。

参加者のデータは、お見合いが始まる前に全員に配布される。それをもとにして相手との会話を始める。名前は牧村花音、趣味は読書（推理・恋愛）、美術鑑賞、料理と読みやすく、きれいな字で書いてあった。

等々力の言う「料理好き」と合致する。あまり不審に思われないように接しなくてはならなかった。こっちの情報は小出しにして、相手からより多くの情報を得る。

五分という制限時間はちょうどよかった。相手がよくしゃべるので、私から言うことはあまり多くなかった。

「お仕事は？」という質問から始まる。

「今は休職中です。といっても、二十代の頃、投資で成功して余裕資金があるんです。今はそれをうまく運用して減らさないようにしています」

「優雅でいいですね。うらやましい」

彼女はいかにも有能そうなOLといった感じで、やや丸みを帯びた体にぴたりと合わせた高価そうなスーツを着ている。

「投資アドバイザーと書くと、みなさん、警戒されるので、休職中と言っています」

そう言って、彼女は肉感的な口に手をあてて笑う。

「趣味に料理とありますが、得意料理はなんですか。僕はシチューなんかが好きだなあ」

ビーフシチューの話は等々力から聞いていたが、あまり踏みこんだ質問をすると、勇み足になりかねないので、シチューに抑えておく。

「ビーフシチューもホワイトシチューもできます。煮込み料理が得意なんです」

「ミステリーがお好きだそうですが？」

「そんなに自慢できるほど読んでいません。密室物が好きなんです」

「へえ、密室ですか。例えば？」

「ディクスン・カーとか、横溝正史《よこみぞせいし》とか……。わかりますか？」

「カーなんかお読みになるんですね？」

横溝正史はともかく、女性のディクスン・カー好きは珍しい。現在の日本では死滅しているに等しい。

「あなたは？」

逆に質問されて、私は答えに窮した。知識をひけらかすと、かえって疑われる恐れがある。かといって、あまり読んでいないふりをするのもよくない。ほどほどに話を合わせるべきだろう。

「そうですね。島田荘司《しまだそうじ》あたりは好きですよ。『占星術殺人事件』とか」

「まあ、わたしも島荘は好きです」

そんなところで時間が来て、それぞれ次の相手に移っていった。他の女性はミステリーにそれほどくわしくなく、ベストセラー作家が好きだとか、映画の原作を読むといった程度だった。これも前回と同じだ。

フリータイムに移った。私は牧村花音ともっと話をしたかったが、私を気に入ったらしい女性（しかも美女）にしつこくつきまとわれ、話を切るきっかけがつかめないまま、時間切れになってしまった。

ここで私は考えた。気に入った三人の中に牧村花音を入れるべきか。もし向こうが私を三位までに推していたら、カップルが成立するはずだ。彼女と交際してみて、等々力を知っているかどうか迫るというのは、性急すぎるだろうか。

それに、今日は先週の合コンでマッチングした栗栖汀子と会う約束がある。一人の男として汀子には興味があった。もし今日、牧村花音とマッチングして栗栖汀子との約束を破ることになったら、すごくもったいない気がするのだ。

「もうすぐ時間です」という司会者の声に促《うなが》され、私は我に返り、牧村花音をとりあえず三位にした。一位と二位は適当に名前を書いた。

発表の時間が来て、司会者が手にしたメモを開いた時、私の心臓はどきどきした。牧村花音が私を選ぶかどうか。選んでほしい、いや今日は栗栖汀子との約束があるので、やめてほしい。三位なら、大丈夫だろう。向こうはこっちを選ばない。フリータイムではまったく話していないのだから。

潜入調査のために入った合コンで、これだけ興奮するのだから、リピーターが多いのもうなずける気がした。

結局、私は誰ともマッチングしなかった。安堵するとともに、少し寂しい思いもあった。牧村花音も同様に成立しなかったらしく、やや悔しそうな顔をしていた。マッチングしなかったのは、彼女が私を三位までに選んでいなかったことを意味する。いずれにしろ、悩む必要はなかったのだ。

マッチングしたカップルは五組で、その他の参加者は気まずそうな顔をしてエレベーターに向かう。栗栖汀子との約束が午後四時なので、私はビルを出るとそのまま新宿駅のほうへ向かった。気持ちを素早く切り換えると、本当の恋人候補に会えることにまだ女性を経験したことのない少年のような心のときめきを覚えた。

本当なら、牧村花音を尾行するか近づくかして、等々力謙吾の死の核心に迫るべきだと思ったが、彼女はまた参加するだろうという勝手な思いで、等々力の無念な顔を頭から排除した。

「悪い、等々力。僕にも青春があるんだ」

そう独りごちて、前方に目を向けると、思いがけない女の後ろ姿があった。

牧村花音――。

これはせっかくのチャンス。このまま彼女を尾行していくんだ。いや、そうすると、栗栖汀子との約束を破ることになる。いや、今日は汀子に会うんだ。牧村は見送れ。いや、こんな機会はめったにないだろう。

私の気持ちは、困惑の狭い迷路の中をぐるぐるとまわり、激しく揺れ動く。

彼女も新宿駅のほうへ向かっているので、私はそのまま彼女を追う形になった。大型書店の前に来ると、エスカレーターの乗り口近くに栗栖汀子の姿が見えた。

汀子が顔を上げ、私に手を振った。

いや、違う。彼女は別の誰かに手を振っているのだ。そのまま歩きながら汀子を観察していると、牧村花音が汀子の前を通りかかりながら軽く手を振った。そして、牧村花音はそのまま駅のほうに向かったのだ。

汀子はそれから私に気づくと、笑みを浮かべて手を振った。私は彼女に近づくと、早速訊《たず》ねる。

「あなた、今の女性と知り合いなんですか？」

「あの人は、同じマンションに住んでるんです。実は、あの合コン、わたしが彼女に勧めたんですよ」

偶然ということはあるものだ。いや、世間は狭いというべきか。私にはラッキーだった。私が栗栖汀子と交際するようになれば、等々力謙吾の疑わしき相手とも接近できるかもしれない。好きな女性と交際しながら怪しい女の身辺を探る。一石二鳥とはこういうことを言うのだと都合よく解釈した。

もちろん、今の段階では、私が汀子とデートを約束した日に合コンに参加したことを彼女に明かすわけにはいかなかった。そんなことをしたら、汀子が気分を害するのはわかりきっているからだ。

私と栗栖汀子は書店の前の横断歩道を渡り、喫茶店のあるビルに入った。

9――（毒っ子倶楽部）

裁判所近くの喫茶店。四回目の会合、四人全員出席。

今日の公判はリリーのみ抽選にはずれ傍聴できなかったが、彼女は待ち時間を利用して近くの図書館で資料整理をする。

公判が終わり、四人の会員がいつもの喫茶店で合流。

「第四章でようやく池尻淳之介君が牧村花音に近づくことになるわけだけど……」

野間佳世が口火を切った。「栗栖汀子と交際しようとして、狙う相手に接近するチャンスが舞いこんでくるんだから、この事件を調べるのは彼の宿命だったというべきかしら」

「淳之介君には運を引き寄せる力があったのね」

お良が興奮気味に応じた。「偶然にしても、すごい展開だと思う。創作も入ってるのかなあ」

「少しは脚色してるかもしれませんね」

リリーが笑いながら言う。「それにしても、どきどきする展開だと思うけど、ミルクちゃんはどう？」

リリーは年長の二人には敬語で話すが、ほぼ同年代のミルクには気安く話しかける。

「わたしも興味深いと思います」

ミルクはスケッチ帳に鉛筆をせわしなく走らせながら言った。紙には今日の法廷での牧村花音が描かれ、だんだんできあがっていく。

「じゃあ、次はどういう展開になるのか、想像してみた？」

「淳之介君が栗栖汀子と付き合うなら、二股をかける展開になりますよね。同じマンションに住んでいるなら、ばれる危険性もあります。その辺の男女のからみもスリリングな気がします。つづきを早く知りたい」

ミルクは鉛筆をテーブルに置くと、夢見る少女のように目を輝かせる。

「わかるわかる。でも、教えない」とリリー。

「うわあ、意地悪」

ミルクが不満そうに紅潮した頰をふくらませる。「リリーさん、早くつづきを整理してくださいね」

「そうしたいのはやまやまなんだけど、本業のほうが忙しくて、家に帰るとバタンキューなの。この会だけが息抜き。……なんちゃって」

リリーが茶化すように言うのを聞いて、ミルクは両手を挙げて天を仰いだ。

「次回までに気合を入れてまとめてくるので、しばらくお待ちを」

リリーはいたずらっぽく舌を出す。

10――（追いつめる――境界線上の女）⑤

池尻淳之介

栗栖汀子との交際は順調に進んでいる。

これは牧村花音を追及するためのものだから、我々の恋愛事情に多くのページを割くことはできないが、簡単に経過を説明しておくことにする。四回目のデートの時、新宿のレストランで飲んだ勢いで思いきって自分の気持ちを伝えてしまった。だめでもともとと思っていたが、意外にもすんなりＯＫをもらった。天にも昇る気持ちだったことをここで告白しておきたい。

合コンから三週間ほどで、我々は男女の仲になった。ちなみに、このことはまだ等々力克代には伝えていない。（以上、私事についての報告終わり）

＊

さて、問題の牧村花音である。私は栗栖汀子と付き合いながら、花音にどうやって接近しようかとずっと考えていた。

汀子は牧村花音と同じ練馬区中村橋の近くのマンションの八階に住んでいるが、花音がどの部屋に住んでいるのかわからないという。「二人でいる時、あの人と会ったらばつが悪いね」とさりげなく探りを入れてみると、「たぶん九階か十階のどこかだと思う」という漠然とした情報しか返ってこなかった。

一階の集合郵便ボックスにはマンションの全室の番号があるが、ネームプレートに名前を入れていない部屋が二割ほどあった。８０３号室に住む栗栖汀子も一人暮らしなので、個人情報を知られるのを嫌って、外部の人間にも見られる一階の集合ボックスには、あえてプレートをつけないという。おそらくそうした人たちが多いのかもしれないが、中には無断で人に貸している「また貸し」とか、人には言えない事情がある者もいるのだろう。

ちなみに、栗栖汀子の本名が「林」であることはすでに知っている。彼女は私が部屋を間違わないようにわざわざ８０３号室のネームプレートに「栗栖」と書いた紙を貼りつけておいたのだが、端が少しめくれているのに気づいた。気になった私が剝《は》がしてみると、「林」と刻印された正式なプレートが出てきたのだ。私は慌てて貼り直しておいたが、このことは汀子には黙っていた。もっと深い仲になるまで、秘密はそのままにしておいたほうがいいという判断だ。

マンションは十階建てで、エントランスホールと管理人室がある一階は五室、二階から九階までの各階には十室あり、十階はテラスハウス形式で広めの部屋が五室あった。

全九十室のうち、ネームを入れている約七十室の中に「牧村」の名前はなかった。九階と十階に絞ってみると、ネームを入れているのは十戸で、残りの五戸の中に牧村花音が住んでいる可能性が高かった。

どうやって調べたらいいのか。付き合いはじめたばかりの汀子に調べてもらうのはまず無理だろう。なぜ調べるのか不審に思われるだけだ。本当は牧村花音のほうが好きだったと誤解され、我々の関係が壊れる可能性だってある。

九階と十階を一つずつ調べていくこともできるが、エレベーターやマンションの随所に防犯用の監視カメラが設置してあるので、管理人や住人に不審に思われるおそれもある。

そんな時に驚くべきことが起きた。

汀子の部屋を訪ねようと、中村橋の駅を降りた時だった。改札を出て、北口に出たところで背後から女性に声をかけられたのだ。

「まあ、おひさしぶりです」

ずいぶん気安く声をかけてくるが、私はこの辺に住んでいる女性は汀子以外に知らない。ふり返って、私は腰を抜かすほど驚いた。

なんと、牧村花音本人がにこやかな笑みを浮かべて立っていたのだ。新宿の合コン会場の時と似たようなスーツ姿なので、すぐにわかった。

「あなたは……」

私の動揺した顔は相手にどう映ったことだろう。

「わたしを覚えてますか？」

花音は一重瞼の小さな目で探るように私を見て、くすくすと笑った。「そうね、覚えてなくても不思議じゃありませんよね」

私はまだ動揺していたが、何とか質問を返した。

「まさか、あの時の……。密室好きの方？」

「ええ、そのまさかです」

花音はうつむき、口に手をあてながら笑う。その笑い声は耳に心地よく響いた。

「新宿の婚活の会場でお会いしましたよね。驚きました」

私の動揺は相手に疑いを招くことはなかったのだと思う。いきなり見知らぬ女に気安い感じで声をかけられたら、驚くのが自然な反応なのだから。

「駅のホームでお見かけして、あの時の方とすぐにわかりました。失礼だと思ったのですが、つい声をかけてしまって……」

「この辺にお住まいなんですか？」

「ええ、近くのマンションです。失礼ですが、あなたは？」

汀子のマンションに行くとは、ここではとても言えなかった。そこは花音と同じマンションなのだ。このまま歩いていくと、いずれ同じ目的地に着く。だから、私は咄嗟《とっさ》に嘘をついた。

「ほら、すぐそこにある練馬区立美術館です」

彼女は「ああ」と納得したようにうなずいた。

「あそこはマニアックでとても趣味のいい展示をやりますよね。実はわたしもそこに行こうと思っていたんです。わたしも同行させていただいてよろしいでしょうか。それとも、別々に鑑賞しますか？　わたしはどちらでもかまいませんが」

美術館に行くと言ってしまった以上、断るわけにはいかなかった。西武池袋線に沿って並んで歩いているうちに、すぐにその美術館が見えてきた。現在展示しているのは、私の知らない画家だ。

「この人、忘れられてしまった画家ですが、とてもいい絵を描きます」

と彼女が説明する。

「そう、僕も知りませんでした。幻想的な作風がちょっと気になって、ずっと見たいと思っていたんです」

私は必死に話を合わせた。

「わたしたち、趣味が合いますね。ミステリーもそうだし、絵の趣味も」

「ああ、そうですね」

私は牧村花音に近づく願ってもないチャンスだと思うことにした。偶然だが、転がりこんできたチャンスを逃す手はない。会場では一枚一枚の絵を二人で無言で鑑賞した。思いのほか好みの絵ばかりだったので、少しも苦痛ではなかった。それに、無言でいても、彼女と歩くことに不快感はなく、なぜか夫婦で歩いているような親近感さえ覚えたのだ。等々力が彼女に惚れたのも何となくわかるような気がした。

「なるほど」と思わず独り言をつぶやいた時、彼女が素早く聞き返してきた。

「何が『なるほど』なんですか？」

「いや、我々は趣味が似ていると思ったので、そう言ったまでです」

「実を言うと、あの時、わたし、あなたを選んだんですよ」

花音が寂しそうに言った。「でも、あなたは別の女性を選んだ」

それは彼女の嘘だった。私は彼女を三番目に選んだが、もし彼女が私を三位までに選んでいたら、マッチングしていたはずなのだ。しかし、そのことを指摘すると、彼女の気分を害するおそれがあるので、私は謝《あやま》った。

「いや、あなたも気になったのですが……。すみません」

「いいえ、わたしは責めているわけじゃありません。残念だなと思ったんです。わたし、この通り、特に取り柄があるわけでもないし……」

「そんなことはないですよ。あなたの趣味は洗練されてると思う。それに、料理の腕もいいし……」

「食べたことないのに、わかりますか？」

「いや、何となくわかりますよ」

「だったら、うちに来て、わたしの作ったケーキでも召し上がりませんか。おいしいコーヒーもありますし、せっかくの機会ですから」

そうまで言われて、断るわけにはいかなかった。それに、断る理由もない。私が気になっているのは、汀子にこれをどう説明するかだ。美術館近くで偶然出会って、これから花音の部屋でケーキを食べるなんて話、とても信じてもらえそうもない。

そうこうしているうちに、我々の足は花音のマンションに向かって進んだ。オートロックを解錠して、エレベーターに向かう。彼女はエレベーターに乗ると、10を押した。ほう、最上階に住んでいるのか。

これから「敵」の本丸に向かうと思うと、武者震《むしゃぶる》いに似た興奮と見破られるのではないかという恐怖が入り交じった複雑な気持ちになった。もちろん、彼女が等々力の婚約者だったと決めつけるには、まだ情報が不足している。まったくの別人かもしれない。別人だとわかれば、また調べなおせばいいのだとわりきって考えることにした。

エレベーターが十階に着き、彼女は通路を奥のほうに進んだ。最上階は九階までと違って、部屋数が五室と少ない。それだけ一つ一つの部屋が広いのだと思われる。

彼女は1005号室の前で立ち止まった。表札は空白になっている。

ドアを開けると、彼女は「さあ、どうぞ」とばかりに私のために場所をあけた。かすかにアロマのようなにおいがするが、うるさく感じるほどではない。玄関に入った時、折りたたんだ車椅子があることに気づいたが、初対面に近いので詮索《せんさく》するのはやめた。

廊下の突き当たりにあるドアを開けると、広いリビングルームだった。

「わあ、すごく広くて立派な部屋ですね」

「4LDKなんですけど、仕切りを取っ払って広くしたんです。ここは二部屋分あります。他に寝室と書庫に使っている部屋と、妹の部屋があります」

テーブルが一つあり、四脚の椅子がある。その向こうに大きなソファがある。つまりリビングともう一つの部屋をくっつけているのだ。部屋には高価そうな観葉植物が三鉢。薄いベージュ色の壁に大きめの油絵が二点飾ってあるが、額を見るとかなり高級そうだ。

「ここだったら、ちょっとしたホームパーティーを開けますね」

「ええ、もちろんできます。料理教室みたいなものをやりたいんですが、まだそんな機会がなくて。ここ入居して日が浅いんです」

「そうでしたか」

窓の外に広めのベランダがあり、その向こうに池袋や新宿の高層ビルが見える。

「わたしって、取り柄がないから、こんなところにお金を使うしかできないんです」

「いやあ、びっくりしました。立ち入ったことを聞きますけど、ここ、賃貸料、高いでしょう？」

作為的ではなく、いかにも自然な感じで質問ができる。これだけのすごい部屋を見せられたら、誰でも聞きたくなるというものだ。

「いいえ、縁あって購入しました」

「すごい。若き女性投資家という感じですね」

「まあ、とんでもない。あの会場では投資で成功したと言いましたが、実は夫の遺産があったものですから」

彼女は控えめに笑った。この鈴のような声が曲者《くせもの》だ。耳にすごく心地いい。彼女が結婚していたとしたら、夫はこの声にとろかされてしまったのかもしれない。

「ご主人をなくされたんですか。納得しました」

「親子ほども歳の離れた人でした。一緒に暮らしたのは短かったんですけど……」

彼女はそこまで言って、顔を少し赤らめた。「あら、わたし、こんなことを話しちゃって。結婚歴があるということを隠してあの婚活の集まりに参加してしまいました。そういうことを記入するところがなかったものですから。すみません。どうぞ、お掛けになって」

私がソファに座ると、彼女は対面式のキッチンに向かった。大きなヒップが揺れており、私の胸が少しどきどきした。等々力の声が耳に甦《よみがえ》る。

「彼女といると、気持ちがすごく落ち着くんだ。料理もうまいし、読書の趣味も合うし……」

ひとしきりコーヒー豆を挽く音がし、香ばしいにおいが漂ってくる。しばらくして、彼女はトレイにケーキとコーヒーの入った茶碗を載せてもどってきた。

「自家製のチーズケーキなんですけど、どうぞ召し上がってください」

確かにケーキは手作り感があり、専門店の味とちがって、どこか家庭的だ。おふくろの味のような親しみのあるケーキという感じがする。

「これだけの部屋を見せられたら、男性はくらっとするんじゃないかなあ」

「バツイチという引け目があって、恋愛になかなか積極的になれなくて」

「バツイチというより死別じゃないですか。あなた、まだまだ若いですよね。僕と同じくらいじゃないかな」

「ええ、三十二歳です。まだひきこもる年齢じゃないと思い直して、あのような合コンの会に申しこんでみたんですけど、今考えると、ちょっと場違いだったかも」

三十二歳というのは、等々力の彼女の年齢と一致する。

「うーん、残念です。あなたを選んでおけばよかった」

私の口からついそんな言葉が出た。

「今でも選べますよ」

彼女はそう言ったが、どういう意味なんだろう。

「え、どういうことですか？」

「ううん、こっちの話」

彼女は口元に謎めいた笑みを浮かべる。「でも、こうしてお近づきになれたので、またいらしてください」

「ええ、機会があれば」

私は彼女に話を合わせた。「あと失礼かもしれませんが、書庫を見せていただけないでしょうか？」

「あら、かまいませんよ。あなたに比べたら、大したものは読んでないと思いますが、ぜひごらんください」

そこは八畳ほどの洋間で周囲は本で埋められていた。窓はあるが、そこは遮光カーテンで閉ざされている。それ以外の壁はすべて書棚になっており、本がぎっしり詰まっている。書棚に納まらない本が一部、床から積み上がっていた。

「こんなところを見せたら、男の人は引きますよね」

彼女は口に手をあてて、くすくす笑う。

本は翻訳物のほうが多いようだった。確かにディクスン・カーとかアガサ・クリスティーの文庫本が並んでいる。その一方で犯罪ノンフィクションの本も目立つ。

等々力ほどの分量ではないが、本が見やすく整理されているのが女性的な細やかさを感じさせるし、何とも居心地のいい空間だ。ここにいたら、時間がたつのも忘れてしまうかもしれない。

長居するのも疑われる可能性があるので、そろそろ引きあげなくてはならなかった。

「失礼しました。今日はこれで……」

と言って、その部屋を出ようとした時、くらっと眩暈《めまい》がした。あれ、おかしいな。

「どうかされましたか？」

「いや、ぼ、僕はあれ、どうしちゃったんだろう」

舌が痺《しび》れ、言葉がもつれた。足の力が急に萎《な》え、歩くのがつらくなった。

「どうも、最近、寝不足がつづいていたみたいで……」

確かに、最近、締め切りの近い原稿を何本か抱えていて、夜遅くまで仕事をしている。しかし……。

「遠慮しないで、ゆっくりなさったら？」

花音のおだやかな声が子守歌のように耳に入ってくる。いや、だめだ。帰らなくては。

そう思って、玄関まで行く。靴を履いてドアを開けて外の通路に出た。それから……。

夢遊状態で歩いたような記憶がかすかに残っている。

それから、何も覚えていない。


気がついた時、私はベッドの上で寝ていた。

起き上がろうとして、かすかに眩暈を覚えた。あれ、裸だ。私は裸で寝ている。かすかに香水のにおいのする部屋で私は……。

それから、はっとなって起き上がる。ベッドの隣に裸の女が寝ている。ああっ、たいへんなことになった。私は牧村花音とそういう仲になってしまったのだ。下半身にひどい疲れが残っていた。

まずいと思って、彼女を起こさないようにこっそりベッドを下りて、床に乱雑に脱ぎ捨てられていた下着を身につけようとした。

その時、背後から首に腕をまわされた。私はバランスを崩して、ベッドに仰向《あおむ》けに倒れる。

「どうしたの？」

違う。その声は牧村花音の声ではない。私に覆いかぶさってきたのは栗栖汀子だった。

「あれ、僕は？」

頭を両手で抱える。「何も覚えていないんだ」

私に背後から体を密着させながら汀子は言った。

「どうしたの、昨日の夕方、酔っぱらってここに来たのよ。それで、そのままベッドで眠っちゃったの」

ええっ。ということは……。牧村花音の部屋を出たのはおぼろげに記憶がある。それから、帰巣本能のようなものでそのまま八階の汀子の部屋に行き、そこで力尽きてしまったのだろうか。

牧村花音の部屋を訪ねたことは汀子には話せなかった。罪悪感とともに、疑惑が湧き起こってきた。私の体に異変が生じたのは、牧村花音の部屋に行った時だ。自家製のチーズケーキとコーヒーを勧められ、それから彼女の書庫に入った。それから……。

「どうしたのよ?」

汀子に責められ、なぜか怒りが湧いてきた。汀子は悪くない。牧村花音が私に何かを飲ませたのだ。突然、花音に対する怒りが全身に行きわたり、そのエネルギーが汀子に向かう。私は汀子を体の下に組み敷いた。

くそっ、牧村花音だ。あの女に間違いない。

花音に対する怒りが私の全身に漲る。汀子が嵐のように荒ぶる私の下で歓喜の声をあげている。

「淳之介さん、やめて」

汀子は拒否する言葉を吐きながら私を喜んで受け入れた。

裁判所近くの喫茶店。五回目の会合、四人全員出席。

「淳之介君、大いに荒ぶる」

毒っ子倶楽部の暫定《ざんてい》会長、野間佳世は興奮気味に他の会員の反応を探る。お良も興奮しているようだが、あくまでも冷静な仮面をかぶっている。潤《うる》んだような目で溜息をつくミルク。醒めた顔でノートパソコンに文章を打ちこむリリー。反応はさまざまだが、そこがこの読書会の楽しいところだ。

「ここでいきなり生々しい話に切り替わるところ、わたしは好きね」と野間佳世。

「わたし、わかります。淳之介君に抱かれる気持ちがとてもよくわかる。あの時は興奮して『淳之介さん、やめて』と叫んじゃったもの」

ミルクはそう言って、自分の胸の前で両手を交差する。今日の彼女はピンクのふわふわのセーターを着ており、少女小説から飛び出してきたかのように可憐に見える。

「あの時？」と野間佳世。

「あ、いいえ。つまり、どう説明したらいいのでしょう。わたしの魂が栗栖汀子の中に乗り移って、そんな気分になったって意味です」

「ミルクちゃんでも興奮することがあるのね。かわいい」

野間佳世は意外そうな顔をして笑った。

「おばさんのわたしも恥ずかしながら心の中で『淳之介君』と叫んだことをここに告白しておきます」

お良は冗談めかして言った。「ここが話の分岐点ね。ここからいよいよ淳之介君が本丸の牧村花音に迫っていく」

「でも、汀子に寝言で浮気がばれて破局すると予想します」

ミルクはいたずらっぽく笑う。

「浮気じゃないでしょ。変な薬を飲まされて、ふらふらになっても、花音の部屋を出たんだから」

野間佳世は紫色のスーツの襟を正しながら真顔で言う。

「早く次の章に進みましょう」

お良が原稿の整理役のリリーに向かって両手でお願いのポーズをする。「ね、早く次を読ませて」

「あなたもせっかちね」

野間佳世が苦笑したその時、リリーがバッグの中に手を突っこみ、プリントアウトした原稿を取り出した。

「今日は特別です。実はもう一章あるんです」

「うわあ、リリーちゃん。ありがとう」

お良は待ちきれないかのようにプリントを受け取り、すぐに読み始める。ミルクは潤んだ目でテキストに目を落とす。リリーはその間も速記記録を見ながらカタカタとパソコンのキーボードを叩き、その日の傍聴の記録を打ちこんでいく。

12――（追いつめる――境界線上の女）⑥

池尻淳之介

「淳之介さん、起きた？」

誰かが体を揺すっている。意識がゆっくりもどっていく。女が私の顔をのぞきこんでいた。最初はぼやけていたが、だんだんとピントが合ってくる。栗栖汀子。しかも全裸だ。

汀子は「よかった」と言って、私に抱きついてきた。

「淳之介さん、変な薬を飲まなかった？」

汀子は奇妙なことを聞いてきた。「とても苦いもの。睡眠薬みたいな薬」

「どうして？」

「だって、あなたとキスをした時、とても苦くて変な味がしたの」

私は粘つく口の中にかすかに苦みを感じた。そして、すぐに思い出した。牧村花音の部屋でコーヒーを飲んでから、体調に異変を来《きた》したことを。

「わたしに何か隠してるでしょ？」

とがめるような口調だ。

「どうしてそんなことを？」

「あなたの体から女の匂いがしたの。わたしのと違う香水のにおい。あなたが他の女の人と付き合っているのがすぐにわかった。女の勘って、鋭いのよ」

わたしたちはベッドの上に並んで横たわっている。彼女が左手で頭を起こし、私の目をのぞきこむように見る。

「そんなことはないよ。秘密ならいっぱいあるさ。君と付き合ってまだ日が浅いんだし、まだまだ話していないことはたくさんある」

「そういうことじゃなくて、昨日、女の人と何かあったでしょ？　風俗に行ったの？」

「冗談、言わないでくれよ。僕は君しか愛していないさ」

「嘘」と彼女はわたしの肺腑《はいふ》をえぐるような鋭い声で言った。

「わたし、聞いちゃったんだから」

「何を？」

「あなたは女の名前を叫んだのよ。わたしの名前じゃなくて、別の女の名前」

汀子は涙声になっている。彼女がかなり嫉妬深いことに驚く。

「ええっ」

「カノンって叫んでたのよ。音楽用語だなんて、言い訳しないで」

「カノンって……」

牧村花音か。私は汀子を抱きながら、「花音」と叫んだのか。「カノンって、パッヘルベルのカノンとか……。痛い」

汀子が私のわき腹を思いきりつねった。

「牧村花音さんね。そうでしょ？」

汀子が私の心中を読んだかのように言った。「この前、わたしたち、顔見知りだと言ったでしょ？　お互いの名前も知ってるのよ」

「ああ、そ、そうだったね」

「正直に話して。彼女と何があったのか」

「何もなかったよ。ただお茶に呼ばれて、書庫の本を見せてもらっただけさ」

「知り合いだったの？」

「実を言うと、君と出会う前、あの合コンの会場で彼女と会ったことがあるんだ」

ふと思いついた適当な嘘をつく。「今日、いや昨日、ここに来る途中で偶然に会ったんだ。君に会いにいくなんてとても言えないから、咄嗟に美術館に行くと言ったら、彼女も一緒に見るというんだ。その流れで、彼女のマンションでお茶を飲んでいかないかと誘われたんだ」

「ふうん」と言って、彼女は疑わしげな目で私を見つめる。

「チーズケーキを食べて、コーヒーを飲んで、それから書庫に入ったんだ。そこからの記憶が曖昧《あいまい》で、気がついたらここにいた。嘘みたいな話だけど、それが真実だ」

私は必死に弁解した。花音の部屋にいたことがばれた以上、ある程度、正直に話す必要があった。「わかった。そんな嘘みたいな話、思いつきではできないわよね」

「信じてくれる？」

「信じる」

「よかった」と言いつつ、私はすでに汀子の尻に敷かれていることを悟った。

「花音さんって、ある意味、錬金術師よね」

「錬金術師？」

この時代、なかなか聞かない言葉だ。

「彼女みたいな人がなぜこのマンションの最上階に住んでると思う？　この部屋と比べものにならないくらい広い部屋に住んでるのよ」

汀子は花音が十階に住んでいることを知っていたのだ。それなのに、以前私に花音が九階か十階に住んでいると言ったのは、彼女に反感を覚えていたせいか。

「そりゃ、夫と死別して遺産をもらったんじゃないかな。生命保険もあっただろうし」

「同じマンションに住んでると、いろいろ悪い噂が聞こえてくるの。あの人の相手って、七十前後の会社の社長だったみたいよ。結婚してまもなく、ご主人がころっと死んでしまって、遺産が転がりこんできたみたいな感じ」

汀子は牧村花音の情報をかなり知っているようだ。

「今でも、たまに若い男を部屋に入れてるみたい」

「だから、彼女は婚活のイベントに参加してるのか」

「たぶん、そうだと思う。彼女に結婚する気なんてさらさらないわよ。男の人との冒険を楽しみたいだけ」

「彼女が部屋に入れてる若い男と言ったけど、どういう感じの人かな？」

それは等々力謙吾ではないだろうか。

「あなたぐらいかしら。ちょっとおたくっぽいところが似た感じがする」

「その男は今でも見かける？」

「ううん、別れたと言ってた」

「よく知ってるね」

「だって、たまに会うと、聞きもしないのに、向こうから教えてくれるんだもの。男に不自由していないってことがきっと自慢なんでしょうね」

私は汀子に等々力のことを話すべきか考えていた。汀子の協力を得れば、牧村花音のことをさらに踏みこんで調べられるかもしれないと思ったのだ。

「彼女、『カノンの部屋』というブログをやってるから、のぞいてみるだけでも、彼女のことがわかるわ。あの人、遺産と生命保険と貢《みつ》いでくれる男のお金で暮らしてるのよ」

なるほど、それが事実なら、等々力のように女に免疫がない男がころっとだまされ、貯めていた金を花音に吐き出していたとしても不思議ではない。等々力の預金通帳から引き出された使途不明の多額の金がそれを物語っているような気がした。

「あとね、彼女には同居している妹がいるの」

「そうなのか」

「あまり外には出てこない。足に障害があるのね。車椅子に気づかなかった？」

私は急に思い出した。玄関の近くに折りたたんだ車椅子があったことを。

「じゃあ、妹はずっと部屋に？」

「そう、どこかに妹の部屋があると思うよ」

もし妹がいたとしたら、花音との会話を聞かれただろうか。「妹が小学生の頃、花音さんの不注意で下半身不随になる大怪我をさせてしまったんだって。そのことを不憫《ふびん》に思って、ずっと世話をしてると花音さんは言ってたわ」

「なるほど、そういうことか。彼女にも同情すべきところはあるんだね」

「家族を養うために、お金は必要なんでしょう。だから、男の人に取り入って、お金をむしりとる。同情したいところはあるけど、やり口がえげつないというか」

私は何とも複雑な気持ちになってしまった。等々力のフィアンセは牧村花音とほぼ確信したが、彼女の罪をどのように暴けばいいのだろう。やはり、汀子の協力は必要だと思った。汀子に疑わしい目で見られるより、ここは等々力をめぐる不審な出来事と、それにからむ女のことを正直に告白するべきだ。

「実は、僕……」

そう言って、私は話を切りだしたのである。幸いに、汀子は私が婚活のイベントに参加したことに対して理解を示してくれた。

13

（牧村花音のブログより）

「カノンの部屋」（大砲のイラスト）

・プロフィール（顔写真）

１９８７年生まれ。ぎりぎり昭和の女。境界線上の女です。（苦笑）

名前の由来は音楽好きになってほしいという両親の願いから（たぶん）。

山形県新庄市出身。

父はデザイナー（印刷業）、母は小学校教師。３人姉弟の一番上。３歳下の妹、４歳下の弟あり。

幼い頃からピアノを学ぶ。

地元の県立高校を卒業後、上京。某短大の家政学科卒業。

人材派遣会社の事務など、いくつかの職を経て、現在投資コンサルタント。

趣味　読書（推理小説）、美術鑑賞、温泉、創作料理など。

苦手なこと　スポーツ全般。少し太り気味（笑）なので「運動音痴です」。

嫌いなもの　自分の体。食べ歩きが好きで、ほとんど運動しないから（笑）。

結婚相手募集中。恋愛経験ほぼゼロ。高校の時にプラトニックな恋愛。恋人いない歴14年（推定）。「そろそろ結婚して、幸福な家庭を築くことを夢見る乙女。乙女にしては歳をとりすぎてるかも」（笑）

現在、東京都練馬区在住。妹と同居。

14――（追いつめる――境界線上の女）⑦

池尻淳之介

山形新幹線は福島で東北新幹線から切り離され、在来線の走る線路に乗って北上する。

米沢と山形で大方の乗客が降り、車内は閑散としてくる。車窓に見えるのは田園地帯。四月下旬、田植え前の水田にはまだ水は張られておらず、茶色の世界が広がっている。庄内平野をさらに北上し、新幹線は終着駅の新庄に到着する。東京からおよそ三時間半だった。

それなりに明るく、比較的新しい駅舎を出ると、日本のどこにでもあるような地方都市の駅前風景が広がっている。新庄は新幹線の終着駅であると同時に、さらに北、秋田県の湯沢や横手、西の酒田や鶴岡に向かう在来線の乗り換え駅でもある。旅行客はそのまま通過し、ここに用がある者のみが下車する。私もその一人だ。

牧村花音はこの地で、昭和と平成の「境界線上」でこの世に生を受けた。本人の言葉を借りるなら「境界線上の女」である。その境界線は、その他にもいろいろな意味を持っていることが、おいおいわかってくるはずだ。

本人がブログを開いているのを汀子が教えてくれたので、検索してみると、すぐに見つかった。「カノンの部屋」。アクセス数はそんなに多くない。

プロフィールのところに本人の顔写真がついているが、二十歳前後のものらしく、現在と違いすぎている。目のあたりを注意深く見ないとわからないかもしれない。

ブログ冒頭の自己紹介を読んで、まず本人に間違いないと思った。ただし、そこには恋愛遍歴や結婚歴があることは記されていない。三十二歳、恋人募集中の独身女性であることを強くアピールしている。

そんなわけで、私は牧村花音の生い立ちを調べることにした。ノンフィクションを書くなら、犯人の生い立ちから始め、どのような道を辿りながら現在に至ったかを克明に調べるべきだ。その中から、犯人がどうして犯罪に手を染めるようになったかのヒントが見つかるかもしれない。

犯人とまだ決まったわけではない。百パーセントの確証がないのに、そう決めつけるのは危険かもしれないが、私の直感は「牧村花音が等々力のフィアンセであり、等々力を自殺に見せかけて殺した犯人である」と断じていた。

牧村花音が出生した住所ははっきりとしない。しかし、栗栖汀子がずっと前、花音本人から「新庄駅の北のほう、すぐ近くに大名のお墓がある」と聞いたことを話してくれたので、行けば何とかなると思ってきたのだ。

駅の中の観光案内所で新庄市内のパンフレットを見ると、大名の墓はすぐに見つかった。戸沢《とざわ》家墓所がそれだ。江戸時代、新庄藩の藩主だった戸沢氏の墓があるという。とりあえず戸沢家墓所に行ってみて、その周辺をあたってみれば、何かヒントになるものが見つかるかもしれない。

駅前でレンタカーを借りようとしたが、この辺の地理に疎《うと》いので、タクシーにした。市街地を抜けて北へ進むと、田園地帯が広がった。十五分ほど行くと、小さな集落に入り、その中心あたりに大木が何本も立っている寺社らしき一画があった。

「ここで待ってましょうか？」とタクシーの運転手に言われたが、どのくらい時間がかかるかわからないので、会社の名刺だけもらっておいた。

集落の中の寺社のように周囲に大木が植わっている一画、そこがまさに戸沢家墓所で、茅葺《かやぶ》きの小さな廟《びょう》が一戸建てのようにいくつも並んでいる。各代の藩主とその妻の霊を祀《まつ》っているのだ。花音はここにお参りしたことがあるのだろうかと考えながら、周囲を見まわす。

彼女の父親は印刷業をやっているらしい。花音の年齢から推理すると、父親は五十代後半から六十代くらいのはずで、今でも現役の可能性が高い。もしそうだとすれば、どこかに事務所があるはずだ。

だが、それらしき建物は見つからない。集落の中を右往左往しているうちに、表札の下に何やら看板をつけている家があった。近くに寄ってみると、看板の文字は色褪《あ》せ、見えにくいが、何とか「家庭教師」と読めた。彼女の母親が公立の小学校教師なら、ここは違うかもしれない。小学校教師は副業禁止のはずだから。

表札には剝がされた跡があった。そこは二階建ての普通の家だったが、どの窓もカーテンで閉ざされていた。門扉《もんぴ》から玄関をのぞいてみるが、人が住んでいるようには思えない。生《い》け垣も伸び放題だし、庭木も手入れされておらず、枝が密集して窮屈そうだ。

一応チャイムを押してみるが、中で鳴っているようには聞こえなかった。完全に空き家のようだ。

「何か用かな？」

突然、背後から男の声がした。ふり返ると、七十歳前後の気むずかしそうな男が立っていた。この家の向かい側に住んでいるらしい。私が門の中をのぞきこむようにしているのが不審に思われたのだろう。

「ああ、すみません。実は牧村さんのお宅を探しているのですが、もしかしてここじゃないかと思って」

「そうだよ。いや、そうだったと言うべきかな。今は空き家だ」

「どこかに引っ越されましたか？」

「いや、それは……」

男が言いにくそうに口ごもったところに、男の家から六十代ぐらいの女が現れた。

「あなた、どうしたの？」

「いや、この人が牧村さんを訪ねてきたというから」

「どんな用かしら？」

妻らしき女も訝《いぶか》しそうに私を見る。

「実は、言いにくいのですが、牧村花音さんの身辺調査をしてまして」

私は事件が起こると、雑誌などに取材を頼まれることがあるので、常に名刺を持ち歩いていた。名刺があるのとないのとでは取材相手からの信用のされ方が違うのだ。名刺の名前の上に小さく「取材記者」と刷ってあると、取材相手はわりと信用するものなのだ。

「ほう、取材記者ね。東京から来たのか？」

男は名刺を透視するようにじっと見る。

「個人的に牧村さんのお宅を調べております」

その程度だと疑われるので、さらに追加する。「今回は結婚の身上《しんじょう》調査です。記者の傍ら、興信所のような仕事も掛け持ちしています。牧村花音さん、こちらに住んでおられたんですね？」

アドリブ的にそれらしき理由をつけると、相手は納得したようだ。

「花音ちゃんが結婚するの？」

妻のほうが興味津々といった顔で言った。ここでいろいろ情報が入りそうな予感がする。男の家の表札を確認すると、「武石《たけいし》」とあった。

「空き家といいますと、牧村さんご一家はどこに引っ越されたのですか？」

「一家離散といったほうがいいかな」

武石は牧村家のほうを窺《うかが》った。「両親が離婚して、ばらばらになった。家を売りに出してるけど、こんなところじゃ家は売れないよね。ずっとあのまま荒れ放題さ」

「奥さんは今どちらに？」

「さあ、わからない。家を出ていった。DVって知ってるだろう？　旦那の暴力というか、家庭内が荒れているのに嫌気がさして出ていったというのがもっぱらの噂だ。あの家は、もともと近所付き合いが嫌いで、くわしい事情はよく知らないんだけどね」

「家庭教師をやってたんですか？」

「ああ、学校の教師をやめてからやってたけど、生徒はあまり集まらなかった。教え方がきびしいんだとさ。自分の娘にも容赦しないで怒ってるくらいだったから」

「その娘さんなんですけど、どのくらいご存知ですか？」

「娘といっても二人いるけど、どっちかな？　花音ちゃんを調べてるんだっけ」

「そうです」

「あの子は高校を卒業して東京に出てから、ほとんど帰省しなかった」

「妹のほうはどうでしょう？」

「妹は留美《るみ》ちゃんといって、小学校の時に大怪我をして、それ以来、ひきこもりになっちゃった」

「その留美さんは？」

私は知っていたが、あえて訊ねた。

「花音ちゃんと東京で暮らしてると聞いたことはある」

それは、栗栖汀子に聞いていたことと一致する。

「留美ちゃんの大怪我が花音ちゃんのせいだと言われてるのよね」

傍らで話を聞いていた夫人が言葉を挟んだ。「花音ちゃんはそのことをずっと申し訳なく思っていて、東京に出てから留美ちゃんを呼び寄せたみたい」

「具体的にどんな事故だったんですか？」

「近くの山に何人かで遊びにいって、留美ちゃんが崖《がけ》を滑り落ちたんだって話。腰を痛めたという話を聞いたわ」

「そうだったんですか。それから、留美さんの下に弟がいるんですね？」

「そう、大樹《だいき》君ね。大きな樹木と書くんだけど、なかなか優秀な子だったのね。お父さんが教育パパだったから、学校以外でも、ずっと勉強させられていて、そういう意味では可哀相だった」

「今はどうしてるんですか？」

「弁護士になるって頑張っててね。東北大の法学部を受けたんだけど、落ちちゃったの。二浪してもだめで、どこかの私立に行ったわ。それが二流だというんで、本人も荒れたし、見栄っ張りのお父さんもがっくり来たんだと思う。でも、周囲には息子は司法試験を受けるために東京の大学で勉強しているから弁護士並みに法律にくわしいんだとか負け惜しみを言っちゃってね」

「そうそう、あの父親のことなんだけど」

武石が言った。「彼ももともと弁護士志望だったけど、結局だめで家業の印刷屋を継いだんだ。だから、息子に希望を託し、きびしく勉強させた」

「親子二人とも、弁護士にはなれなかったわけですね？」

「そういうことだな。親は二人とも娘には無関心だったと思う。花音ちゃんが東京に出ていく時も反対しなかったというから。花音ちゃん、学費は自分で稼ぐから援助はいらないと啖呵《たんか》を切ったらしい」

「母親のほうはどうでしたか？」

「奥さんは可哀相だったわ」

再び武石夫人が話を引き取った。「あの人は暴力を受けてたんだと思う。離婚したいと言ったが、旦那が受け入れないから、家を出ていったという話。ずっとうつ気味になっていたのは、近所の人はみんな知ってる。それで学校をやめて、家庭教師を始めたけど、生徒はあまり集まらなかった」

こういう醜聞《しゅうぶん》めいた話は女のほうが好きなようで、武石夫人が喜々《きき》として話し、その間夫のほうは苦笑いしていた。私は彼女が話をするのをただ聞いているだけでよかった。

「妻は家出、娘二人は家を捨てて東京で一緒に暮らす。息子はなかなか司法試験に受からないし、けっこう荒れてたみたい。旦那さん自身も印刷会社の経営がうまくいかない。こんな田舎じゃ、仕事が選挙のポスターとか、店の広告くらいのものでね」

「今はどうしてますか？」

「ううん。過労死したんだと思う。お客さんと商談中に突然倒れたんだって。心臓発作らしい」

「それは何年前ですか？」

「七、八年前かしら」

「そうでしたか」

「お母さんの居所は、ひょっとしたら娘たちに聞けばわかるんじゃないの。没交渉って可能性もなきにしもあらずだけど」

私は牧村家の簡単な系図を書いてもらった。花音の両親は洋一郎《よういちろう》と涼子《りょうこ》、妹は留美、弟は大樹。父方の祖父母はずいぶん前に他界しているという。母方の祖父母については知らないということだった。両親に兄弟がいれば、いとこも存在するはずだが、いとこたちが遊びにきているのは見たことがないという。

「まあ、夫婦ともお高くとまっているし、近所付き合いも嫌いだし、いたとしても付き合いがなかったんじゃないかしら。わたしたちが知ってるのはそれくらいよ」

そう言うわりに、武石夫人はかなりの事情通のようだ。

「わかりました。ありがとうございます」

私は礼を言った。「花音さんについて、もっとくわしいことを知ってる人はいませんか。同級生とか友だちとか」

「そうねえ」と言って武石夫人は首を傾げたが、すぐに両手を叩いた。

「確か三軒隣の川原《かわはら》さんの娘さんが小学校から高校まで花音ちゃんと一緒だったはずだけど」

「その方はどこにいますか?」

「駅の近くの保育園の保母をしてるわ」

「いろいろ教えていただいて、ありがとうございます」

私が深々と頭を下げた時、武石が呼び止めた。

「ちょっと待ってね。私が書いた本をあげるから」

彼は家にもどると、一冊の本を持ってもどってきた。

「これ、何かの縁だから、あんたにあげるよ」

『戸沢家と新庄藩』という、見るからに自費出版のような造りの本だった。

15——(追いつめる——境界線上の女)⑧

池尻淳之介

（富田《とみた》〔旧姓川原〕咲子《さきこ》）

ええ、牧村花音ちゃんとは小学校から高校まで一緒でした。親友というわけではないけれど、家がすぐ近くだったから、朝の通学班が一緒で、学校でも同じクラスになったり、ならなかったりでした。

あまり友だちがいたという印象ではないですね。お父さんはきびしく、お母さんがお高くとまっているような人で、近所付き合いもそんなにしない家で、外であまり遊ばせなかったんです。インドア派っていうんですか。彼女、だから、家で本を読むことが多かったみたい。お父さんが推理小説好きでその影響もあったのかしら。お母さんは家庭教師をやってたけど、ああいう性格だから、生徒はそんなに集まらなかった。わたしも駅のほうの学習塾に行ってましたからね。

そう、花音ちゃんもお母さんに勉強を教えられてたけど、勉強はそんなに好きではなく、いやいややってるようでした。

妹さん？　ああ、留美ちゃんね。とてもかわいい女の子でした。はっきり言って、姉の花音ちゃんは器量は十人並み、三歳下の妹は近所でも評判の美少女。同じ姉妹でもあも違うのかなと思いました。花音ちゃんは小太りのお母さん似で、留美ちゃんは長身のお父さん似だったんじゃないかしらね。花音ちゃんが外に行く時はいつも金魚の糞《ふん》のようにあとについていたのを覚えてます。

妹をいじめていた？　いいえ、そんなことはなくて、すごく可愛がっていましたよ。学校の通学班も一緒だから、よくわかります。

ええ、不幸な事故がありました。なぜか、その時、近所の女の子だけで近くの山に山菜採りに行ったんですね。通学班の女子だけだから六人くらいいたかしら。その時、わたしもいたのでよく覚えています。わたしと花音ちゃんは六年生、留美ちゃんは三年生でした。里山程度の低い山だったんですが、そこで留美ちゃんが崖から滑り落ちて、大怪我をしたんですね。腰のどこかをやられたとかで、留美ちゃんは車椅子になってしまいました。小学三年の時ですね。留美ちゃんはそれから不登校気味になっちゃって……。高校は通信だったかな。そのことを花音ちゃんはずいぶん悔やんでいて、落ちこんでいましたもの。責任をとって、何年もたった今でも東京で留美ちゃんと一緒に暮らしているということを聞いています。

弟さん？

わたしとは年が離れていたから、あまりよく知りません。勉強はできたみたいだけど、親の期待がプレッシャーになってだめになっちゃったって、うちの両親は言ってます。合格した東北大を蹴って、私立に行って司法試験の勉強をしてるという話でしたが、誰も信じていませんでした。その頃、お母さんが家出しています。お父さんの家庭内暴力が原因だと噂してる人もいますけど……。そうそう、顔に痣《あざ》があるのを見たことがありますもの。とにかくあの家はごたごたつづきで、そんなことが影響して、家を飛び出したのかもしれません。

花音ちゃんは本の虫でした。学校の休み時間は図書館の本をずっと読んでましたから。中学の時、図書館の本を全部読んだと言っていたくらいでした。

勉強？　地頭のいい子だと思うんですけど、勉強はそんなにしなかったと思います。授業中も先生の話を聞かないで、ぼうっとよそ見ばかりしてましたから。夢想癖っていうんですか、いや、虚言癖《きょげんへき》みたいなものはあったかもしれません。

高校も地元の普通の高校。わたしも行けるレベルです。

そうですね。変わったことといえば、花音ちゃんに変な噂がたったことがあります。高二くらいの時、駅の近くで夕方、中年の男の人と歩いていたのを目撃されたという話がありました。制服ではなくて少し派手めの服を着ていたといいます。援助交際と噂している人もいましたけど、あくまでも噂止まりです。化粧をしていたので、彼女かどうかわかりませんが、大人びていて、近寄りがたいオーラを漂わせていたといいます。

その噂が一度や二度ではありません。四回か五回か、そのくらいありました。朝、登校する時は普通の高校生で、放課後、どこかで着替えて男の人とすごす。性的な関係はなかったかもしれませんが、同伴してお金をもらうなんてことはあったんじゃないかと思います。彼女の私服とか、持ち物を見ると何となくお金がかかってるなあと。

両親は何も言わなかったか？　さあ、そこはよくわかりません。あの頃、両親の関心は妹や弟のほうに移っていて、花音ちゃんのことはあまり気にかけなかったんじゃないでしょうか。

彼女は東京の短大に進学します。これも噂ですが、彼女が自分で学費を賄《まかな》ったんじゃないかと言われています。高校の時、援助交際でこつこつ資金を貯めていたんじゃないかと。家族との関係はあまりよくなかったようだから、少しでも早く家を出たかったたんだと思います。

留美ちゃんとの関係？　花音ちゃんが短大に行っている間は、当然姉妹は離れてくらしてました。でも、留美ちゃんは高校の卒業資格をとった後、上京しています。二年で短大を卒業した花音ちゃんが一緒に住もうと誘ったんだと聞いています。

弟の大樹君は、司法試験もうまくいかず、荒れているようでした。あの頃、娘たちは東京に出ているし、お母さんはずいぶん悩んでいたんじゃないでしょうか。何年かして、お母さんは家を出て行ったと聞いています。

お母さんの行方？　さあ、わたしにはわかりません。

その後、花音ちゃんと一度だけ会ったことがあります。中学卒業後十年の同窓会ですね。服は高価そうで、化粧がすごくて、一見なんかクラブのホステスみたいだなと思ったものです。実際、そうだったんだと思います。

わたしは彼女と一番近い存在でしたから、同窓会の二次会で彼女の隣に座って、いろいろ話を聞きました。実は新宿の高級なお店でホステスをやっていると。

「家には内緒だよ」と前置きした後、マンションで留美と同居してると言ってました。妹には一生償《つぐな》わなければならない罪を負ったようなものだから、不自由な思いをさせたくない。そのためにいやな仕事をしてるんだと。

そう言った時の彼女、涙ぐんでいました。ああ、彼女は妹思いなんだなと感じましたね。

結婚をしたという話は聞きましたけど、その方とは四十歳も年齢が離れているという話でしたね。ええ、その人が亡くなったという話は聞きました。今度の結婚の話、わたしは初耳です。それを知りたくて、今日あなたと会うことにしたんですよ。

相手の方は三十三歳？　じゃあ、年齢的にちょうどいいじゃないですか。前の人はさすがに親子以上離れていたから、今度の人のほうがいいと思います。

前のご主人が亡くなったのは、確か二、三年前だったと聞いています。その人はお金持ちで、子供とか兄弟といった血縁関係者がいなかったそうで、彼女が全財産を受け継いだそうです。それで高級マンションを買ったという話を聞きました。妹も暮らせるくらい広い部屋だそうです。東京に出た時はマンションに泊まってと言われていますけど、わたし、育ち盛りの子供が二人もいますから無理なんですね。まあ、社交辞令だと思うので、本気にはしてませんが。

彼女がご主人との死別の後、誰かと付き合っていたか？　たぶんいるかもしれませんが、結婚まで行っていないので、あったとしても大した付き合いじゃないと思います。それに、彼女、夜の仕事から足を洗って、今はマンションで妹の留美ちゃんと暮らしているみたいだし。

結婚したら、留美ちゃんはどうするんでしょうね。同居ってわけにはいかないから、同じマンションに部屋でも借りるんじゃないかしら。前のご主人と結婚していた時は、どうしてたんでしょう。実際に見てないから、よくわかりません。

ええ、姉妹関係は良好だと思います。花音ちゃんは留美ちゃんを一生養っていくと言ってるようですから。でも、留美ちゃんも本当は歩けるようだし、自立できるとは思うんだけど、花音ちゃんに依存しすぎってところがあるんじゃないかしら。

まあ、わたしが知っているのはそんなところです。家で小学生の子供が待ってますから、このくらいでいいでしょうか。（談）

＊

結局、山形県の新庄には二泊した。牧村家の近隣の家で聞きこみをしたが、武石家と富田（旧姓川原）咲子から得た情報を越えるものは、それほど多くなかった。

皆口をそろえて言うのは、牧村花音の父親洋一郎は息子大樹の進路問題、妻涼子の家出や、印刷会社の経営不振など様々な負の状況が重なり、疲れきっていた。客との商談中、突然死したのは、そういったことにも原因があるのではないかということだった。

新庄市の自宅は、洋一郎の死後、妻である涼子が受け継いだ。つまり、離婚はしていなかったということだ。子供たちは負の遺産と言うべき実家を嫌って相続放棄したらしいが、それは正解だと近所の人たちは話している。実際、建物付きの物件として売りに出しているが、駅から遠いという立地条件が嫌われて、価格を下げつづけているにもかかわらず、買い手がつかないのだという。

父方の祖父母はすでに他界している。母方の祖父母は山形県の米沢市あたりに在住するが、涼子が洋一郎との結婚の件で反対されたことから、ほとんど絶縁状態だった。親が死ねば実家に帰るかもしれないが、そういったことは誰も聞いていなかった。

母の涼子の所在について、自宅の売却を扱っている不動産屋に問い合わせてみたところ、個人情報なので教えられないとけんもほろろに断られた。もちろん、近隣の住民も涼子の行方は知らなかったが、男ができてどこかで一緒に暮らしているのではないかと噂する者もいた。

　花音は高校卒業後に上京してから、実家の近くでは一度も見られたことはないという。おそらくほとんどもどっていないのではないか。中学卒業後十年の同窓会に来た時も、彼女は駅前のビジネスホテルに泊まり、実家には顔を出さなかったらしい。その頃も家族関係がうまくいっていなかったのだろうと容易に推測できる。

　牧村花音の生地に行って、その関係先を調べてみて、ばらばらに崩壊した牧村家の状況が浮かび上がってきたのである。

　東京にもどってみると、栗栖汀子がいろいろ調べてくれていた。何日か前、たまたま花音本人とマンション内でばったり会って、花音の部屋に招かれたのだという。こっちから話しかける手間が省けたので、その機会を逃す手はないと汀子は思った。

「あまり露骨に聞くと怪しまれるから、どう聞き出そうか悩んだんだけど、結婚の話、けっこう踏みこんで聞いちゃった。花音さん、おもしろおかしく話すから、こっちもつい調子に乗っちゃって、話を合わせていると、彼女、話しすぎるくらい話して……。たぶん誰かにしゃべりたくてうずうずしてたんじゃないかしら」

　汀子は屈託《くったく》なく笑う。「利害関係というと大げさだけど、わたし、婚活ということで彼女と情報を共有してるから、疑われることはなかったんだと思う。彼女の結婚相手の情報、知りたくない？」

「え、すごい。そこまでわかったのか」

「その旦那が死んで、遺産をもらった後も、花音さん、何人かと付き合ってる。深く付き合った人が何人か変死してるの、すごくない？」

「変死って、本人がそう言ったの？」

「まさか。彼女が言うには、『わたし、男運がないの』っていうわけね。彼女、『わたしと付き合う男の人って……』と話しだしたら、止まらなくなって」

16――（栗栖汀子の取材をもとに構成）

「わたしって、とことん男の人に運がないの」

牧村花音はそう言って、己《おのれ》の男運のなさを嘆いた。「わたしと付き合う男の人って、どうしてこうなるのってくらい不幸になるのよね。アゲマンの逆でサゲマンっていうのかしら」

「嘘でしょ？」

汀子は大げさに驚き、相手の反応を窺う。「そんなにたくさんの人と付き合ったわけじゃないでしょ。そういうのって、ただの偶然よ。そう感じるだけ」

「ううん、そうじゃないの。わたしと関わり合いになると、男の人は不幸になる」

「例えば？」

「なぜか事故に遭《あ》ったり、自殺したり……、わけがわからない。わたしに何か前世の悪いことがあって祟《たた》っているのか」

「亡くなったご主人は？」

「急性心不全」

「おいくつだったの？」

「六十九歳」

「ええっ、すごく歳が離れてるんだけど」

「前に働いていたお店のお客さんなの。わたしをずっと指名してくれて、プライベートでもいい仲になって、結婚を申し込まれたのね」

「年齢差は？」

「わたしが二十九の時だったから、ちょうど四十歳違うのかな。おじいちゃんでもいいくらい」

「すごい」

「わたしとしても歳の差が気になって、最初は断ってたのね。でも、お金をくれるし、高い家賃のマンションも借りてくれるし、お客さんとしてはとてもありがたかったの。いくら断っても、あきらめないから、こっちは根負けして、つい受けてしまったってわけ」

「結婚生活はどのくらいつづいたの？」

「半年くらいかな。それなりに幸せに暮らしてたのよ。別居婚だったし」

「妹さんは？」

「妹の世話が必要なことは伝えてあったし、彼も理解してくれた。わたしが彼のマンションに通って、料理を作ったり、掃除をしたりって感じね。古い言葉だけど、通い婚というのがあるでしょ。そんな感じ。彼、わたしを他の客にとられたくなくて、店はやめたわ。当然だけど」

「囲ってもらってたってことね？」

「そうね。結婚といっても、あまり制約がなくて、ゆるい関係だったかな」

「相手の人、どんな仕事をしてたの？」

「工務店の社長って言ってたけど、実際は廃品回収業者ね。でも、こつこつとお金を貯めて、一億円以上稼いだと言ってた。いつもは汚い恰好だけど、お店に行く時はみぎれいにして背広だったわ。集めてきたものを置いておく倉庫があって、家はそのそばにおまけ的にあったわ。ほんと、ぼろ家というかごみ屋敷みたいな感じ」

「今の感覚だと、六十九歳はまだまだ若いと思うけど、病気で亡くなったの？」

「心臓があまりよくないとか言ってたけど、人間ドックとかやってたわけじゃないから、よくわからない」

「死因は？」

「家が小火《ぼや》になったの」

「それが原因で？」

「火事は小火程度だったんだけど、彼、家の中で冷たくなっていた。煙に巻かれたの。

一応変死扱いだから司法解剖してみて、誰かに襲われたとか、落下したとか、そういった外因性の傷はなく、一酸化炭素中毒で死んだということがわかった」

「焼死じゃなかったのね？」

「そう、本人は焼けてなかったのよ。まわりに粗大ごみみたいなものがいっぱいあったから、それに火がついたみたい。結局疑わしいことはなくて、うまく片づいた」

「うまく片づいた？」

「あ、ごめん。ちょっと言い方が悪かった。お葬式以降の手続き、役所に提出する書類とかそういったものが、わりと簡単にすんだという意味。変な意味はないから誤解しないでね」

「若いのに急に未亡人になったんだから、いろいろ苦労があったんじゃない？」

「もちろん、そうよ。世の中のことをろくに知らなかったからね。相続の手続きとか、初めての経験だったの。家だって、半分焼けたようなもので、つかいものにならないから、解体しなくてはならなかった」

「ずいぶんお金がかかったのね？」

「でも、あの人、こつこつと貯めこんでたからね。家は老朽化してたけど、土地は自分の所有だったし……。一応都内だから相当な価値があったの。家の解体にお金はかかったけど、受け継いだ資産に比べれば大したことはなかった。身内がいないことがわかって、わたしが全財産を受け継いだ。それなりに相続税は払ったけど、それでもこのマンションを買って、何年か暮らせるくらいのお金は残ったわ。で、こうして、夫の遺産で買ったマンションであなたと話してるわけ」

「波瀾万丈の人生ね。若いのに」

「でも、退屈なの。わたし、今、ものすごく結婚したい気分。わたし、あなたみたいに美人じゃないけど、体が男の人を欲してるの。毎日、体が火照《ほて》って火照って、しょうがないのよ。アハハ。冗談。ここだけの話にしてね」

「その後付き合った男の人は？」

「そうねえ」

と言って、指を一本ずつ折っていく。「三人くらいかしら。前に勤めてたお店がまた雇ってくれて、いろいろな人と出会ったわ」

「騙されたりしたの？」

「そう、世の中には悪い男がいるってこと。お店以外でもいろいろな人と会った」

「どうやって、そういう人と付き合うことになったの？　きっかけのことだけど」

「ネットよ」

花音はにやりとする。「やっぱりネットは怖いわ。相手の顔が見えないから、心の中も読めない。みんな、かっこいいことばかり言ってさ。ばかみたい。会ってみると、ろくな奴がいない」

「それ、同感。もっと話してよ。おもしろそう」

「今日はあなたに乗せられてちょっとしゃべりすぎちゃったわ。あなた、呆れるほど聞き上手ね」

池尻淳之介

17――（追いつめる――境界線上の女）⑨

私は牧村花音が結婚した相手の家の前に立っている。場所はＪＲ埼京線の板橋駅から北西方面に少し行ったところだ。

正確に言うと、二年半ほど前、一酸化炭素中毒で死んだ六十九歳の男が住んでいた場所で、今は「マンション建設予定地」になっている。敷地は、五、六階程度の小規模マンションなら充分余裕で建てられる広さだった。建設予定地の前には簡単な柵が設置され、不動産会社名が入った「関係者以外立入禁止」の看板が立っているが、入ろうと思えば誰でも簡単に入れそうだ。

花音は汀子に対して、「板橋駅の近くよ。今は更地になっていて不動産屋が管理しているから、すぐにわかる」と言い、そんなに隠す気持ちはなかったようだという。だから、私はこうして花音の死んだ夫の家があったところに立っているのだ。道路を挟んだ向かい側の家を訪ねて確認したところ、ここで半焼程度の火事があり、廃品回収をやっていた男が煙に巻かれ一酸化炭素中毒で死んだと言った。

その家は、表札には広田《ひろた》とある。いかにも噂好きそうな七十すぎの女は、焼けた家のことで話したいことがあると言うと、いやな顔もせず自ら進んで話してくれた。

亡くなったのは大田原源造、六十九歳（当時）。

「あの廃品回収の偏屈《へんくつ》じいさんが結婚してたなんて、全然知らなかったわよ。女がころころ変わるから、みんな内縁関係だと思ってた。死んで初めてわかることって多いのね。ほんと、びっくり」

私は最初から自分がノンフィクション作家であることを明かしていた。事件の疑いがあるので調べていると正直に言うと、彼女は好奇心をむき出しにし、目をきらきらと輝かせた。

「ほんと、調べてちょうだい。怪しすぎるのに、警察は事故死として片づけたんだから。無能すぎる」

「大田原さんはここに長いこと、住んでたんですか？」

「私たちより長いわよ。戦後のどさくさで父親が土地を手に入れて、それからずっと住んでるみたい。両親は早く死んで、あの人、ずっと一人よ」

「死んで初めて結婚してるってわかったんですね？」

「女をいろいろ連れこんでたみたいだけど、結婚はしない主義だと思ったの。だから、若い奥さんが出てきた時はびっくり。ほら、ひところテレビのワイドショーでさんざんやってた『紀州のドンファン』だっけ。ああいう感じかな。こんなごみごみした場所だけど、それなりに広い敷地があるから、その奥さん、下心でもあったんじゃない？」

「奥さんと会ったことはありますか？」

「若い女の人は何度か見かけたけど、その人が奥さんかどうかはわからない。年配の家政婦みたいな人は何度も見たことがあるけどね」

「家が焼けた時の話を伺《うかが》いたいんですが」

「二、三年前になるのかな。二月のすごく寒い日だった。夜中にずいぶん焦《こ》げ臭いにおいがしたのよ。寝る前だったたから覚えてる。主人が火の始末はちゃんとしたかなとうちの中を見まわったけど、どこも何ともない。だから、二人して玄関の外に出てみたら、前の家のほうから煙が見えたのね。街灯があるからよくわかった。家の中に火も見えるから、主人が慌てて消防を呼んだの」

広田夫人はその時のことを思い出したのか、体を震わせながら言った。消防車がすぐに来て、大事に至る前に火を消した。風が強かったし、延焼したら困ると思っていたから、近所の人たちは一様にほっとした。鎮火してから消防士が家の中に入ったら、住人が死んでいた。煙がすごかったから、たぶん煙に巻かれて死んだと思ったという。

「実際、一酸化炭素中毒だったみたい」

「その時は不審死ということではなかったのですね？」

「そう、火の不始末って感じで、事故死扱いだった。怪しいとは思わなかったわね。こっちとしては厄介《やっかい》な隣人が消えてほっとしたって感じのほうが強かったもの」

「近所付き合いは悪かったんですか？」

「だって、ごみ屋敷だもの。いくら金を持ってたとしても、偏屈な男だったから。逆恨《さかうら》みされて、包丁かなんかで刺されでもしたら困るし、誰も何も注意できなかった」

「背広を着て新宿のクラブに通っていたみたいですが」

「夜、いい恰好をしてるのを見かけたことがあるけど、そういう女と付き合ってたのよね。結婚した女も金につられたのかも」

「そこの土地は今マンション予定地になってますけど」

「これは聞いた話だけど、未亡人は相当な遺産をもらったみたいよ。現金が相当あったんだって話。それにこの土地も不動産屋に高く売れたというし……」

「なるほど」

「あの人がいなくなってごみ屋敷がなくなったのは嬉しいけど、若い女に遺産をむしりとられたってことを聞くと、ちょっと可哀相よね。板橋のドンファンも、最後は哀れというか……」

「奥さんに会った人はこの辺にいるでしょうか?」

「さあね。いないんじゃないの。会った人がいたら、わたしが話を聞いてみたい」

18――（追いつめる――境界線上の女）⑩　池尻淳之介

その後の取材で、牧村花音の身辺にいろいろ怪しい噂があることがわかってきた。牧村花音が大田原源造と知り合ったのは、新宿のクラブだが、当時の花音の同僚、溝川《みぞかわ》美由紀《ゆき》からいろいろと胡散《うさん》臭い話を聞くことができた。

＊

（溝川美由紀）

わたし、新宿の「赤薔薇《あかばら》」で花音ちゃんと三年くらい一緒だった。歳が同じだし、同じ東北の出身で境遇が似ていたせいか、すぐに意気投合して、プライベートでいろんなことを話したわ。彼女、とりたてて美人というわけじゃないけど、男性に尽くすタイプというか、話術が巧みだから、お客さんのハートをすぐつかんじゃうのね。写真を見ると、仏頂面なんだけど、実際は笑顔を絶やさない人だった。

そう、花音ちゃんって、短大にいる時からお金を稼ぐために夜のバイトをしてたって話。短大を卒業しても就職しないで、いろんな店を転々としながら働いてた。普通の仕事をするのがばかばかしかったみたい。

彼女、お金にがつがつしてた面はあるけど、それは仕方がないわ。妹の分も含めて生活費を二人分稼がなくてはいけないんだから。弟にもお小遣いをわたしてたみたいだし。

パトロンみたいな人はいたわよ。自分の置かれた不幸な境遇を話すと、みんな同情して、彼女にチップを奮発するの。妹や弟の学費が必要だとか、いろいろ理由をつけて、百万単位でもらってたみたい。それも複数いたから、彼女、だんだん裕福になって……。そう、けっこう高いマンションを借りて、優雅に暮らしてた。わたしも時々遊びにいったけど、わたしにはあそこまで露骨に男の人に媚《こ》びることはできないな。

彼女の鈴のような声って、男の人をめろめろにするみたい。ぽっちゃりして、抱き心地がいいんだって、あるお客さんが教えてくれた。

彼女の結婚？

もちろん、結婚したことは知ってるわよ。相手は成り金みたいなおじいさん。七十前なのにすごく老《ふ》けこんでた人。お金を持ってるのは知ってるんだけど、歳が歳だし、お風呂も入っていないのか、体臭がきつくて、みんな、敬遠してたのね。でも、彼女は違った。他のお客さんと同じようにおじいさんに接して、相手をめろめろにさせた。指名はいつも彼女だった。彼女、もらった万札の束をよくわたしに見せてくれたわ。

体の関係？　アハハ。一度ホテルに誘われたことがあったけど、おじいちゃん（彼女、そう呼んでたの）、あっちのほうが全然だめなんだって。おまえの裸を見てるだけでいいっていうから、お風呂に一緒に入ってやったって言ってた。それで喜んでくれるし、お金もくれるから、ありがたい存在だって。

プロポーズされた時はさすがにびっくりしたと言ってたわ。おじいちゃんが言うには、「俺、天涯孤独で寂しいんだ。最期を見取ってくれる人がいたら幸せだと思う」ってことなんだって。一緒に住まなくてもいい。俺が近くにマンションを借りるから、おまえはそこで妹と暮らせばいいよって言うわけ。

週に二、三回、汚い家に行って、料理を作るだけでいいんだから気楽でいいんじゃないって、わたしも彼女に言った。

で、実際、結婚生活がどうだったかっていうと、わたしはよかったと思う。彼女、結婚を機にお店はやめちゃったけど、わたしとはメールのやりとりをしてたから、その後のことはわりとよく知ってるんだ。

たまにラブホテルに行って、お風呂でおじいちゃんの体を洗ってやるんだって。そんなスキンシップも、慣れると仕事みたいで意外に楽しいって言ってたわ。

本名は大田原源造？　ああ、そういう名前だったのね。全然知らなかった。

結婚してからも、お小遣いはばんばんもらえるから、彼女はぜいたくに慣れていった。それでも、おじいちゃんに対する気遣いは忘れなかったし、彼女はよく尽くしたと思うよ。

病気？　おじいちゃんは心臓が悪いって話だった。心筋梗塞を一度やったことがあるんだって。

もちろん、おじいちゃんが亡くなったのは知ってるよ。彼女から電話をもらったもの。とても慌てた感じで、泣いてたわ。本当に悲しかったんだと思う。

一酸化炭素中毒だったんだって。一応変死扱いだから、警察は調べたらしいけど、焼け死んだわけではないから、本人の死体を解剖して、死因がわかったって話。外傷がなかったから、単純に火の不始末ということになった。

おじいちゃん、身寄りがいないから、彼女が葬儀屋の小さな部屋を借りて家族葬にしたんだって。一晩、夫に付き添って、翌日に火葬にして見送ったと言ってた。弔問《ちょうもん》には誰も来なかった。というか、誰に連絡していいのかわからなかったから、どうしようもなかったんだけど、それでも悲しかったって。彼、孤独な人だったのね。

いろいろ調べたんだけど、結局、遠い親戚とか、いなかったんだって。それで何のごたごたもなく、スムーズに遺産相続の手続きは済んだんだけど、地価が高くて、税金は相当な額になったみたい。夫の銀行の普通預金に数千万円が入っていたので、それで払ったんだって。

たぶんすごくあったんじゃない？　わたしには教えてくれなかったけど、彼女、けっこう高いマンションを買ってるから、何となく想像できるよね。わたしの推測だけど、億はあったんじゃないかしら。税務署にちくれば、けっこうやばいかもよ。

箪笥《たんす》預金？

それから何となく疎遠になって、最近あまり連絡をとってないのは、彼女自身、後ろめたい気持ちがあるってことかもね。

あなた、花音ちゃんに最近会ったの？

彼女、どうしてる？

花音ちゃん、男に依存するタイプだから、男の人がいないとだめなのね。あれから何年たったかしら。ネットの出会い系で知り合った人がいるなんて話は、人づてに聞いたことがあるわ。

他にお店で付き合っていた男性？　抱き心地がいいと言ってた人のこと？

知ってるけど、最近、来なくなっちゃったわね。中野のほうで不動産屋をやってる。ああ、そうそう。花音ちゃん、一度復職したことがあって、一カ月ほどでやめちゃったんだけど、たぶんその頃のお客さんよ。

名刺をもらってるから、ちょっと待ってね。でも、わたしが教えたって、その人に絶対に言わないでね。（談）

19――（牧村花音裁判資料・配付用）①

リリー（毒っ子倶楽部）

（起訴状から大田原源造事件に関する部分を抜粋）

起訴状より「被告人は火災による事故死を装って、夫の大田原源造さん（当時69歳）を同人方において睡眠薬を飲ませて睡眠状態にさせ、室内でコンロに入れた練炭を燃やし、練炭から発生した一酸化炭素中毒によって大田原さんを殺害した」

裁判長「この件に関してはどうですか？」

罪状認否（牧村花音）「わたしは当時の夫、大田原源造を殺害していません」

裁判長「弁護側の意見はどうでしょう」

弁護人「大田原さんが死亡した事実は争いませんが、牧村さんが大田原さんに睡眠薬を飲ませた事実はなく、練炭による一酸化炭素中毒で殺害したこともありません。大田原さんの死は本人の睡眠薬服用によって睡眠中、失火によって発生した一酸化炭素中毒によるものであり、牧村さんは無罪です」

＊

（検察側の冒頭陳述より）

「一連の事件は、東京の板橋区で一件、中野区で三件発生しております。警察が最初に他殺と判断したのは中野区の事件ですが、ここでは時間を追って最初の大田原源造事件から立証していきたいと思います」
（検察官、被告人に軽く目をやる。被告人は顔色一つ変えず、まっすぐ前を見つめている。胸が大きく開いた緑色のカットソーに白いカーディガン。白いファンデーションを塗った顔は照明に白く光っている。厚ぼったい唇がやや開き気味で、時々舌でなめると、唇がなまめかしく濡れる）
「被告人は金銭目あてに当時勤務していた新宿のクラブの客である大田原源造さんに近づき、交際を始めました。大田原さんが古物商で、土地を含め、かなりの資産を持っていることを聞き出すと、言葉巧みに取り入り、結婚をしました。大田原さんは天涯孤独で相続人は妻である被告人だけであります。

…………

被告人は結婚の約半年後、大田原さんの遺産を一人占めにしようと、練炭コンロで一酸化炭素中毒による殺害を図りました。練炭の火は不完全燃焼しなかったものの、近くにあった紙に火が燃え移り、小火となったのです。それが結果的に一酸化炭素を発生させ、大田原さんを死亡させるに至りました。

…………

司法解剖の結果、血中から睡眠薬とアルコール分が検出されました。被告人は大田原さんに睡眠薬と酒を飲ませ、酩酊《めいてい》して動けない状態にさせてから犯行に及んだのです。大田原さんの死は被告人による犯行以外に考えられません」
（被告人、静かに裁判員一人一人に目を向けている。涼しい顔の被告人からは感情は読

みとれない）

（弁護側の冒頭陳述より）

「まず牧村さんが大田原さんと結婚するまでの状況をお話しします。牧村さんは昭和六十二年（一九八七年）に山形県新庄市に生まれました。妹と弟が一人ずつの三人姉弟で、高校卒業と同時に上京すると短大の家政科に進みました。短大卒業後は故郷から妹を呼び寄せ、職を転々としながら妹の面倒を見ていました。クラブなどで仕事をしたのは、生活のためにより多くのお金を得られるからです。

……………

そこで知り合ったのが客の大田原源造さんでした。大田原さんは当時六十八歳、独身。牧村さんの境遇に同情し、結婚を申しこみました。牧村さんはいったんは断りましたが、別居でもいい。時々顔を見せてくれればいい。その代わり、店をやめてほしいと言われ、結婚を承諾します。牧村さんは大田原さんの援助で彼の自宅近くのマンションを借りて妹と暮らすようになりました。

……………

大田原さんが亡くなった日、彼女は夫のために料理を作ってからマンションにもどり、妹や知人とゲームをしながらすごしました。大田原さんが小火による一酸化炭素中毒で亡くなった頃、彼女にはアリバイがあり、殺害に関与することはできません。

……………

大田原さんは睡眠薬を常用していました。さらに酒癖が悪く、意識がなくなるほど酩酊することは多かったのです。石油ストーブが故障していたこともあり、大田原さんは手近にあった練炭コンロで暖をとっており、寝こんでいるうちにコンロの火が紙などに燃え移り、小火となったのです。大田原さんは自身の不注意による一酸化炭素中毒で亡くなったのは明瞭であります。

……牧村さんは大田原源造さんを殺害しておりません。牧村さんは無罪です」

20――（毒っ子倶楽部）

第七回公判は、「毒っ子倶楽部」の全員が傍聴できた。抽選ではあったが、一・二倍程度の倍率なので、当たる確率のほうが高かったのだ。

「では、みんなの率直な感想を聞きましょうかね」

まとめ役の野間佳世が口火を切った。「お良さんはどう？　主婦の立場から見て、花音をどう思った？　これまで七回傍聴したわけだけど、花音に対する総合的な評価を聞かせてほしいな」

お良は分厚いコートを着たままだ。寝坊して慌てて家を飛び出してきたので、中はジャージだという。大きめのマスクで顔の半分近くを隠している。

「そうね。まず写真写りが悪い人だと思う。でも、生の花音を見ると、肉感的でエロくて、そそられる感じがするのよね。ホステスとして男あしらいがうまくて、客に人気があったのもわかる気がする。隣で傍聴してた中年のぎらぎらした男の人が身を乗り出して、彼女の話を聞いてたくらいだから」

「そうそう、それ」

野間佳世が手を叩きながら話を受ける。「彼女の声って、本当に耳に心地いいのよね。表現が陳腐《ちんぷ》だけど、低くてやわらかで、聞いてたら眠くなるような感じ。何といったらいいのか」

「子守歌ですね？」

ミルクがすかさず言葉を挟む。

「そう、子守歌なのよ。あれ、男なら一発でころりといっちゃう」

野間佳世がうなずくと、お良が補足的に付け加える。

「はっきり言って、彼女、容姿が飛び抜けているわけではない。ぽっちゃり体型で、目は腫れぼったいの。それでも、全身からエロチシズムというのか、不思議な魅力を発散してるの」

「お良さん、女は顔ではないですよ」

リリーがシビアな口調で指摘する。「大事なのは体と心なんです。彼女、料理も上手って話だし、付き合うには最高だと思います」

「お金のためなら、体を張る女。わたしは苦手です」

ミルクは顔を赤く染めながら辛辣《しんらつ》に言う。

「でもね、ミルクちゃん。被害に遭った男たちは尽くしてくれることへの対価と割りきって考えてると思うの」

「いやです、そんなの。汚らわしい」

「ミルクちゃんは初心《うぶ》よねえ」

リリーは苦笑しながら持論を展開する。「殺されることを知らずに、苦しまずにこの世を去った男の人は、ある意味、幸せな最期というべきかなあ」

「そうそう、意見は分かれなくちゃ。全員が同じ感想だったらおもしろくないよね」

野間佳世は意見の対立がエスカレートしないうちに、話題を変え、さりげなく収拾する。「ところで、裁判中の彼女の態度をどう思った？」

「すこぶる冷静。顔色一つ変えない。そこが彼女の怖さなのかな。状況証拠しかないんだから、堂々としている。検察も攻めるのはたいへんよ」

お良が言うと、他の三人も同時にうなずいた。

「その点はみんなの意見が一致するわね」

野間佳世がほっとしたようにうなずく。「さて、また池尻淳之介君の手記に移ろうか。リリーちゃん、プリントをお願い。彼は次、牧村花音をどこまで追いつめていくか。乞《こ》うご期待ね」

リリーはプリントアウトされた原稿を手早く三人にわたした。

21――（追いつめる――境界線上の女）⑪

池尻淳之介

警察は大田原源造の一件を事件性がないと見て、早々に手を引いていた。その死から約三年がたち、住んでいた家は解体され、敷地も売り飛ばされているとあっては目に見える証拠は消えてしまい、我々に調べられる手立てはなかった。

証拠があったとしても、それらは解体や整地作業のうちに、おおかたこの世から消え去ってしまっており、地表には焼け焦げた痕跡らしきものさえ残っていない。今となっては、疑わしいけれども調べられない。牧村花音は手の届かないところにいってしまっているのだ。大田原源造がこの世に存在したこと自体、もはや忘却の彼方にあり、彼の遺産は牧村花音の住む高級マンションに移行するという形で残っているだけだった。

溝川美由紀に教えてもらった中野区で不動産業を営んでいる人物は、滝沢英男《たきざわひでお》といって、西武新宿線の野方駅近くで不動産屋をやっているらしい。

電話番号は聞いていたが、連絡せずに店舗に直接行ったほうがいいと判断した。電話で牧村花音の名前を出せば相手は警戒するはずで、こっちの話をする前に相手に考える時間を与えるのはよくないと判断したのだ。

野方駅で降りて、南北に走る道路を北へ少し行くと、「滝沢不動産」という看板を掛けた店舗があった。いわゆる町の不動産屋である。ガラスに賃貸物件の貼り紙が隙間なく並べられている。

平日の昼下がりは客の少ない時間帯だと思ってきたのだが、まったくその通りで、店の奥で椅子にふんぞり返るようにしてスマホをいじっている太った男がいた。従業員の姿はなく、男一人で店をやっているように見える。店に入る前に、しばらく時間をとり、男を観察する。年齢は四十代半ばくらい。運動不足のせいか、脂肪太り気味。外を歩くことが少ない。つまり、店はあまりもうかっていないとわかる。いや、それとも手数料収入だけでもうかっていて、積極的に外まわりの仕事をしなくてもいいとも解釈できる。つまり、どっちなのか判断ができない。私の探偵としてのレベルはあまり高くないのだと痛感する。

いろいろ考えているうちに、誰かの視線を感じて周囲を見た。だが、誰も私を尾行している様子もなかったので、不動産屋の中に目を移すと、中から滝沢が訝《いぶか》しげな目でこっちを見ていた。

視線が合うと、相手は急に営業的な笑顔を作った。椅子から立ち上がって会釈をするところを見ると、私を客と思ったらしい。

男は店の中に入るように手振りで示し、作り笑いに見えないほど顔をくしゃくしゃにした。私は仕方なくドアを開けた。

「いらっしゃいませ」

私が軽く会釈してから店内に入ると、彼は椅子に掛けるよう案内した。「お部屋をお探しですか。立地とか予算とかご相談ください」

男の胸には「滝沢」の名札がついていた。

「いや、部屋探しじゃないんです。ちょっとお聞きしたいことがあって」

「ほう」

滝沢は口を丸め、「セールスじゃなければ、まあ、そこに」といくぶん警戒気味に言った。私はすぐに名刺を取り出して、相手にわたした。

「どういうご用件で？」

滝沢は目を細めて、胡散臭そうに私を見る。「お客さんのプライバシーに関してはお答えできないのはわかってますよね？」

「もちろんです。実は、あなたがご存知のある女性について伺いたいのです」

「女性？」

滝沢の目が不自然に泳いでいる。いろいろとよからぬことをやっていることを窺わせるような視線だった。

「どういうことだね？」

滝沢の言葉が急にぞんざいになった。

「あなたは花音という女性をご存知ですよね？」

「カノン？」

彼の視線の動きが不自然だった。これは花音を知っているという証拠だと感じた。

「牧村花音です」

「あ、ああ……」

滝沢はしばらく沈黙し、言葉を選んでいるように見えた。それから、重い吐息をつき、意を決したかのように口を開いた。

「知ってるといえば知ってる。でも、あの女のことはよく知らないんだ。教えてほしいのは、むしろこっちのほうかもな。見つけたら、いろいろ聞きたいことがある」

「お金のことでしょうか？」

「それもある。ずいぶん貢いでたみたいだからな。口がうまくて、男を簡単に騙す女らしい」

「お付き合いは長かったんですか？」

「ああ、そうだと思う。で、何を聞きたいんだね、あんた？」

「結婚についての調査なんです。ある男性、つまり私の依頼人ですが、牧村花音について調べてくれと頼まれました」

私は相手の疑惑を招かないようにうまく話を作った。「要するに、牧村花音の身上調査です。よからぬ噂がありまして、その裏付けをとろうとしているわけで……」

滝沢が大きくうなずいた。

「ああ、こっちもあの女について知りたいことがあってね。でも、連絡先がわからないんだ」

「連絡は取り合っていないんですね？」

男と女が別れれば、どっちかが携帯電話の番号やメールアドレスを変えてしまうのはよくあることだ。しかし、滝沢の受け答えが少しおかしいような気がする。男女の仲であったはずなのに、彼女のことをよく知らないというのだ。店で知り合い、体だけの関係であれば、女のほうがくわしく伝えていない可能性はあるのだが、それでも何か違和感を覚えるのだ。

「わかるわけがない。牧村なんて名前も今初めて聞いたくらいだし、カノンという名前を聞いていただけなんだ。なんか胡散臭い女だと思ってた」

「失礼ですが、あなたは彼女と付き合っていたんですよね。男女の仲だったことは聞いています」

「おっと、誤解してないかい、あんた。俺は付き合っちゃいないよ。付き合ってたのは兄貴のほうだ」

「ええっ、どういうことでしょうか？」

私の頭の中が混乱する。「あなたのお兄さんが？」

「ああ、カノンというのは兄貴が付き合ってた女だよ。俺はそういう名前の女と兄貴がいい仲になって、ずいぶん貢いでいるって話を聞いてたんだ」

「すみません。誤解していました。でも、あなたはこの会社の所有者ですよね？」

私は少し慌てていた。まったく確認もせず、相手が花音の付き合っていた男と思いこんだまま話をしていたのだから、探偵失格だ。

「今はそうだよ。俺がここの代表者だ」

「あのう、今、滝沢さんのお兄さんはどちらに？　会わせていただくわけにはいかないでしょうか？」

「おやおや、あんた、何も知らなかったんだね。兄貴には会えないよ。遠いところに行っちまったからね」

滝沢は頰に皮肉な笑みを浮かべる。

「連絡先でも教えていただくわけにはいかないでしょうか？」

「残念ながら不可能だね。兄貴は死んでるんだから」

滝沢は驚くべきことを言った。「二年近く前に自殺したよ」

「ええっ」

「この店はね、俺が兄貴から受け継いだんだ。小さいけど、今は俺が一応社長だよ」

滝沢不動産の現社長は元は自動車会社の営業マンだったという。兄が急死して、祖父の代からつづいている不動産屋を継ぐことになった。

「まさに青天の霹靂《へきれき》ってやつだよ。子供が二人いたし、女房には反対されたけど、店を潰《つぶ》すわけにはいかないと思って、思いきって会社をやめた」

「お兄さんには家庭はなかったんですか？」

「兄貴はバツイチさ。浮気が原因で離婚して、相手に慰謝料を払っていた。あっちは今頃、困ってるだろうけど、俺には関係ない」

「自殺ということですが、お兄さんは何かに悩んでいたのでしょうか。この不動産屋さんも……」

私は少し無遠慮だと思ったが、あえて相手にわかるように店の中を見まわした。

「そうだよな。客はいないし、もうかってないように見えるよな」

滝沢は苦笑した。「でも、不動産収入はけっこうあってね。こうして、暇そうだけど、わりと楽に暮らせてる」

「だったら、お兄さんが自殺する動機は何だったんでしょう」

「付き合ってた女の質《たち》が悪かった」

「離婚した理由がそれですか？」

「浮気が原因で離婚して、それからいろんな女と付き合ってた。カノンはそのうちの一人で新宿のクラブのホステスだよ」

「それが牧村花音？」

「どういう字を書くのかわからないけど、酒を飲んだ時、兄貴がカノンちゃんとか言ってのろけてたのを覚えてる」

「それが二年前ですか？」

「正確には一年と十カ月くらい前かな。あとでわかったんだけど、死ぬ少し前から出金がすごく多くなってたんだ」

「お金は何に使ったんでしょうか？」

「女に決まってるじゃないか。宗教に入れあげてたわけじゃなし、だまされて株やＦＸに投資したわけでもない」

「遺書とか残してなかったのでしょうか？」

「なかった。何も見つからなかった」

「じゃあ、なぜ自殺とわかったのですか？」

「はっきりした証拠はないけど、死んだ状況がそうとしか見えないからね」

「殺されたとか思ったことはないですか？」

「まさか。どうやって殺すんだい？　自殺だよ、自殺。そうとしか考えられない。部屋の中に練炭と火鉢があって、ベッドの上で仰向けで死んでたんだ」

「お兄さんが住んでたのはマンションですか」

「ああ、そうだよ。離婚してから、マンションに一人で暮らしてた。結婚したいようなことは漏らしてたな」

「じゃあ、自殺はおかしいのではないですか？」

「死ぬ前、彼女とうまくいってないと、ちょっとこぼしてたことがある。彼女、どこかの創作教室で小説の勉強をしたいと言いだして、学費の面倒を見てくれないかと頼んできたらしい。車椅子の妹の世話をしてるとか、病院の治療に金がかかるとか、いろいろ理由をつけて金を無心するんだが、キリがないんだな。兄貴、それでちょっと意見をしたら、彼女に急に冷たくされて、落ちこんでたよ」

「花音が怪しいと疑ったことは？」

「だって、破局に近かったわけだから、彼女が兄貴の部屋に来る理由がないだろう。兄貴がそのことに悲観して死んだとしても不思議じゃないよ」

「お兄さんが亡くなられた状況を教えてください」

「マンションの寝室で死んでた」

「死体を発見したのは誰ですか？」

「俺だよ。携帯に電話してもずっとつながらないから、おかしいと思って来てみたんだ。腐敗が始まっていて、かなり臭かった。五日くらいたってたかな。司法解剖して、睡眠薬が検出された。練炭に火をつけて、薬を飲んで眠って、それで死んじゃったんだと思う。まあ、苦しまないで死んだだけよかったと思うべきかな」

目の前にいる男は、兄の仕事を受け継いで、それなりに楽に暮らしているわけだから、今さら兄の死を掘り返して、厄介ごとにしたくないと思っているのかもしれない。

「あんたの依頼人だけど、カノンは結婚相手としては勧められないな。よけいなお節介かもしれないけど、それが俺のアドバイスだ」

その時、電話が鳴った。滝沢は受話器を取り上げると、話はもう終わりだというようように右手を振った。「ああ、どうもお世話になっております。すぐに物件をご案内できます。お待ちしております」とそれまでのぞんざいな男から一気に営業的な愛想笑いを浮かべた男になった。その変わり身の速さに驚く。

私は「何か気づいたことがあったら連絡してください」と言い、そのまま店を出た。

牧村花音に関する怪しい話はこれで二件目だった。もちろん、その先に私の親友、等々力謙吾がいるのだから、三件のうち二件目と言ったほうがより正確である。

22――（牧村花音裁判資料・配付用）② リリー（毒っ子倶楽部）

（起訴状から滝沢英男事件に関する部分を抜粋）
起訴状より「被告人は当時交際していた滝沢英男さん（当時49歳）を同人方において睡眠薬を飲ませて睡眠状態にさせ、練炭から発生した一酸化炭素中毒によって殺害した」
罪状認否（牧村花音）「わたしは滝沢英男さんを殺害していません」
弁護人「滝沢さんが死亡した事実は争いませんが、牧村さんが滝沢さんに睡眠薬を飲ませた事実はなく、練炭による一酸化炭素中毒で殺害したこともありません。滝沢さんの死は本人の睡眠薬服用によって睡眠中、練炭から発生した一酸化炭素中毒によるものであり、牧村さんは無罪です」

＊

（検察側の冒頭陳述より）

「二件目は、滝沢英男事件です。これも被告人が深く関わっていると思われます」

（検察官、被告人に軽く目をやる。被告人は顔色一つ変えず、まっすぐ前を見つめている。驚いたことに、休憩の間に服を着替えている。胸が大きく開いた服から、今度はダークグレーのジャケットに白いインナーというフォーマルな恰好である。化粧も薄めになり、顔は照明にやや沈みがちである。厚ぼったい唇は固く閉じられ、きりっとした印

象を周囲に与えた。検察官が、「この女、役者だな。煮ても焼いても食えない」と考えているのが手に取るようにわかる）

「被告人は大田原源造さんと死別した後、旧姓の牧村にもどり、高級マンションで妹と暮らします。多額の遺産を相続しましたが、仕事をすることはなく派手な生活をしていたために、資産がかなり目減りしてしまいました。そこで、また元の職場に復帰したのです。そこで彼女を気に入った客が中野区内で不動産店を経営する滝沢英男さんでした。被告人はここでも積極的に滝沢さんに接近し、男女の仲となります。しかし、結婚はせず、滝沢さんのマンションに通う形で交際をつづけました。そして、仕事をまたやめます。

………滝沢さんは離婚歴があり、当時は独身でした。店の業績も順調で、潤沢《じゅんたく》な資金がありました。被告人は滝沢さんに巧みに取り入り、自分の生活の窮状を訴えます。通おうと思っている創作教室の学費が年間百万円以上もかかること、マンションの管理費を数カ月滞納し、管理組合から督促が来ていること。起業を考えているが、まとまった資金が必要であることといった虚偽の話です。そして、同情を引いて、たびたびお金をせびりました。その額、五千万円を超えるほどです。しかし、被告人は起業することもなく、もらった金でぜいたくな生活を送っておりました。それに、創作教室で百万もかかるはずはないし、管理組合に問い合わせたところ、滞納の話もありませんでした。

………

まあ、実際は高級な服を買ったり、高級レストランに妹と二人で行ったりといった暮らしをつづけておりました。被告人はそのことを滝沢さんに指摘され、言い訳をしますが、言い逃れができなくなると、滝沢さんに対して強い殺意を覚えました。そして、大田原さんと同様に練炭コンロで一酸化炭素中毒による殺害を図ったのです。複数の店で別々に練炭コンロを四個購入し、それを滝沢さんのマンションに持っていきます。手料理を作り、睡眠薬を混ぜた多量のウィスキーを飲ませ、滝沢さんが眠りこんだ後、練炭コンロで一酸化炭素を発生させ、滝沢さんを死亡させるに至りました。

………

司法解剖の結果、血中から睡眠薬とアルコール分が検出されましたが、警察は特に疑うことはしませんでした。しかし、酩酊して動けない状態にさせてから犯行に及んだのは明らかです。滝沢さんの死は被告人による犯行以外に考えられません」

（被告人、静かに裁判員一人一人に目を向けている。涼しい顔の被告人から感情はまったく読みとれない）

（弁護側の冒頭陳述より）

「牧村花音さんは夫の大田原源造さんの死後、旧姓にもどし、妹と暮らしておりました。夫の遺産でしばらくは何とかやっていけると思いましたが、マンション購入や管理費、創作教室の受講料など経費がかさみ、今後の生活に危惧の念を抱くようになりました。そこで再びかつての職場に復帰したのです。

……ホステスの仕事をしていて、親しくなったのが、中野区で不動産業を営んでいる滝沢英男さんです。二人は男女の仲になり、牧村さんは滝沢さんの部屋をたびたび訪れました。将来の生活に不安があることなど窮状を訴え、滝沢さんから何度か資金援助を受けていたのは事実です。

……滝沢さんが亡くなった日、彼女は妹と練馬区中村橋駅近くのレストランで食事をしました。滝沢さんが練炭による一酸化炭素中毒で亡くなった頃、アリバイがあり、殺害に関与することはありえません。また、どの店にも練炭を購入したという明確な記録は残っていません。

……滝沢さんは日頃から酒を飲み、酩酊することが多かったようです。それに、資金繰りに悩んでいました。牧村さんから資金援助を求められたことが原因で、追いつめられていたのは事実です。滝沢さんは死を決意し、睡眠薬と大量の酒を飲み、練炭で自殺を試みました。滝沢さんが自ら意図して、一酸化炭素中毒で自殺したのは明白であります。

……牧村さんの行動は、滝沢英男さんの自殺の動機、あるいは引き金になったかもしれませんが、実際に手を下してはおりません。滝沢さんの死は自らの意思によるものです。よって牧村花音さんは無罪です」

23――（追いつめる――境界線上の女）⑫

池尻淳之介

大田原源造、滝沢英男。この他に花音に関わった男はいるのだろうか。私は等々力謙吾以外に少なくともあと一人ぐらいはいると思っている。どこかで人知れず、練炭で自殺している者が。

それはほとんど確信に近かった。

二人の犠牲者の話を簡単に説明したところで、いよいよ私の親友である等々力謙吾に話を進めたい。等々力は婚活イベントで牧村花音と知り合い、読書の趣味が同じこともあって意気投合し、プロポーズするに至った。花音の承諾を得て実家に報告にいこうとしたおそらく前日あたり、レンタカーの中で練炭自殺をしたと思われる。

それは「表面的に」である。単独の事故なら、事故死、あるいは自殺ということで処理されるであろうが、類似した事件が二つも一人の女性の周囲で起こっていることを考えれば、不審死として扱うべきである。

警察は大田原源造、滝沢英男の事件をそれぞれ事故死、自殺として処理してしまった。場所が近いにもかかわらず見逃してしまった一つの要因は、たまたま近くで起こった練炭自殺事件である。三年前の一月、二十代の四人の若者が中野区内の有料駐車場に停めた車の中で死んでいるという事件が起きた。車内には練炭コンロが四個あり、一酸化炭素による中毒死であることがわかった。四人は見知らぬ同士だが、ネットの「自殺志願者求む」の呼びかけに応じて集まったものだ。近くのホームセンターでは、白いマスクにサングラスの若い男が練炭コンロを複数個買っているが、そのうちの一人だと思われる。

それから、杉並区内で去年に起きた練炭による男女二人の心中事件。好き合った二人がお互いの両親の反対に遭ったことを悲観して自殺したと判断された。どちらも犯罪がからんだ形跡はなく、どうやら警察はこの二つのケースに眩惑《げんわく》されたとしか思えなかった。

さて、牧村花音の周辺で起こった三件の不審死事件である。私はこれを徹底的に精査した上で、警察に情報を提供しようと考えている。今のところ、はっきりした証拠がない。まだ疑惑の段階なのである。だから、私の手で牧村花音を追いつめて、その口から犯罪の告白を引き出したかった。

どうやればいいのか、そこが思案のしどころである。

一番新しい事件は等々力謙吾のものであり、彼のマンションをくわしく調べることによって、彼女を追いこむ何かの証拠が見つかるかもしれない。証拠を残さず現場から去るほどずる賢い彼女のことだから、可能性は低いと思うが、ゼロパーセントではないと思う。何かがあることを信じたかった。

私は等々力克代に対して、疑わしい女を見つけその身辺を調べていること、詳細についてはもう少し待ってほしいと連絡していた。息子さんのマンションをもう一度調べたいので、克代さんが次に上京する日を教えてほしいと連絡すると、「しばらく上京の予定はない。あなたに任せるから徹底的に調べて」といったメモとともに等々力の部屋のスペアキーが速達で送られてきた。等々力の母親にようやく信用されたのだと思うと同時に、この事件を絶対に解き明かしてやるという気持ちがさらに高まった。

そんなわけで、私は等々力謙吾の母、克代から託された鍵を使って、等々力の部屋に通い、いろいろ調べている。主にパソコン内のデータが中心である。どんなところにアクセスしていたのか、どういう交遊関係があるのか、私の知らない等々力がいるはずだ。明るい面、暗い面、そこから何が導き出せるか。

だが、パソコンをいくら調べても、何ら新しい情報は出てこない。捜査はたちまち壁にぶつかり、暗礁《あんしょう》に乗り上げてしまった。

その日は汀子を誘ってみた。若い女性の目から違ったものが見えるのではないかと思ったのだ。彼女には部屋全体をチェックしてもらう一方、私はパソコンにもう一度チャレンジした。

私は目に疲労をおぼえ、少し休むことにした。そこで思いついたのが等々力の寝室である。マンションのどの部屋にも書棚があり、本がぎっしり詰まっていた。入りきらない本は床に置かれ、天井まで積み重なっている。

「天井までぎっしり詰めると、地震が起こっても本が崩れないんだ。本がつっかい棒の役を果たすのさ。これ、マメ知識」

生前の等々力がやや自嘲気味に、いやほとんど自慢げに語る様子が目に浮かんでくる。

「じゃあ、見たい本があったらどうするんだ。積まれた本から一冊抜き出すのはたいへんだろう」

「そりゃあ、たいへんだが、そういうことはめったに起きない」

「原稿を書くのに必要になったら困るだろう」

「そういう時は、また買ってしまうな。ネットで古本をね」

等々力の笑い声が私の頭の中に響く。それが本人の口からもう聞かれないのだと思うと、寂しさが胸にひたひたと押し寄せてくる。

本の山の中にわずかに開かれた空間にベッドが申し訳なさそうに置いてある。もともと何もない寝室だったが、本が徐々に侵食し、部屋の空間のほとんどを占めてしまったのだろう。

「ここで寝ている時、地震が起きて、本の山が崩れてきたら、まず圧死《あっし》してしまうね。助ける人がいなかったら、おまえの好きな密室殺人みたいな状況になるよな」

前に等々力と真夜中すぎまで酒を酌み交わし、泊まらなくてはならなくなったことがある。その時、私は冗談半分に言った。

「ばかだな。何度も言うけど、どんなに揺れても、本がつっかい棒になって、本は崩れない。事故なんかありえない」

「例えば、ここで彼女と楽しんでいる時、本が崩れたら全裸の二人が圧死なんてこともあるだろう。もちろん、おまえに彼女ができたらの話だが。まあ、そんなことはないか」

そんなことを言ってからかうと、彼は一瞬真顔になった。

「いや、一度ここでやったことがあるんだ。中野駅前の居酒屋で知り合った女とね。二人ともべろんべろんに酔っていた」

等々力はそう言って、にやりとした。「ベッドはぎしぎしと激しく揺れたけど、本はびくともしなかった。そう簡単に死にやしないさ」

その彼が、この密室の外であっけなく死んだのだ。車という密室の中、練炭を使った状況で。


等々力の寝室は、ベッドの寝乱れた跡がそのまま残っていた。本人が生きていた最後の日に使い、そのままになっているのだ。母親は息子の思い出を残しておきたくて、この部屋自体の整理にとりかかれないのだと思われる。等々力はこのベッドで牧村花音と寝たのだろうか。

あたりまえだ。婚約していたのだから、寝たに決まっている。花音は独特の魔力で男を魅了する。それは私が彼女の部屋で身をもって体験していることだ。あのまま逃げ出さずにいたら、私は彼女の餌食《えじき》になっていたかもしれない。

彼女のマンションには妹が同居しているので、愛を交わすにはかなり抵抗を感じる。一方、等々力の部屋なら、多少は汚いが、誰に気兼ねすることもなくセックスを楽しむことができる。

私は等々力のベッドの布団と毛布を剝がし、シーツを調べた。すっかり冷えきっているが、彼の体臭がまだ残っているような気がした。

ベッドに這《は》いつくばり、目を皿のようにして何か痕跡が残っていないか調べた。おやっと思ったのは、ウェーブのかかった長い髪の毛である。二本が絡み合うようにシーツの隙間にのめりこんでいた。

私はティッシュを出して、その上に毛を載せた。等々力の毛ではない。女のものであるのは明らかだった。これが花音の毛髪である可能性はある。

目を閉じると、等々力と花音が裸で絡み合うシーンが私の脳裏に鮮やかに浮かび上がる。花音をベッドの上に組み敷いて夢中になっている等々力。生々しい愉悦《ゆえつ》の声を漏らす花音は目を閉じているが、何かに気づいたかのように急に目を見開く。彼女は想像の中でのぞいている私を見つけ、婉然《えんぜん》と微笑《ほほえ》む。その濡れた唇から艶《なま》めかしい舌が突き出され、こっちにおいでといったふうに丸められる。

突然、肩を叩かれ、私はふっと意識がもどった。慌ててふり返ると、汀子が怪訝な顔で私を見下ろしていた。

「ベッドの上で這いつくばって、何をしてるの？」

「あ、ああ……」

何とも無様《ぶざま》な恰好を見られてしまったものだ。「等々力のベッドを調べてたんだ。そしたら、女の髪が見つかってね」

「警察の鑑識みたい」

彼女がくすっと笑ったので、私はベッドの上に正座して、くるんだティッシュを開いた。汀子が近づいてきて、のぞきこむ。

「これ、明らかに女の髪の毛だよね。等々力のものではない」

「そうね。こんなに長いのは女性のものかも」

「この毛をDNA鑑定することは僕にはできないけど、もし彼女を告発する時、これは重要な証拠になるかもしれない」

「花音さんの毛を取って、比べてみたらいいかも」

「君が彼女の部屋に行って、お茶でも飲んでる時にこっそりと床に落ちている毛を探すってのはどう？　君ならできるかもしれない」

汀子は私に近づき、ティッシュの毛を一本つかむと、照明にかざした。彼女の体の熱と甘い体臭が私のほうに伝わってくる。私は汀子が持つ毛を静かに取りもどそうとして、バランスを崩し、彼女に倒れかかった。

あっと思った時には、我々はもつれ合ったままベッドに倒れこんだ。等々力と花音の汗がシーツに染みこんでいると思うと、異様な興奮が私の身を包んだ。彼女も同じ思いだったようだ。裸になって動いていると、我々の熱気と汗がシーツに伝わり、等々力と花音の体臭も生々しくにおい立ってきた。四人の男女の熱気が部屋の中に充満した。

私と汀子はベッドの上で手をつないだまま仰向けに横たわっている。

「わたしの体に花音さんが乗り移ってきたみたい」

荒い息を吐きながら汀子が言う。

「僕も。等々力になったような気分で君を抱いていた」

この前、花音の部屋で空気中に漂うアロマ臭のようなものを吸った時、不思議な気分になったことがあった。あのまま部屋にいたら、どうなっていたのか。そうした罪を犯しているような、あるいは背徳的な気持ちが一瞬にして私の体内に甦り、興奮を倍加させたのだ。

「つまり、花音さんを抱いていたってこと？」

汀子が横を向き、私の顔を凝視している。その視線が痛いほどに感じられた。

「え、まあ……」

答えに一瞬詰まると、汀子が私の腰をつねった。

「痛いじゃないか」

「だって、それひどくない？」

汀子が私にむしゃぶりついてきた。「花音さんになっているわたしって、いったいどういう立場なの？」

「それ、嫉妬？」

「違う。なんか花音さんの代用品みたいに感じたの」

「ばかだな。君のほうが彼女より十倍もかわいくて魅力的だよ」

「十倍？」

「いや、もっとだよ。百倍かわいい、いや千倍かな」

「じゃあ、証拠を見せてよ」

「ここでいいのか?」

「うん。いいよ」

私は汀子を抱こうと、彼女の体に覆い被《かぶ》さろうとしたが、その時、奇妙な感情が湧いてきた。汀子の顔がどうしても花音の顔に見えてしまうのだ。そんなはずはない。頭を左右に強く振って、また目を開く。

汀子が私を鋭い目で見ていた。

「ごめん。そんなつもりじゃなかった」

彼女が両手を突き出して、私の体を押し退《の》けた。

「違うの。あなたの顔が等々力さんに見えてきたの」

「ええっ、君は等々力を知ってるのか?」

「ううん、知らない。でも、あなたの顔が変わって見えた。それ、たぶん等々力さんの霊が乗り移ってるのかもしれない」

「そんなばかな」

我々に急に理性がもどってきて、お互いの裸の姿を見て、しらけてしまった。

「それに、何だか、誰かにのぞかれてるような変な感じがするのよ。いやな感じ」

汀子はベッドから降りて、私から見られないように胸を両手で隠した。それから体の向きを変えて脱ぎ捨てられた下着を急いで身につけた。

私は裸のまま、部屋の周囲を見まわす。どこかにのぞき窓みたいなものがあるのだろうか。誰かが私たちの秘め事を観察しているとしたら……。

いや、違う。そういうことではない。等々力が収集した大量の本に彼の念が乗り移り、それが私にそうした気持ちを抱かせたのかもしれない。故人のベッドを使って、よからぬ行為に現《うつつ》を抜かしている我々には、多少の罪悪感めいたものがあり、それが他人にのぞかれているような錯覚を生みだしたのだ。絶対そうに決まっている。

ベッドのそばに等々力のデスクがある。髑髏《どくろ》のブックエンドがあり、そこに国語辞典や漢和辞典、類語辞典、英和辞典といったものが挟まっている。他に、緑のデザインが印象的な英語の本が二冊。イギリスのペンギンブックスだ。タイトルは、コナン・ドイルの『The Case-Book of Sherlock Holmes』とアントニイ・バークリーの『Not to Be Taken』。そばにドイルの『シャーロック・ホームズの事件簿』とバークリーの『服用禁止』という翻訳本があるところを見ると、原書と翻訳本を並べていると思われた。彼が英語の本を読んでいるのは見たことがないので、原書を開いてみると、中は真っ白だった。ああ、本に見せかけた凝《こ》った造りのノートブックなのか。

「さあ、仕事にもどろうよ」

汀子の声に私は我に返った。

「ああ、そうしよう」

この部屋がそうさせた。この部屋が私たちを変な気分にさせたのだ。この部屋がいけない。この部屋が……。

「ね、あの毛、どうなった？」

汀子の一言に私は慌てた。シーツの上を丹念に調べたものの、花音のものらしき毛はどこにも見つからなくなっていた。汀子の体毛は数本見つかったのだが。

24――（追いつめる――境界線上の女）⑬

池尻淳之介

牧村花音にどうやって近づけばいいか。

これまでの件は、事件性なしとして処理されているが、警察が三つの事件に一人の女が深く関与していると知ったら、話は変わってくるだろう。

嘘でもいいから何か理由をつけて彼女に近づく。

よく考えれば、そんなに悩むことではない。我々には推理小説好きという共通点があるのだから。おもしろいミステリーを見つけたとか、最近の作品で何か知らないかとか、情報交換を持ちかければ、そんなに怪しまれずに接近できるだろう。

さらに親しくなって、彼女の口から話をさせる。問題はそこだ。こっちに心を許して、口を開かせるには、恋愛感情を相手に持たせることが必要かもしれない。

汀子に無用な誤解をされるといけないので、あらかじめ私の計画を彼女に話しておく必要があった。あくまでも花音の犯罪を暴くための手段であると。敵地に乗りこみ、相手の懐《ふところ》に飛びこんで、その口を開かせるのだと。

「それ、ピンク作戦ね。汚い言葉を使うならエロ仕掛け」

汀子はそう言って笑った。「文字通り、体を張って本丸に迫るってわけね。トロイの木馬みたい」

汀子は真顔で言って、私の背中をつねった。

「痛いじゃないか」

「ミイラ取りがミイラにならないように気をつけてね」

「ばかだな。君と比べたら、花音なんか、月とスッポン。好きになるわけがないよ。自制が働くレベルの女だから、絶対に間違いは犯さない」

「それ、セクハラ。花音さんどころか、すべての女性を敵にまわすわよ」

「君が告げ口しないかぎり、大丈夫さ」


そんなことを話してから何日かすぎた頃、私は栗栖汀子のマンションを訪ねた。もちろん、そこは花音と同じマンションである。

駅前のフラワーショップで花を買い、マンションに向かおうとした時、車椅子に乗った女性を見かけた。正式な名称は知らないが、その車椅子は電動のもので、ボタンを操作しながら動かすタイプである。

高齢者が乗っているのをたまに見かけたことはあるが、若い人は珍しい。その女性は、サングラスとマスクをしていた。顔がわからないのに若いとわかるのは、その体型だった。全身から漂う若さというものが伝わってくるのだ。ひどい敏感肌で、太陽にあたるのを避けているのだろうか。

「ひょっとして……」

と私はつぶやいた。彼女は牧村花音の妹ではないのか。いや、まさか。花音の部屋で見かけたのは折りたたんだ車椅子だった。しかし、車椅子の女性のことが気になり、その行方を追っていくと、そこはコンビニエンスストアだった。

買い物か。私もついでに中をのぞいてみよう。気づかれないように、さりげなく店内をまわると、雑誌売場の前に彼女はいた。

彼女は大判の雑誌を読んでいた。週刊誌を読むふりをしながら、横目で見てみると、どうやら女性ファッション誌のようだった。最新の服を着た若い女性がポーズを作っているのをわき目も振らずに夢中で見ている。

彼女はしばらく読んでから雑誌を元の位置にもどそうとしたが、車椅子に座っているので、入れにくいようだった。仕方なく私は彼女に近づき、その雑誌をもどしてやった。

「あ、ありがとうございます」

低くて抑揚《よくよう》がなく、聞き取りにくい声だった。ある種、合成音のような声だ。

「どういたしまして」と私は小声で言って、そこから離れていく。あまり近づくべきではなかったと後悔した。おそらく彼女は花音の妹だ。

私は店を出て、汀子のマンション、つまり花音のマンションに向かった。ゆっくり歩いていると、いきなり私のそばを電動車椅子が通りすぎていった。さっきの彼女だ。作動音がまったくしないので、不意を衝《つ》かれた形だった。

だが、彼女は私をコンビニで雑誌をもどした者と認識していないようだったので、私は歩く速度をさらに落とし、彼女が向かう先を見る。曲がり角を折れると、前方に花音のマンションが姿を現した。

車椅子の彼女と一定の距離を保ったまま、私はマンションに向かっていく。彼女はマンションの前に到着すると、障害者や高齢者のためのスロープを器用に昇って玄関に入り、オートロックにキーを差しこんだ。彼女の姿が視界から消えるのを待って、私は玄関に入る。一階突き当たりにあるエレベーターが開き、彼女がちょうど乗りこむのが見えた。

私はオートロックのそばにある番号を押す。訪問者は部屋番号を押して、居住者の了承を得られればロックが解除される。

だが、汀子の部屋の番号を押しても、応答はなかった。不在か。前に会った時、次に会う予定を決めていたのだ。汀子はメールや電話のやりとりを嫌っている。束縛されるのがいやだという理由だが、体の関係はあっても、私に完全に心を許したわけでないということなのだと思う。私も似たような気持ちでいるので、そんなに気にならなかった。どこかでしばらく時間でもつぶそうかと思っていると、背後から声をかけられた。

「あら、池尻さん」

ふり返ると、目の前に牧村花音がにこにこしながら立っていた。「どうしたんですか、こんなところで」

まったく予期していなかったので、私は動揺してしまった。心の準備がまったくなく、どう返答したらいいものか迷った。

「ここに友だちが住んでいるもので……」

少しうろたえた声を出してしまった。

「あら、そうだったんですか」

語尾が少し上がり気味。粘りつくような声。

「それ、どちらの方？」

優しい声なのに、詰問《きつもん》されているように感じられた。

「まさか、林さんじゃないですよね？」

突然、栗栖汀子の本名を言われて、私はどきりとした。勘が鋭すぎる。いや、私の考えすぎだ。二人は知り合いなので、たまたまその名が出ただけなのだろう。汀子との関係は明かすべきではないので、適当に思いついたことを言った。

「あ、いや。留守だったもので、引き返そうとしたら……」

ややしどろもどろ気味の言葉。国会で野党議員に詰め寄られ、汗を拭きながら答弁する官僚の気分。いや、それよりひどい。額に脂汗が滲《にじ》んでいるのを意識した。

「そしたら、わたしに声をかけられた？」

私の反応を見て、花音が助け船を出してくれる形になった。

「そ、そうです」

背中の汗が下に垂れていくのがわかる。

「これからお帰りになるの？　空振りだったのね。残念」

「残念」は語尾がくっと上がって、ザンネーンと聞こえる。

「まあ、そういうことですね」

「だったら、せっかくですから、うちに来ませんか？　この前、お話しして楽しかったから」

「いや、それは……」

こちらから花音に接近する前に相手から接近してきたのだ。喜んでいいはずなのに、私はためらってしまった。

「まあ、硬いことをおっしゃらずに」

花音の手が私の背中に軽くあてられる。弾力のある指で、やさしくマッサージを施すような感じだ。

「じゃあ、お言葉にあまえて」

一瞬、不機嫌になる汀子の顔が脳裏に浮かんだが、彼女が不在なのがいけないのだと思い直した。

エレベーターに乗り、狭い空間に二人でいると、彼女の体から高級そうな香水のにおいが漂ってきて、変な気分になる。変な気分？　「体が疼《うず》くような」とでもいうべきか。

エレベーターが静止した時は、正直言ってほっとした。

「さあ、どうぞ」

かすかに笑いを含む声に誘われ、彼女の部屋に向かう。

「そうか」

その時、私は発作的に叫んでしまった。

「え、どうかなさったの？」

怪訝な顔で私を見る花音。

「わかったんですよ、僕の友だちの気持ちが」

基本的に面食いである等々力謙吾が花音のような女に引かれたわけが突如理解できたのだ。私も一瞬、花音の魔力にとらわれていた。危ない、危ない。私もうっかり……。

「あ、ごめんなさい。友だちが最近失恋して、今日はそいつの話に乗ってやるつもりで来たんです。それで、今傷の癒《いや》し方を思いついたんですよ。突然、叫んでしまって申し訳ないです」

花音を少し煙に巻いた気分。突然声をかけられて動揺してから相手に主導権を握られていたが、ようやく対等な位置に立ちもどったと思う。

「あら、そう。林さんじゃなかったのね」

やや困惑気味の花音の顔。「あ、着きました。どうぞ中に入って」

玄関に入った時、電動車椅子が目に入った。しまった、妹がいる。コンビニで見た彼女はやっぱり花音の妹だったのだ。とりもどしかけていた自信がまた崩れていく。

「妹さん、いらっしゃるんですか？」

すっかり忘れていた。妹は私とコンビニで会ったことを覚えているだろうか。

「帰ってきて、またどこかへ行ったみたい。あの子、外出用にこの電動車椅子を使って、マンションにもどると手動の車椅子を使うんです。手動の車椅子がないところを見ると、お友だちのところに行ったのかもしれませんね。同じマンションにいるんです」

妹と顔を合わせることがなくなり、安堵したあまり、足の力が抜けそうになった。

リビングルームに通され、ソファに座る。広さ十畳ほどで、電子ピアノが置いてある。キャビネットの中には、本やフランス人形、高級食器などがいろいろ飾られている。

数分して、花音がコーヒーとクッキーを持って入ってきた。

「手作りのクッキーです。どうぞ召し上がれ」

山形出身なのに、訛《なま》りは全然感じられない。イントネーションも完全に標準語になっている。

「わたし、最近、おもしろい本を見つけました」

彼女は言った。「イアン・バンクスって作家、ご存知？」

「いや、よく知りませんが」

「『蜂工場』を読みました。結末で驚きました。一九八四年の作品ですが、傑作というか怪作というか」

「どんな話なんですか？」

「ネタバレになるので、くわしくは語れません。説明がむずかしいんです。『水平線の男』とか、そっち系かしら」

花音はにやりとする。その笑みが少し可愛く見えた。私は『水平線の男』も読んだことがなく、少し悔しい思いをした。

「『水平線の男』をお持ちなんですか？」

「もちろんです」

「じゃあ、貸してくれませんか」

私がそう言うと、彼女はキャビネットの前に立った。そこは大事にしている本が保管されているようだ。彼女は扉を開けて、一冊の文庫を取り出した。『水平線の男』。作者はヘレン・ユースティスだ。

「どうぞ。大事に扱ってくださいね。稀覯《きこう》本ですから」

「大丈夫です。僕は愛書家ですから。カバーをかけて丁寧に読みます」

カバンの中に紙袋があったので、私はその中に本を入れた。それから、本のことを少し話したが、私は彼女の妹がいつ帰ってくるのか気になって落ち着かなかった。

それから、不意に誰かに見られているような気がした。花音の目を気にしながら、気づかれないようにゆっくり部屋の中を見まわす。

どきりとした。私を人形が見ていたのだ。目の部分が黒く塗りつぶされた奇妙な西洋人形だった。

「それ、ちょっと怖いでしょう?」

私の反応を見て、花音が微笑んだ。「そのビスクドール、フランスから運ぶ時に目が抜けてしまったんです。すぐ直せるんですけど、そのままにしておいたほうがかえって不気味で、おもしろいかなと。妹に言わせると、姉さんって悪趣味ですって」

鈴のような声が部屋に広がるとともに、私の背筋を冷たいものがするすると這いのぼっていった。

25――（毒っ子倶楽部）

「さて、われらが池尻淳之介さん、本丸に乗りこみ、敵とどう渡り合うか。ストーリーはそういう重大な局面に入っていきますけど……」

まとめ役の野間佳世は芝居がかった口調で言い、毒っ子倶楽部の面々を見わたす。

「みんなは後味の悪い小説って好きかしら？」

「いわゆるイヤミスってやつね」

お良がすかさず応じる。「わたしは嫌い。ハッピーエンドのほうが好き」

「でも、お良さん、裁判の傍聴は好きじゃないですか」

リリーがパソコンのキーをせわしなく叩きながら言った。顔は上げず、ひたすらノートパソコンに向かっている。その場の会話も記録しているようだ。

「そりゃあ、そうだけど。でも、イヤミスは後味悪いし、何よりも爽快感がないのがだめなのよね。花音の裁判は、犯人が捕まってるんだから、イヤミスというより、一応ハッピーエンドってくくりに入るんじゃないかしら」

「でも、牧村花音だけに、途中経過が何ともクセがあって、いやらしい」

野間佳世が言った。「ミルクちゃんは、イヤミスはどう？」

「わたしはイヤミス大好きです」

ミルクはやや興奮気味に言った。「犯人対探偵、途中まではらはらさせておいて、最後に犯人が勝つ。あるいはいやな主人公が犯罪を成功させ、警察を煙に巻く。ミステリーとして最高だと思います」

「例えば、極端な話、虐待されている少女が結局最後に殺されるのはいいの？」

お良がミルクを試すように聞く。

「後味は悪いけど、それに快感を覚える読者もいるってことです。好みは人それぞれだと思います」

「まあ、そういうことよね」

と野間佳世がまとめにかかる。「この牧村花音裁判だけど、みんなはイヤミスだと思う？」

「途中までは確かにイヤミスだけど……」

お良が真顔で言った。「最後はハッピーエンド。被告人は捕まって、裁判で死刑が宣告されるかもしれないんだから、イヤミスじゃないと思う」

「でも、この事件、なんかもやもやしませんか？」

ミルクが他の三人の顔を探るように見る。「何かまだ解決されてないことがあるような、すっきりしない感じがするんです」

「同感」

リリーが相変わらず顔を上げずに言う。「普通のミステリーだったら、伏線も回収してすっかり解決しないと、読者が怒る。だけど、この事件は……」

「要するに、はっきりした証拠がないのが問題なんだと思う。状況証拠で花音を追いこんでいったんだから無理がある」

お良が検察側を非難するように言う。「すっきりしないのは、その一点にあるんだと思う」

「でも、裁判自体はすごくおもしろい」とリリー。

「それはね。被告人の人格っていうか、個性がおもしろいのよね」

野間佳世はきっぱり言いきる。「よくもまあ、毎回法廷に出てくるたびに服装を替えてくるものね。色仕掛けで男を落とす牧村花音の面目躍如《やくじょ》って感じね。彼女、一言も殺しましたと言ってないのに」

「マスコミが騒ぎすぎです。あのレベルの女が男を取っ替え引っ替え騙して、金をせびりとって完全犯罪をやろうとしたって、面白半分に記事を書いて、読者を煽ってるんですもの」

ミルクは頰をふくらませ、興奮気味に言う。「マスコミは女をばかにしてるんです」

この裁判の特異なところは、被告人の口から被害者たちとのセックスなどが生々しく語られることだった。この平凡な外見の女のどこに男を引きつける魅力があるのか。その不可解な点が記者、いや読者の好奇心をかき立てているのだ。

＊

最後にその日の公判における牧村花音の名言。

「わたしには男の人を引きつける魅力があります。自分で言うのもなんですが、わたしに接近してきた男は必ず落とす自信があります。そう断言します」

被告人の自信に満ちた朗々とした声が法廷内に響き、裁判長、裁判官、裁判員、検察や弁護側の人たち、マスコミの記者たち、傍聴人たちを驚かせ、唖然《あぜん》とさせ、感嘆させた。証言台に堂々と立つ被告人の姿に、いろいろな意味でショックを受けた人たちは多い。被告人の見つめる先には分厚い近視用の眼鏡をかけた裁判長がいる。裁判長は被告人の視線を受けて、眼鏡のフレームの位置を直す。ふだんは動じることのない裁判長が少したじろいでいるように見えた。

*

「でもね。花音の自信もつづかなかった。だから、捕まってしまったわけでしょ？」

野間佳世の言い方は冷徹だ。「花音の誘惑を受けながら彼女を獄につないだ淳之介君の功績は大きいわね。花音があのまま捕まらなかったら、哀れな被害者がまた一人追加されたかもしれないものね」

「自分の体を張って花音に迫った彼は、大いに評価できます」

ミルクの目が、少女マンガの主人公のようにきらきら輝いて見えた。

「ミルクちゃん、淳之介君に恋してるみたい」

野間佳世がからかうように言うと、ミルクは顔を真っ赤にして、

「そんなことはありません」

頬をふくらませて叫ぶように言った。そこでお良が話に割って入った。

「花音が男の前で足を開いたら、すべての男がひれ伏すという状況で、淳之介君がそれを知りながら究極の我慢ゲームをやったことは、尊敬に値するわね。負けた花音は、法廷で虚勢を張っているだけなので、やっぱり痛々しい。彼女に残された結末は、死刑か無期懲役しかないんだから。淳之介君の手記のつづきで彼のお手並み拝見といきたいわね」

記録係のリリーは、相変わらずパソコンの画面を見ているが、モニターに映る顔にはかすかに笑みが浮かんでいた。


…………

26――（追いつめる――境界線上の女）⑭

池尻淳之介

牧村花音の出したコーヒーには気をつけるべきだった。

この前、ここに来た時はコーヒーを飲んだ後、急に眠くなって私は慌てて彼女の部屋を後にして、栗栖汀子の部屋に向かったのだ。汀子を抱いた後、彼女にはさんざん責められた。自分以外の香水のにおいを嗅いで、勘のいい彼女に問いつめられ、私はしぶしぶ告白した。

「ごめん」

私はひたすら謝るしかなかった。

今回はコーヒーが出された時、全部飲まないように注意した。

「あら、コーヒーはお嫌い?」

花音は怪訝な顔をする。

「いや、好きですよ」

「だったら、遠慮しないで」

「実を言うと、コーヒーを飲むと眠くなっちゃうんです。だから、できるだけ控えるようにしているんです」

「カフェインが入っているのに眠くなる?」

花音は首を傾げる。「じゃあ、こっちを飲んでみたら?」

リビングのテーブルの上には二つのカップが載っている。花音は自分のカップと私に出したカップを交換した。

「わたしのはカフェインレス。わたしはコーヒーを飲むと眠れなくなるから、カフェインレスにしてるんです。さあ、どうぞ」

「申し訳ないです」

私は花音から差し出されたカップを口につける。少し甘ったるいような気がした。

「あれ、変だな」

「ウフフ、わかりました?」

花音はいたずらっぽく笑う。「そっちにはブランデーを入れてたんです。言わなくてごめんなさいね」

ブランデーは苦手だった。コーヒーで薄めてあるとはいえ、悪酔いしそうな気がする。そして、また寝てしまうのが怖かった。

「友だちのところに行かなくちゃ」

私は立ち上がる時、頭がふらっとしてまたソファの上に座ってしまった。

「ゆっくりしていけばいいのに。そのうち妹も帰ってくるでしょうし……。ぜひ会ってみて」

「いや、それはまずい」

そう思うだけの常識はあった。私は『水平線の男』の入ったバッグを持って必死に立ち上がり、知人はこのマンションの五階にいるからとか適当につぶやいて彼女の部屋を出た。ふらつきながらエレベーターまで行くと、ちょうど下から上がってくるところだった。もしそこに花音の妹が乗っていたら。

私はすぐそばにある階段を見つけた。汀子の部屋は二階下なので、手すりを使えば大丈夫だろう。階段を降りかけた時、エレベーターが開く音がした。あのまま待っていたら妹と鉢合わせしたかもしれないと思ったが、そうしている間にもますます頭がふらついてきた。

私は手すりにつかまりながら何とか八階まで降りて、汀子の部屋に辿り着いた。表札のネームプレートには「栗栖」。ここで間違いない。

足はふらつき、チャイムを押した時が限界だった。ドアが開き、汀子が「どうしたの？」と驚きの声をあげた時、私は意識を失った。

目を覚ましたのは白いベッドの上。私の部屋ではない。隣に汀子が寝ているのを見て、一瞬にして記憶がもどった。

そう、牧村花音の部屋を訪ね、ふらふらの状態でここに辿り着いたのだ。汀子が目を開けて、私を見つめている。

「やっと起きたのね。どうしたら、そんなに無防備に眠れるわけ？」

詰問する調子だったので、私は起こったことを正直に話すことにした。私たちはベッドの上で隣り合い、天井を見ながら横たわっていた。

「彼女に何か飲まされたというのね？」

「ブランデーがコーヒーに入っていた。彼女がそう言ったんだ」

「前にも似たようなことがあったのに、あなたって、学習することがないの？　断るとかそういったこと」

「コーヒーが出た時は警戒したんだよ。それが彼女に怪しまれたらしい。彼女のほうからカップを交換しないかと言ってきて……」

「それで飲んだ？」

汀子は呆れたように言う。

「彼女、ブランデーが入ってると言ったから、ブランデーが入ったコーヒーって、どんな味か気になってつい。好奇心というか、ちょっと知りたい気持ちが勝ってしまった」

「それって、マジシャンが使う手じゃない？　わざと相手の興味を引いて、相手に選んでほしいものを選ばせる。トランプ手品とか、そういうのあるでしょ？　うまく誘導するの。簡単に引っかかるなんて……」

汀子は呆れたように笑った。

「ひどいなあ」

私はつられて笑うが、頭に痛みを感じ、こめかみを両手で押さえた。「でも、コーヒーに入れたブランデーくらいで酔っぱらうとは思えないんだ。他に何か薬が入っていたかもしれない」

「即効性の睡眠薬？　舌に苦みみたいなものは残ってない？」

「いや、それはない」

「だったら、これに懲《こ》りて彼女には近づかないこと。いい？」

「だめだよ。僕には親友の仇《かたき》をとる義務がある。彼のお母さんに頼まれてるんだ。それに、僕の仕事にも関わってくるから、もし彼女を追いつめることができたら、僕の手柄になる。彼女を法廷に立たせるのが僕の使命なんだ」

「だったら、わたしがまた彼女に会ってみる。それでどう？」

「いや、それは……」

花音が私の訪ねる相手を即座に「林さん？」と聞くあたり、油断できないのがわかる。

「彼女、人一倍、勘が鋭いから気をつけてね」

「大丈夫。わたしに任せて。花音さんだって、女が相手だと心を許すから、男の人が立ち入って聞けないことをいろいろ話してくれるかもしれない。適当な口実を作って、彼女を訪ねてみるわ」

まさに二人三脚で鉄壁の牙城《がじょう》を切り崩す。どんなに小さな証拠でもかまわない。彼女を追いつめる証拠さえあれば。

等々力克代から連絡があったのは、その翌日だった。

その後の調査の進捗《しんちょく》具合はどうか。次の土曜日に上京するので、わかった情報だけでも教えてほしいということだった。

等々力謙吾の相手が牧村花音と確定したわけではないので、どこまで話したらいいものかわからなかった。その日、たまたま同業者から電話があり、新宿近辺で飲まないかという話になった。

相手は笹尾《ささお》時彦《ときひこ》といって、私と同年代のノンフィクション作家である。過去、難解な事件をいくつか解決していて、裁判や警察の捜査などに関する知識は私より上だった。私が関わっている牧村花音の件は、同業の者にあまり話したくなかった。出し抜かれるおそれがあるからだ。笹尾はその辺に鋭い嗅覚《きゅうかく》を持っており、私が関わっている一件に興味を引かれれば、私とは別に動く可能性がある。

だから、笹尾ならこの閉塞《へいそく》した状況をどう打開するのか、話を曖昧に濁しながら一般論として聞いてみることにした。

笹尾は恋人の高島百合子《たかしまゆりこ》を連れてくるはずだった。私も汀子を同席させて恋人として紹介したかったが、汀子はどうしてもはずせない用事があるということなので、私だけが行くことになった。

新宿の東口、飲食店の多く入っている雑居ビル。

約束の午後六時に店に入ると、笹尾と高島百合子はすでに来ており、四人掛けのテーブルで並んでビールを飲んでいた。「やあ、ひさしぶり」と声をかけると、二人は手をふり返した。

「何か悩みごとがあるみたいだな。浮かない顔をしているぞ」

笹尾は開口一番そう言った。

「わかるか？」

「恋の悩み？」

高島百合子は言った。「図星じゃない？」

彼女は若いが、頭の切れるタイプである。豊富な知識に裏打ちされた鋭い洞察力の持ち主で、取材対象にずばりと切りこんでいく。欠点があるとしたら、取材に集中しすぎるあまり、身近に迫る危険に気づかなくなることだろう。これまで果敢《かかん》に犯罪の現場に乗りこみ、何度か危険な目に遭っている。一見柔和で女性的な魅力にあふれているので、取材相手、主に男はつい心を許してよけいなことまでしゃべってしまう。それに気づいた時、彼女の口を封じようとして襲いかかってくる。笹尾に言わせれば、彼女が無事に帰還できたのは、数パーセントの運だったという。危なっかしくて放っておけない女性なんだと、かつて笹尾が私に語ったことがある。

性格は正反対の二人だが、なぜかうまが合って、これまで二つの重大な事件に関わり、それを見事に解決して、別名義で『追悼者』と『潜伏者』というノンフィクション風の小説を発表している。

「うーん、半分当たっているかな」

私は苦笑しながら言った。「一つはうまく行って、一つは壁にぶちあたっている」

「言い換えると、付き合っている人がいるのに、他に気になっている人がいるというわけね？　それ、二股っていうの」

「ひえっ、高島さんは相変わらず鋭いね」

笹尾が少し迷惑そうに顔をしかめる。だが、いやがっているのではない。

「おもしろい事件を掘りあてたのね？」

嗅覚の鋭い彼女はずばりと言った。

「まあ、そういうことだな。発端は僕の大学時代からの友人が奇妙な状況で死んだことだ。僕と同じく推理小説好きで女性には縁のない男だったが、ある女性と婚約する運びになって、実家に報告に向かうことになった。僕は本人からそんなふうに聞いている」

女性に縁がないというところで、相手の二人が反応し、顔を見合わせて笑う。

「奇妙な状況？」

笹尾が首を傾げながら言った。「まさか密室殺人だとか？」

「いや、違うよ。密室だったら、すぐに解ける自信がある」

私は二人に牧村花音の名前を出さない程度に話すことにした。第三者に話すことで事件が最初から頭の中に整理できるという思惑《おもわく》もあった。

「友人は車の中で練炭自殺をしたんだ。彼の母親に頼まれて調べることになったのだが、どうもおかしい。自殺で片づけられてしまったのだけど、限りなく怪しい。二人は婚約して、実家に報告しにいくところだったのに、彼はなぜ一人で自殺するのか」

「練炭自殺だったら、警察が変死扱いするんじゃないのかな」

笹尾が言った。「怪しかったら、調べるはずだぞ」

「変死扱いだから、一応司法解剖はして、アルコールと睡眠薬は検出された。死因は一酸化炭素中毒だったが、事件性がないという理由で片づけられてしまった。たまたま近くで若者四人の集団練炭自殺があったから、それに引っ張られたんじゃないかと思う」

「自殺する明確な理由がないんだな？」

「そういうことだ。実家に結婚を報告しにいくのになぜ練炭で自殺するのか。幸福の絶頂の時だぞ」

「喧嘩して、別れ話が出て、衝動的に死を選んだとか」

「衝動的に練炭とコンロを買って死ぬかよ。首吊りか、飛び下りか、薬だろうよ」

「じゃあ、計画的に殺された？」

「要するに自殺する動機がないんだ。母親はそのことを警察に話したが、取り合ってくれなかったらしい」

「婚約の相手を調べれば、その理由がわかるんじゃないか？」

「その婚約者が誰なのかわからなかった。本人が婚約者を連れて実家に行くと僕に連絡しただけだからね。僕は相手の名前も聞いていないんだ」

それから、私が親友の母親に頼まれて、その婚約者に辿り着くまでの経緯を簡単に二人に話した。

「じゃあ、本人に会って話を聞けばいいんじゃないの？」

高島百合子が焦れったそうに言う。

「まだ婚約者と断定できないんだ。限りなく怪しいというだけで」

「わたしなら、直接聞いちゃうけど」

「聞いてもはぐらかされるおそれがある。否定されれば、それでおしまいだからね。確かな証拠をつきつけて相手に迫りたいが、肝心の証拠がない。疑わしいというだけで。実を言うと……」

「ふうん、じゃあ仕方がない。だったら、撤退すれば？」

高島百合子は苛立ちをさらに強めた顔をする。優柔不断な男は嫌いらしい。

「ね、笹尾さん？」

「あ、ああ、そうだな」

笹尾が彼女に同調したので、私はさらに怪しい状況を説明する。

「実を言うと、その女、他に二件ほど同じような事件にからんでるんだ。調べていくうちにわかってきた。一人目は六十九歳の元夫。自宅の小火で一酸化炭素中毒で死んでいる。彼女はそれで億単位の遺産を一人占めした。二人目は不動産業者で、結婚はしなかったが、一千万円ほどの金を貢いでもらっている。彼女、昔、クラブのホステスをやっていたから、口は達者で、男に取り入ることに長《た》けている。その二番目の男も自宅で一酸化炭素中毒死している」

「つまり、彼女に関わった三人の男が不審な死を遂げているってことだな。それも、すべて一酸化炭素中毒というわけだ」

「警察は個々に処理していて、三つの事件を結びつけていない。だいたい、その女が関わっていること自体も知らないんだ」

「三人目の犠牲者が君の親友ということなんだね？」

笹尾は俄然《がぜん》興味を持ったようだ。高島百合子もテーブルに両肘をつき、興味深げに私の顔を注視している。

「そういうこと。二度あることは三度あるといって、ますます疑わしい。だけど、証拠がない。状況証拠だけなんだ。本人が口を割らないかぎり、手の出しようもない」

「おまえの相談したいのは、そこのところだな」

「彼女に疑いを持たせずに接近する方法さ。実を言うと、二度ほど彼女に会ってる」

私は合コンで彼女に接近した経緯を話した。「実は、僕の付き合ってる彼女がたまたま同じマンションに住んでるんだ。しかも二人は顔見知りだ」

「それって偶然なの？」

「僕の彼女がその女に合コンを勧めて、僕と会場で出会った。その女とはマッチングしなかったが、偶然町で再会して女のマンションに誘われたんだ」

「なるほど、そういうことか」と高島百合子。

僕は彼女の部屋を訪ね、二回ほど気を失いそうになったことを話した。

「おっと、それはたいへんだな、体を張る仕事というのは」

笹尾が茶化したように笑った。

「二回目はコーヒーを飲んだ後、急に眠くなってね。幸い、危ないと気づいて女の部屋を出て、僕の彼女の部屋に逃げこんだ」

「要するに、何か変な薬を飲まされた疑いがあるのね？」

高島百合子が目を輝かせる。事件を嗅ぎつける鋭い目の持ち主だ。

「ブランデーを入れたというけど、他にも薬が入っていたんじゃないかと」

「その女、あなたが好きなんじゃないの？　男好きみたいだし……」

「ごらんの通り、貧乏ライターの僕には金がないから、そういう心配をする必要はない。だけど、僕の親友は父親の金を相続して、けっこう現金を持っていた。彼女はそれを知って親友に接近した」

「なるほど」

「彼の口座から使途不明の金がごそっと引き出されている」

「だったら、彼女はあなたのお金ではなく、体に興味を持ってるのかもしれないわよ」

高島百合子は露骨な言い方をする。

「その女、美人なのか？」

笹尾は興味津々だった。「君の恋人と比べて、どうなの？」

「僕の恋人のほうが数倍、いや百倍も美人で魅力的さ」

「おいおい、のろけ話もいいかげんにしろよな」

「いや、実際そうなんだ。怪しい女のほうははっきり言って十人並みなんだ。だけど、趣味が似ているから話してると楽しいし、引きこまれていくんだよな。それが女に免疫がない僕の親友が女に惚れた理由だと思う」

「だったら、話は簡単じゃないの。あなたがその女と堂々と付き合うのよ。思いきって彼女の懐に飛びこんでいく。薬を飲まされたのなら、次もそうされるかもしれない。自然の成り行きに任せたらどうなの。文字通り体を張って」

「君は女のくせにすごいことを言うんだね」

「彼女といい仲になって、口が軽くなったところで、徐々に聞いていく。あなたが心配しているのはそのことを恋人に知られることよね。二股かけてるなんて誤解されるのが怖いから」

　高島百合子のアドバイスは、敵と体の関係を持って相手の信用を勝ち取り、その口を割らせるということだ。汀子も同じようなことを言っていたことを思い出す。汀子は「トロイの木馬」といった言い方をしていたが、半分冗談だったのだと思う。

「女が殺された恋人の仇を討つために憎き相手に抱かれ、寝首を掻く。そういう話は、伝説、あるいは実話として昔からたくさん伝わっているのね」

　高島百合子が言ったが、私は適当にうなずいておいた。

「君の話はぶっ飛んでるけど、おもしろいかもしれない」

「証拠がないんだから、そのくらい大胆なことをしないと、お友だちの復讐は果たせないと思うわ」

話がそんな流れになった後は、自然と仕事関係の話題に移っていったが、それはそれで大いに盛り上がった。私はひさしぶりの酒を楽しみ、かなり酔って帰宅し、倒れるように寝てしまったが、翌朝目覚めた時、決心は固まっていた。

「トロイの木馬」作戦。相手の掌《てのひら》で踊らされるふりをしながら、相手に迫るのだ。花音の口を開かせるのは、体の関係を持つ。もうそれしか方法はないと思う。そして、その捨て身の作戦が何となくうまく行きそうな気がしていた。

27――（毒っ子倶楽部）

牧村花音の裁判は、この種の裁判にしては異例の長さになった。公判の回数が多いので、全員が顔をそろえることは少なくなっていたが、資料はリリーか野間佳世が持っていたので、お良やミルクが読みそこなうということはなかった。

裁判所近くの喫茶店。今日は四人が顔をそろえる。

「トロイの木馬の変化形か。淳之介君、うまい方法を考えたわね」

お良が感心したように言った。「難攻不落というか、つかみどころがない敵に迫るには進んでその懐の中に飛びこむ。古くからの兵法みたいなものよ。油断している相手を殺すのは女のほうが成功する確率が圧倒的に高い。一方、男は相手が警戒するから失敗することが多いのよね」

「お良さんは龍馬好きとあって、歴史に強いのね」と野間佳世。

「昔とったきねづかよ」

「え、何のこと？」

「ううん、こっちの話」

お良はこの話はおしまいとばかりに両手を叩く。

「あのう、トロイの木馬には大江山の鬼退治という例があるんですけど」

リリーはキーボードを叩きながら、顔を上げずに言う。「源頼光《みなもとのらいこう》が渡辺綱《わたなべのつな》をはじめとする四天王を引き連れて、鬼の居城に向かい、相手を油断させてから首を切り落とす」

「なるほど。リリーちゃんもオールラウンドの物知りということはわかったわ」

野間佳世が笑った。

「どういたしまして」

リリーはすました顔で切り返す。

「原稿のつづきはまだできないの？」

「はい。実はできてるんです。こっちの都合で遅くなって申し訳ありません」

リリーはいたずらっぽい笑みを浮かべると、バッグから数枚の紙をホチキスで留めたものを手早くメンバーに渡した。

「うわあ、楽しみです」

ミルクは興奮気味に目を輝かせ、池尻淳之介の冒険譚《ぼうけんたん》を受け取ると、アイスコーヒーをストローで一気に吸い上げた。残り少なくなったコーヒーと氷が空気と触れ合ってがらがらと音を立てる。

「果たして池尻淳之介さんの作戦はうまく行くのでしょうか」

「煮ても焼いても食えない牧村花音。それに対する淳之介君。双方のお手並み拝見ってところかしら」

野間佳世は芝居がかった口調で言った。「この事件は、答えはわかってるけど、最後に至るまでの過程がとてもスリリングでおもしろいのよね。こういう、犯人がわかっていて、それを切り崩していく推理小説を何と言うでしょう?」

「倒叙《とうじょ》ミステリーです」とミルク。

「あら、よく知ってるのね」

野間佳世は驚いた顔をする。

「家族にミステリー好きな人間がいるんです。法廷に興味を持ったのもそのためですから」

「ふうん、そうだったの」

「法廷ドラマも大好きです」

「わたしも同じ。別れた夫が法廷物が好きだったの」とお良。

「それはすばらしい」

野間佳世は感心したように言った。「それでは、みなさん、お楽しみください。なんて、傍聴仲間の会というより、今はもう読書会みたいな集まりになっちゃったわね」

「最近は特にそんな感じがします」

リリーが涼しい顔で言った。

28――（追いつめる――境界線上の女）⑮

池尻淳之介

トロイの木馬作戦――。

敵の懐に入って相手を油断させ、大将の首を取る。狙う相手に酒を飲ませ、寝首を掻く。イメージするところは大江山の鬼退治だ。鬼は牧村花音、源頼光は私。

いや、それよりもフランス革命後、ジャン＝ポール・マラーが女に浴室で殺される一件のほうがしっくり来るかもしれない。マラーの時は男が油断して女に暗殺されるが、今回は男の私が手《て》練《れん》手《て》管《くだ》を使って「難攻不落」の女を落とす。

私は「マラー作戦」と呼ぶことにした。男女逆転し、マラーは花音、暗殺する女は私というわけだ。今の私には成功する自信があった。

アポイントメントなしで彼女のマンションを訪れても、留守でないかぎり、彼女は喜んで私を迎えると思う。彼女はコーヒーか紅茶を勧めてくるはずで、私はそれを自ら進んで飲む。

それからどうなるか。

シナリオはできている。眠くなった私はその場で寝てしまう。

「ちょっと待って。そんなことをしたら、あなたは彼女に殺されてしまうんじゃないか。彼女が殺人犯なら、あなたを自殺に見せかけて殺してしまうかもよ」

そう考えるのは素人《しろうと》である。なぜなら、彼女が私を殺すなら、自宅でするわけがない。死体の処理に手間取るし、運び出すのもたいへん。厄介な荷物を抱えることになるのである。彼女の自宅で練炭自殺、飛び下り自殺、あるいは首吊り自殺に偽装するなんて、とても考えられない。

彼女が私に薬を飲ませたのは何か別の理由があるはずだ。

私はまずそれを知りたい。それを知ったうえで、彼女の懐に入って、彼女の心のうちを探っていくのだ。これを汀子に正直に話せば、絶対反対されるだろう。だから、私は隠密《おんみつ》に計画を進めなくてはならなかった。できれば、花音の妹がいない時に。いや、妹がいても問題はないかもしれない。妹がいれば、花音は私を殺すはずがない。はずがない、はずがない、はずがない……。

悲観的に考えると、先に進まない。等々力謙吾殺しの犯人を野放しにしてはおけない。恐るべき犯罪を白日の下にさらして彼女を警察に突き出す。それが究極の目的であり、等々力もそうなることを喜んでくれるはずだ。

等々力克代にもこのことはまだ打ち明けていない。この危険な計画を知れば、彼女もたぶん私を止めるだろうから。

私は忍び寄る悪い考えを振り払い、失敗を気にせず、花音に近づくことにした。殺されてもかまわないという覚悟を決めると、人間は強くなる。

私は花音から『水平線の男』を借りていた。まだ読んでいないが、返却することを理由にすれば、彼女は何の疑問も持たずに私を招き入れてくれるはずだ。

私は汀子が留守の日を選んだ。汀子は服飾デザイナーである。本人は自称といって謙遜しているが、ある有名なショップに服のデザインを提供していて、けっこうな売り上げになっているという。その辺のことに疎いので、くわしくはわからないし、いちいち詮索する気もない。私が彼女に自分の仕事内容をあまり話さないのと同じ。お互いさまだ。私は婚活イベントで汀子と知り合ったが、実を言うと、結婚までは考えていなかった。彼女とはこれまで通り、お互いを干渉し合わないゆるい恋人関係をつづけたかった。

汀子が顧客との打ち合わせとショッピングに出て、帰りは夜遅くなるというので、私は午後の早い時刻に花音を訪ねた。不在だったら、日を改めればいいだけのことだが、実際に彼女に近づくことが目的となると、それを強く意識してしまう。

マンションのエントランスは、もちろんオートロック式で、最初に部屋番号を押して相手を呼び出すことになっている。管理人は常駐しており、その厳しい視線を感じながら、私は震える指先で花音の部屋番号である１００５を押した。

数秒で応答があった。私が「近くに来たもので、ご挨拶しようと思って」と言いかけた途中で、「どうぞ、お入りください」と心から歓迎するような声がした。彼女のやわらかな声を聞くと、なぜか胸の鼓動が速くなる。彼女の声には男の本能を惑《まど》わせる力があるようだ。

自動ドアが開き、横目で管理人の目を気にしながらホールに入る。

「今なら引き返せる、今ならまだ大丈夫」

内なる声が私の頭の中で囁《ささや》く。

「いや、せっかくここまで来たんだから、彼女と面と向かって対決するのだ。そうでなければ、等々力謙吾の霊が浮かばれない」

そう、等々力の顔が弱気の虫を追い払い、私はエレベーターに乗った。この中にも監視カメラが設置され、管理人はたぶん私の行動をチェックしているはずだ。そのことが私の気持ちを落ち着かせ、不審な動きはとらないようにした。

十階でエレベーターを降り、花音の部屋に向かう時は気持ちはだいぶ落ち着いていた。私が部屋のインタホンのボタンを押すと、まるで中で待っていたかのようにドアが開いた。

「まあ、お待ちしてました」

何日も前から私の訪問を予想していたかのような言い方だった。よそ行きに着るような白いブラウスに短めのスカート。これからどこかに出かけるところだったのか。真っ赤な口紅が塗られ、顔は厚く化粧してある。

「すみません。突然伺って。これからお出かけのところでしたか？」

「ううん、いいんです。妹がいないから、気晴らしにちょっと散歩でもしようかと思ってたところです。大した用じゃないから、いつでもいいんです」

私の背中を彼女のやわらかな指が押した。そこが性感帯というわけではないが、なぜか私の体に電流のような痺れが走った。

「さあさあ、どうぞ」

リビングルームに通される。前のようにアロマのような甘いにおいが部屋中に漂っていた。それは私の心を落ち着かせる効果があった。

「コーヒーはいかが？　ケーキも焼きたてなんですよ」

「ああ、いただきます」

彼女がキッチンに行ってしばらくすると、挽きたてのコーヒーの香ばしいにおいがしてきた。それから、彼女がベイクドチーズケーキとコーヒーのカップを載せたトレイを持ってきた。

「いやあ、これはありがたい。遠慮なく」

私はコーヒーを一口飲んでから、躊躇なくチーズケーキを食べた。濃厚なミルク、それに何かの香料が入っているのか、やや甘ったるい感じだ。

「とてもおいしいですよ」

「実は今も料理教室に通ってまして、ちょうど教わったばかりなんです」

「そうとは思えない。プロの味ですよ」

「あら、お世辞がお上手だこと」

花音は口に手をあてて、バーのホステスのように嫣然《えんぜん》と笑う。わざとらしい気がするが、今の私にはなぜか魅力的に映る。

「実はまだお借りした本を読んでいなくて」

「わかります。あなたがまだ本を読んでいないことはわかります」

花音の言っている意味がわからない。

「どうしてそう思われたのでしょうか？」

「あの本を読んでいたら、たぶんわたしが嫌いになっていたと思うからです」

いよいよわからない。

「あのう、嫌いになるとは、どういうことでしょうか？」

「まあ、それは読んでからのお楽しみということで、今日はおくつろぎになったら？」

彼女が微笑む。それがなぜか可愛らしく見えた。

リビングのソファは本物の革張りで、高級感があるが、クッションが効きすぎて腰がすっぽり入ってしまうほどだった。私たちは向き合って座っているが、花音のほうも同じく、体がソファに沈んでいた。

前に来た時はそんな感じではなかったが、なぜだろう。その時点で、私はコーヒーをあらかた飲み、ケーキも半分ほど食べていた。しかし、眠くなるといった異変はない。

「コーヒーのお代わりはいかが？」

「あ、ああ、いただきます」

立ち上がろうとした時、花音は体のバランスを崩し、またソファに座りこんだ。その時、短めのスカートがめくれ上がり、その奥の白いものが私の目に映った。

「あら、ごめんなさい」

彼女は慌ててスカートの裾を引っぱり、顔を真っ赤にして立ち上がった。その仕草がまだ男を知らない女子高校生のように初々しく見える。三十をすぎているはずなのに、彼女の隠された新たな魅力を垣間見た思いがした。

これはもしかして……。

情けないことに、私自身の下半身が彼女の動きに激しく反応していた。これだ、まさにこれが原因だ、男たちが彼女の虜《とりこ》になったのは。

私は心の動揺を抑えるために、残ったコーヒーを飲みほした。苦い液体が私の喉を通りすぎるとともに、ふわっと浮遊するような感覚になった。あ、飲んでしまった。やっぱりコーヒーに何かが入れられていたのだ。ふっと現実にもどった。

彼女の薬を覚悟してきたはずなのに、体に異変を来すことを承知していたはずなのに、ここに残っていては危険だと思った。

ミイラ取りがミイラに……。

薬を飲まされるのを承知して、彼女と対決する。それが目的だったのに、いつの間にか彼女に取りこまれている。私はお釈迦《しゃか》様の掌でもがいている哀れな孫悟空《そんごくう》のようなものだった。当然、お釈迦様は花音ということになる。

魂が私の体から抜けて、ふわふわと空中に漂っている感覚。気持ちはいいのである。しかし、そこには危険な罠が潜んでいるような気がする。マラー作戦が相手に読まれて、逆に私がいいようにあしらわれている感じ。彼女はそういう意図を表に出さず、私に対してやわらかく攻撃してくる。高齢の男たちが彼女にやすやすと手玉にとられ、地獄に落ちていくさまを私は身をもって体験することができた。

これだ。これが花音の怖さなのだ。体の関係を持つつもりで花音を訪ねたが、今になって怖くなってきた。やめよう、今日はやめておこう。

彼女の姿が消えて、すぐにまたコーヒーカップを載せたトレイを持ってもどってきた。

「さあ、お代わりをどうぞ」

「いや、けっこう。今日は、も、もう失礼します。ほ、本を読んでないものだから、また、べ、別の機会に」

私は残っている意識をフル作動させて、彼女に抵抗しようとするが、その努力も虚しかった。舌が痺れ、言葉がもつれているのを意識した。不審そうにのぞきこむ彼女の顔がだんだん迫ってくる。甘い吐息が私の鼻孔に進入してきた。

「まあ、遠慮なさらず、ゆっくりされたら？　お疲れなんでしょう。やすんでいって。お願い」

心地いい声で彼女がささやきかけてくる。私は立ち上がろうとして、体のバランスを崩し、またソファに背中から倒れこんだ。やわらかなクッションが私の体を包みこむ。痛くない。体は何ともない。それに、とても気持ちがいい。

「気持ちがよくないですか？」

花音が私のそばにくっつくように座った。「わたし、不眠症なんです。お薬がないと眠れないの。いつもコーヒーに薬を入れてるの。あなたもそうなんでしょ？　さあ、眠りなさい」

彼女の声は子守歌のように、いや、蛇の毒のように私の体に忍びこんできた。

二度あることは三度ある。私は彼女の前で撃沈された戦艦大和のようなもの。いや、そんな立派な船ではない。河畔《かはん》に打ち捨てられた朽《く》ちた廃船のようなものだった。自分がみじめであることは認識できていた。

目を覚ました時、私はベッドの上にいた。

しばらく自分がどこにいるのかわからないでいた。薄暗い部屋。カーテンがかかっており、その隙間から白い光が見える。

「ここは……」

汀子の寝室だ。起き上がろうとして、頭がふらついた。天井がぐるぐると回転している。地震に遭ったかのような不思議な感覚だ。それから肘をついて上半身を起こす。近くで誰かの寝息が聞こえる。はっとして私のわきを見ると、花音が静かに眠っていた。体に掛けられた毛布が呼吸にしたがって上下している。

そこで私はやっと思い出した。違う。ここは牧村花音の寝室なのだ。

まずい。これはやばい状況だ。トロイの木馬のつもりだったが、やはりまずい。

うーんと呻《うめ》くような声がして、彼女の目が開くのがわかった。彼女もしばらく考えているようだった。ここはどこかと。

それから、彼女の目が私に向いた。薄暗い中、私と彼女の視線がからみ合う。

「おはようございます」

彼女が毛布を恥ずかしそうに体に巻きつける。その下は裸のようだった。

「僕はここで寝ていたのか？」

「君と一緒に？」とつづけたかったが、言えなかった。

「ええ、ぐっすり。でも、わたし、あなたにとてもやさしくしてもらい、天にも昇る心地でした」

「天にも昇る気持ち？」

私はきょとんとして聞き返す。

「それ以上は聞かないでください。恥ずかしいから」

彼女は恥ずかしそうに毛布で顔を覆う。毛布を勢いよく上げたので、彼女の下半身が露《あらわ》になった。ひどく生々しく、淫靡《いんび》な光景だ。

だが、私には彼女を抱いた記憶がない。彼女がほのめかしているのは、私が彼女を愛撫したようなことだ。最後まで行ったのか、私の下半身にはそんな「記憶」がなかった。

「あなたに抱かれて、わたし、とても幸福でした」

「いや、僕は全然覚えてないんだ。君を抱いた記憶がない」

「まあ、都合の悪いことは忘れてしまうのね」

花音がくすくすと笑う。「男の人って、みんなそうよ。浮気したことが奥さんにばれても、忘れたって言うじゃない？」

トロイの木馬として花音の部屋に入る作戦だったが、最後になって怖気《おじけ》づき、彼女を抱く考えは捨てていた。栗栖汀子という圧倒的に魅力的な恋人がいるのに、他の女に現《うつつ》を抜かすわけにはいかない。花音が誘ってきても、理性で何とか抵抗できると思っていた。

だから、下半身に何の記憶もなかったし、疲労も感じなかった以上、花音と同じベッドにいた事実だけで、彼女と男女の仲になったことはありえないのだ。

「僕は君を抱いた記憶がないんだ。ただ、コーヒーを飲んだ後、すごく眠くなって……。そう、そこからの記憶が全然ない」

「わたしが美人じゃないから、体が反応しなかったというんですか？」

花音の声に少し怒りが混じっている。「わたしの体目的でここに来て、終わったら、はいそれまでということかしら？」

「いや、違う。本当に覚えてないんだ。もし君に変なことをしたとしたら、謝るよ。だから、このことは……」

「林さんには内緒にしてほしいと？」

花音が笑う。

「君はどうして汀子のことを？」

「だって、林さんは知り合いだもの。あなたと彼女が付き合っていることは何となく気づいていたわ。マンションの近くであなたたちが歩いているのを見かけたこともあるし」

「それを承知で僕と？」

「だって、あなたがここに来たのはわたしの体が目的だと思ったから。あなたとは読書の趣味も合ってるし、とても素敵な関係を結べたらいいなと思ったの。もちろん、林さんとは並行して付き合えばいいのよ。わたしは日陰の女でいいわ」

「日陰の女って、君」

私は彼女を抱いたという意識はまだない。

「わたしって、女の魅力がないのかしら。そりゃあ、彼女は美人よ。わたしと比べちゃ失礼になるくらい。でも、わたしには自信があるの。あなたを喜ばせる自信が――」

私と花音がベッドの上で、やったやらないと言葉を交わしているのは、もし傍《はた》から見られているとしたら何とも奇妙な光景に映るだろう。

「わたし、不美人と自覚してるんです。でも、男の人を喜ばせる自信があるの。お金のためにホステスもしてたし、結婚もしました。亡くなった元夫は人生の最後、喜んで死んでいったんですよ。わたしは仏様じゃないけど功徳《くどく》を施したと思ってるの。男の人を喜ばせるのがわたしに与えられた使命なんです」

花音は憑かれたようにしゃべりつづける。私はここから離れなくてはならなかった。

「妹さんがいるんじゃないの。見つかったら、まずいだろう」

私は慌てふためいて言う。

「あら、大丈夫。妹はお友だちのところに泊まっているから、安心していいのよ」

「でも、僕は帰らなくてはならない」

ベッドから立ち上がろうとした私は、自分が全裸状態でいることに初めて気づいた。

これはまずい。早く服を着なくては。

「だめ、ゆっくりしていって」

立ち上がった私の腕を彼女が強く引っ張った。私は体のバランスを失い、後方に倒れた。また起き上がろうとした私の前で花音が毛布を取り払った。

「いいのよ。わたしを抱いて。怒らないから」

「だめだ。そんなことはできないよ」

「でも、あなたの体は正直」

花音は裸のまま横たわり、私に向けて足を開いた。「解放されなさい。自分の気持ちに正直になっていいのよ。ほら、ごらんなさい」

情けないことに、私の下半身は敏感に反応していた。彼女の体の中心部に目が釘付けになっている。予想もしない展開で、すごく刺激的だった。

「わたしの名前はなあに？」

彼女が甘い声で囁いた。

「花音さん」

私は彼女に操られたマリオネット。花音の体に近づいていく。

「そう、わたしは花音。じゃあ、これはなあに？」

彼女の足がさらに開かれ、私は興奮して目を近づけていった。

「それは……」

「観音様よ。花音の観音様のご開帳」

まともな状況で聞いたら、ひどく下品で低級な駄洒落にしか思えないが、今の私には笑えなかった。最後まで抵抗していた理性の堰《せき》が、その時、音を立てて崩れたのがわかった。崩壊したところから、愉悦の奔流が私に襲いかかってきた。

これか、男たちが嵌《は》まったのは……。ようやく一つの謎が解けた。私は身をもってそれを体験したのである。

29――（牧村花音裁判資料・配付用）③　リリー（毒っ子倶楽部）

牧村花音の裁判が前代未聞なのは、法廷内でその華麗なる男性遍歴とセックス自慢が本人の口から恥ずかしげもなく、堂々と語られたことである。

最初、興味本位で傍聴してきた人たちも、意外な展開に呆然とし、法廷の中は異様な雰囲気になる。彼女から証言を引き出すのは主に弁護側だが、それは戦術の一つだと思われた。つまり被告人から彼女自身の結婚観、セックス観を引き出し、彼女の矛盾したように見える行動を正当化し、彼女の犯行ではないことを証明しようという弁護側の作戦だ。少し強引な気がするが、他に手を思いつかなかったのかもしれない。

花音は弁護人の質問を受けて、その生い立ちから、上京するまでの経過を明らかにし、生きるために男性たちの経済的な援助が必要だったことを熱っぽく語った。妹に怪我をさせてしまったことで、妹に負い目があった。妹を扶養《ふよう》するために多額の金が必要であった。男の人たちに援助してもらいながら、これまで家族の生活を成立させ、生きてきたことなどを涙ながらに語った。

「だから、男性とのセックスは生きるために必要だったのです。妹のために、どうしても男の人の力を借りなくてはならなかったのです。その見返りとして、わたしは男性に性で奉仕したのです。みなさんにはとても喜んでいただいたと自負しております。男性を喜ばせるために、望まないやり方のセックスをしたこと。本当はいやだったけれど、そんな生活をつづけているうちに、わたしは性に悦《よろこ》びを感じるようになったのです」

花音はいかにも自分が男たちに弄《もてあそ》ばれた性奴隷のように語った。彼女はそのために、どんな形で奉仕したかを事細かに証言し、傍聴者たちを啞然とさせたのである。そうしたことを踏まえて以下の記録を読んでいただきたい。

＊

弁護人による被告人質問（第十八回公判）

この日、牧村花音本人が証言台に立った。

黒いワンピースに白のカーディガン。胸元を特別に強調するわけでもなく、いつもの彼女に比べたらシックな装いだ。傍聴人、いや観客の視線を意識していて、「花音劇場」の座長として、法廷内に君臨し、裁判長を始めとするすべての人間の心を掌握している感があった。

飲まれている。観客が飲まれている。

だが、劇場はそれだけでは終わらなかった。弁護人の質問に答える形で、花音は自らのことを語る。最初の犠牲者にして、彼女の夫であった大田原源造から。

――あなたは大田原源造さんを殺しましたか？

「殺していません」

――練炭コンロを大田原さんのお宅に持っていったことはありますか？

「いいえ、ありません。コンロは彼が持っていたものです。廃品回収のような仕事だったものですから、そういうものは家の中にあふれるようにありました」

――あなたは大田原さんと結婚されてましたね。

「はい。大田原は元夫です」

――どこで知り合いましたか？

「新宿のクラブです。彼はお客さまでした」

――それで交際に発展した？

「はい、プロポーズされました。年齢差がありますし、最初はお断りしたのですが、どうしてもということでお受けしました」

――大田原さんとの性生活は？

「彼は高齢で心臓に疾患があるので、セックスはできませんでした。わたしが添い寝するだけで満足してくれました。お風呂に入れたりもしましたし、全裸になってストリップの真似ごとみたいなことをすると、とても喜んでくれました」

――そうしてまで結婚した理由は？

「正直に言いますと、経済的な理由です。体の弱い妹を扶養するため、お金が必要でした。そのことを彼に話すと、近くにマンションを借りるからそこで二人で暮らせばいいということでした。こっちは食事を作ったり、風呂に入るのを手伝ったりするだけでいいからと」

――大田原さんの近所の人の話では、年配の女性がよく訪ねていたとか。

「あれは、私に急用があった時などに、派遣の人をお願いしていましたから、たぶんその人を見たのだと思います。彼は理解を示してくれました。わたしは主に夜遅く彼の家に行きました」

――性生活がなくてお金をいただけるとは、ありがたいパトロンですね。

「そうです。夫というよりパトロンみたいな感じでした。わたしのような何の取り柄もない人間にそんな提案をしてくれた彼に感謝しました。正直に言いますと、それまでに何人もの方とお付き合いしましたが、みなさん、わたしの体だけが目的で、わたしの気持ちなんか考えた人はいませんでした。だから、彼の気持ちはありがたかったです」

（牧村花音は「正直に言いますと」を多用し、その前後に付き合った男たち、主に店の客とのセックスについて赤裸々に語った。その代償に金をもらったことも）

「みなさん、わたしの体を気に入り、たくさん貢いでくれました。わたしは家族のために自分の体を使いました。生きるためには仕方がなかったんです」

（傍聴者たちの同情を引くような言い方だったが、彼女の口から出ると、自慢話のようにも聞こえた）

――大田原さんが亡くなった時はどう思いましたか？

「彼が亡くなった時は何日も泣き暮らしました。わたしがあの時、帰らなければ彼が死ぬことはなかったという後悔でいっぱいでした」

──多額の遺産を手にしましたね？

「あのような資産家だとは思いませんでした。相続人がわたししかいなかったので、お金は彼からのプレゼントと思い、ありがたくいただくことにしました。これで家族を楽にさせられる。わたしは彼に最後の奉仕をしたので、その見返りというか、その最後のプレゼントだと思っております。わたしはやましいことをしたつもりはありません。もちろん、資産家と知らなかったわけですから、わたしにはそもそも殺す動機がないのです」

（彼女は夫の遺産で高級マンションを購入し、そこで妹と暮らす）

──大田原さんと死別した後、いろいろな男性と付き合いましたね？

「正直に言いますと、わたし、まだ子供が産める年齢でしたし、セックスが大好きでした。男の人はわたしの体が好きですし、そうした方たちに奉仕しようと。つまり、ギブアンドテイクの関係といいますか」

（売春行為をギブアンドテイクと表現する彼女は、どこか得意げに見えた）

──滝沢英男さんもそうした一人ですか？

「最初はそうでした。わたしの体を与える男性の一人でしたが、お付き合いするうちにだんだんあの方が好きになり、真剣に交際するようになりました」

（花音は滝沢とのセックスについても、事細かく語った）

──あなたは滝沢さんからお金をもらいましたね？

「ええ、それは滝沢さんに尽くした代償としていただいたものので、当然のものです。これもギブアンドテイクですね」

――お金に困っていたのですか？

「いいえ。でも、亡くなった夫の遺産は無限ではないので、将来に不安を覚えていました。お金は稼げる時に稼いだほうがいいと。悪い言い方かもしれませんが、強迫観念みたいなものです。家族のこともあります。わたしの体が使えるうちに家族が一生暮らせるだけのお金を貯めたかったんです。それに妹には自立を促そうともしました」

――妹さんは自立できそうでしたか？

「歩こうと思えば歩けますし、身のまわりのことはできます。それに、電動の車椅子がありますから、近所には出かけたりしているようです。でも、やはり姉としては不安でした」

――妹さんのために殺人は犯せないと？

「当然です。わたしが殺人犯として逮捕されたら、誰が妹の面倒を見るのでしょう。わたしが人を殺すわけがありません」

――妹さんは障害者手当をもらっていなかったのですか？

「ええ、もらいませんでした。父がそういう主義の人で、国からの援助を頑《かたくな》に拒否してました。司法試験に受からなかったことがよほど悔しかったのでしょう。お上の世話にはならないって。家業の印刷業をいやいや受け継いで、鬱屈《うっくつ》した気持ちを家族にぶつけていたのだと思います。妹は高校も通信で勉強させられました。過保護というより、虐待に近かったと思います。だから、わたしは妹を救いたい一念で、東京に出てから妹を引き取ったのです。わたしは父が大嫌いでした。家では依怙地《いこじ》で厳格で、力で家族を押さえようとしてた人です。父が心臓発作で突然死した時は、悲しむよりほっとする気持ちのほうが大きかったと思います」

——あなたが男性に頼ろうとするのは、その反動みたいですね？

「そう思われても仕方がありません」

——あなたは滝沢さんとの結婚を考えましたか？

「いいえ。結婚は考えませんでしたし、彼もわたしにプロポーズすることはありませんでした。恋人のつもりだったのでしょう」

——あなたは滝沢さんを殺しましたか？

「もちろん、殺していません」

——練炭コンロを滝沢さんの部屋に置きましたか？

「いいえ」

——あなたは練炭コンロを買いましたか？

「買っていません。警察の方がホームセンターでわたしが練炭コンロを買ったかどうか調べたようですが、そんな事実はなかったはずです」

（ここで、弁護人が補足説明をする。あの当時、白いマスクをした男が近くのホームセンターで練炭コンロを複数個購入したことがわかっているが、あれは男女四人の集団自殺に使われた可能性があること。買ったのはそのうちの一人という疑いが濃厚である。被告人とは何の関係もないのは明らかであると）

…………

というわけで、傍聴の記録を急いでまとめましたが、意見がありましたら、次回までにお寄せください。（文責・リリー）

＊

30――（追いつめる――境界線上の女）⑯

池尻淳之介

私はほとんど夢見心地の状態で牧村花音の部屋を出た。

花音の誘惑に負けて、彼女の体に溺れた。すごい、すごいとしか言いようがなかった。汀子に隠れて花音と体の関係を持ったわけで、絶対に秘密にしなくてはならないという思い、汀子への後ろめたさがかえって欲望の本能に火をつけたのだ。

花音と何度も何度も体を重ね合わせた。それでも、飽くことはなく、欲情は枯れることがなかった。これまで女に縁のない生活を送ってきた等々力謙吾を惑わせ、燃え立たせ、愛欲の壺に強引に引きずりこんだ花音の魔力。彼女は外面からは窺えない魅力に溢れていたのだ。表現は悪いが、一度嵌まったら抜け出せない蜜壺のようなものだと思う。

等々力が嵌まった罠に、彼女の罪を暴こうとする己《おのれ》も嵌まってしまった。ミイラ取りがミイラになってしまったわけだ。

だが、それを認識しているうちはまだいい。彼女ともっと密接な関係になって、睦言（むつごと）を交わしている時、警戒を解いた彼女にぽろりと罪を告白させるという「使命」は忘れてはならなかった。

とんだマラー作戦だ。彼女の部屋から離れるにつれ、魔界の影響を受けなくなり、私は正常な感覚をとりもどしていった。それでも、下半身はだるく、歩く姿はまるでゾンビのようだ。歩く途中で息絶え、惰性でふらふらと歩く死人。傍目《はため》には酔っぱらいに見えるかもしれない。

今日はこれから帰って休息をとるのだ。時刻は午前九時を少しすぎたところで、深夜勤務を終えて家に向かうまさに朝帰りの労働者。自分の肉体を使って敵の本丸に対して、まさに弾丸攻撃を仕掛けたわけだから、その表現は間違っていない。

そう思うと、苦い笑いが腹の底から湧いてくる。駅前のコンビニに寄って、栄養ドリンクでも飲もうかと思った時だった。不意に見慣れた電動車椅子が目に入った。白いマスクにサングラスの小柄な女性が乗っている。

花音の妹だ。彼女がコンビニの自動ドアから外に出てきて、私の横を通過する。ぶつかりそうになったので、私は少しよけて彼女を通してやった。

「ありがとうございます」

彼女が私に目を向け、軽く頭を下げた。彼女の声は、まるで変声機にかけたような奇妙なものだ。

「こちらこそ、失礼」

すれちがって、店内に入った時、私の背筋を冷や汗が落ちていった。彼女はこれから花音の部屋に帰るのだろう。友人宅に泊まり、これからもどるところなのだ。私が花音の部屋を出るのがあと十分、いや五分遅れていたら、部屋で妹と鉢合わせしていたかもしれなかった。そのことがわかるとともに、酔いがすうっと醒めていった。

帰宅して熱いシャワーを浴びると、ほとんど意識を失ったかのように眠った。眠っている間、私は花音の夢ばかり見ていた。

「花音の観音様のご開帳」

そう言って笑う彼女が足を大きく開いている。甘い蜜におびき寄せられる蜜蜂、いや、蛸壺《たこつぼ》に喜々として入っていく哀れな蛸。もし私が犬だったら、涎《よだれ》を垂らし、尻尾を左右に大きく振りながら近づいていくだろう。

「さあ、ごらんなさい。こっちにいらっしゃい、あなた」

ねっとりと粘りつくような甘い声。彼女の発する魔力にとらわれた、私は哀れな獲物。食虫植物の甘いにおいに誘われ、粘つく蜜壺に落ちた蠅《はえ》以下の存在。

それを認識しているのに、己を抑えることができない。ああ、私はまた彼女を抱いてしまうのか。エンドレステープのように、何度も同じシーンが繰り返される。だが、肝心なところで、私はふりだしにもどり、また彼女に迫っていく。それなのに、彼女の中心になかなか辿り着けないのだ。

そんな悪夢を断ち切ったのは電話の音だった。固定電話だ。受話器を上げると、汀子の怒りを含んだ声が聞こえてきた。我々は携帯電話やメールのやりとりはしないが、緊急の時のために、固定電話の番号だけは教え合っていた。何か緊急のことが起こったのかと不安になる。

「ずっと電話してたのに、どうして出ないの？」

「あ、ごめん。ちょっと仕事に追われていてね。等々力の事件ばかり追ってたら、食えなくなるから」

「そうだったらいいんだけど。今どこにいるの？」

「自宅にいるよ」

「だったら、今から行っていい？」

「今から？」

「あら、何か不都合なことでもあるのかしら」

「いや、そういうわけではないんだけど」

下半身が重い疲労に襲われ、だるい。できるなら、数時間寝て回復させたいところだった。しかし……。

「わたしに会いたくないの？」

「いや、会いたい。会いたいんだけど、締め切りが……」

「じゃあ、さようなら。あなたなんか、もう二度と会いたくない。もともと婚活イベントで知り合った薄い関係なんだから」

「わかった。すぐにおいでよ」

私が慌てて言うと、彼女の声は弾んだ。

「うん、すぐ行く。今、駅の公衆電話だから」

数分後、チャイムの音が鳴ったので、玄関まで駆けていく。ドアを開けると、汀子が私の胸に飛びこんできて、その勢いに押されて私は仰向けに倒れた。後頭部がごつんと床にぶつかる。

「寂しかったんだから」

気を失いそうな私にかまわず、汀子が乗りかかってくる。花音との交渉でくたくたになっていた私だったが、起きるまで見ていた花音との生々しい夢の残滓《ざんし》に興奮しているところだったから、汀子を寝室に誘った。そして、自分を人間のクズだと思いながら汀子と体を合わせたのだ。

次に花音に会ったのは、それから三日後のことだった。

汀子に会いにいく予定だったのに、マンションのエントランスで部屋番号を押そうとした時、背後から声をかけられた。

「あら、どうしたの？」

花音の声だった。ふり返ると、花音と電動車椅子の妹がいたのだ。これはまずい状況だった。汀子に会いにいくとは言えない。

「実は、本をお借りしたくて」

咄嗟に言い訳にもならない言葉が出てくる。

「あら、そうだったの。だったら、ちょうどよかったわ」

花音は言い、傍らの妹を見た。「あなたたち、初めてだったかしら。紹介しておかないといけないわね」

サングラスにマスクをした妹は私を見ているが、その表情を読めないので、何となく居心地が悪い。そんな妹に向かって、花音が私を紹介する。

「こちらは池尻淳之介さん。わたしの友人よ」

恋人でもなく、愛人でもなく、友人というのが今の私の位置づけらしい。私はサングラスの奥から妹の鋭い敵意を感じて、いたたまれなくなった。

「池尻さん。これがわたしの妹の留美です。美を留めると書きます」

私が「よろしく」と言うと、留美の白いマスクがもごもごと動いた。変声機にかけたような奇妙な声で「こちらこそ」と言っているように聞こえた。

「この子、とても内気だから。小学校の時からずっとひきこもりだったの」

すかさず花音が補足説明して、くすくすと笑う。「池尻さんのようなイケメンを見ると、あがってしまうのかもしれないわ」

「出直してきましょうか?」

「あら、遠慮しないで、どうぞ」

そんなわけで、我々三人は花音の部屋に行くことになった。花音が部屋のドアを開け、まず車椅子の留美を先に行かせる。それから、私を招き入れたのだが、私の背中を尻の上から背筋にかけてくるくるとなぞった。その動きが誘っているようにも感じられ、私自身も反応してしまった。妹の目を盗んでのやりとりが何とも淫靡な興奮をかきたてる。

留美は電動車椅子を器用に操り、二センチほどの段差を軽々と越える。花音がたたんであった車椅子を開くと、留美は電動車椅子から乗り移った。

「本当は歩けるんだけど、すごく臆病なの。勇気がないのかしら」

花音が説明する。留美は車椅子を操って廊下の一番奥の部屋に進んでいった。それを確認してから、花音は電動車椅子を邪魔にならないように移動させた。

「あの子は自分の部屋に入ったら、当分出てこないから、あの子に気兼ねすることはないわよ。アニメとかゲームに夢中なおたくだから。怪我した時から不登校になって、世間と係わらないで生きてきたから、わたし、よけいに不憫に思って」

「わかりますよ」

「ありがとう。そう言ってもらうと、嬉しいわ」

花音は私の指に自分の指をからめてきた。そして、背後から抱きついてきたのだ。

「会いたかったわ。こんなに人を恋しいと思うことなんか今までなかった」

彼女は大胆に私の手を引いて、書庫に誘った。

「いや、だめだよ。妹さんに聞こえてしまう」

「大丈夫。あの子はやさしいから。わたしの幸福を願ってるのよ」

その日は飲みものを勧められなかったが、私は爆発寸前だった。花音が私の腰に腕をまわしてくる。僕は何をやってるんだという内なる声が聞こえたが、彼女の「いいでしょ？」の淫《みだ》らな誘い文句に打ち消された。心に浸透してくる蜂の羽音のような心地いい声。

「しかし……」

私に残っている最後の理性が口を出す。「妹さんがいるよ。聞こえたらまずいんじゃないのか」

「大丈夫。あの子の部屋はここから離れてるから、聞こえないと思うわ」

花音が書庫のロックをするかちりという音が、私の理性を奪った。私たちは絨毯《じゅうたん》敷きの床に倒れこむ。

「もしあの子が来ても、鍵が掛かっていて開かないわ」

同じマンション内に彼女の妹がいることが、かえって刺激になった。欲望の嵐が私に襲いかかってくる。等々力、おまえの気持ちがわかったよ。最初はあんな女にどうしてだまされたんだと思ったが、いざ自分を同じ状況に置くと、おまえと同じような行動をしている。笑っちゃうよ。おまえを殺した女を告発しようとしていたのに、彼女と抱き合っていると、そんな気持ちなんか消えて、欲望に身を任せてしまう。

花音はかなり高い声を出していた。

私は慌ててその口をふさぐ。

「大丈夫。ここは防音になってるの。前の住人がピアノ練習用に改装したのね。だから、いくら大きな声を出しても、外には聞こえない。密室の中で殺されそうになった時、いくら悲鳴をあげても誰も助けに来てくれないのと同じよ」

まともな精神の状態だったら、すごく不穏な言い方に聞こえるが、今は刺激を高める効果しかなかった。

その時、ピアノの音がした。ショパンの曲のようだが、曲名はわからない。

「あれは？」

「妹がピアノを弾いてるのよ。だから、わたしたちの声は聞こえない。安心して。今言ったこの部屋の防音のことは嘘」

花音は笑いながら服を脱ぎ捨てた。


時計を見ると、もう夕方になっている。いつの間にかここに三時間もいたのか。その事実が私を現実にもどらせた。

妹と一緒に食事をどうかと言われたが、さすがにそれはできないと断り、急いで服を着て花音の部屋を出た。

エレベーターに乗ろうとして、もし汀子と鉢合わせしたらまずいと思ったので、私は階段を使って一階まで駆け下り、汀子に見つかることがないよう注意しながら、ほとんど忍び出るようにエントランスホールに入った。

まるで恋人に隠れて夜這いしているろくでもない男だなと思う。監視カメラの画像を見ている管理人はそう思っているかもしれない。

「本当にろくでなしだよな」

ようやく落ち着いて思わず独りごちた時、声をかけられた。汀子の怪訝そうな声。

「どうしてここにいるの？」

ホールから外に出ようとした時、外から入ってきた汀子と顔を合わせてしまったのだ。

「あ、君か」

狼狽《ろうばい》するあまり、それしか言えなかった。

「あ、君かって、何それ？」

汀子はまさに思った通りの反応を示す。

「いや、近くに寄ったものだから、君に会いたくなって。留守だったから、帰ろうとしてたんだ」

苦しまぎれに言い訳をするが、何とか信じてもらえたようだ。

「じゃあ、よかった。もちろん寄っていくでしょ？」

「あ、ああ」

「なんか、いやな感じ。わたしに会いにきたんじゃないの？」

汀子は露骨に不機嫌になる。「それとも、花音さんに会いに来てたりして？」

「ま、まさか。冗談でもそれはないよ」

「帰りたい？」

いやな流れになってきたので、私は努めて明るい声でこう言った。

「いや、それより駅前のレストランで食事でもどうかなと思ってさ」

花音との情事で疲労困憊《こんぱい》し、体が養分を欲していた。タイミングよく腹が鳴った。汀子の顔が途端に明るくなる。

「お腹が空いてたのね」

「そういうことだ」

私は苦笑した。二人でマンションを出る時、背筋が妙にむずがゆくなった。首に手をやり、掻いた時、鈍い痛みがあった。ふり返ってマンションを見上げた時、最上階の窓のカーテンが揺らいだような気がした。

あそこは、もしかして花音の部屋？

見られている。どうしよう。

動揺する私の腕に汀子が腕を差しこんできて、ぴたりと体にくっついてきた。恋人同士のように。

マンションから離れるにつれ、背中の違和感はひどくなっていく。見られている。まずいところを見られている。

私が「恥ずかしいよ」と言って汀子から離れようとすると、彼女は「どうして」と甘えた声で言って、ますますくっついてきた。

31――（毒っ子倶楽部）

裁判所近くの喫茶店。四人の周囲に異様な熱気がたちこめている。近くのテーブルの傍聴ファンとおぼしき高齢男性のグループは彼女たちが気になるのか、耳をすませて話を聞いているように見える。他にも四人に注目する人物がいた。

「完全に二股ね、淳之介君。どうするのよ」

冷静なはずのお良が興奮気味に言った。「花音の手管って、ほとんど天才的。そっちも感心してしまう。淳之介君が勝てる相手ではないかも」

「魔性の女、花音の面目躍如といったところですね。展開がポルノ小説的」

野間佳世は濃い茶色に染めた髪を撫で、リリーからわたされた続きのテキストをミルクに配る。

「あれ、ミルクちゃん。どうしたの？　顔が腫れぼったいけど」

「いろいろ心配事があって、寝不足気味なんです。話の展開に焦れているというか……」

「ミルクちゃんはどっちの味方？」

「勧善懲悪《ちょうあく》の意味では、淳之介さんに味方しなくちゃいけないんでしょうけど、わたしは花音の味方です」

「へえ、そうなんだ。意外」

「早く全部読みたいです。話が盛り上がっているところで、いつもプツンと切れちゃうんだもの」

「それがリリーちゃんの狙いよ。一番いいところで話を終わらせる。次に期待させる効果を考えてるのよ」

野間佳世は平然としてはね返す。「そうでしょ、リリーちゃん？」

「それより、作業が追いつかないんです。もういっぱいいっぱい。忙しくて死にそうです」

リリーが溜息をつきながら本音を漏らす。

「裁判の傍聴に合わせて並行して読んでいくのがベストなのよ」

野間佳世は笑う。「どうせ最後に花音は捕まるんだし、勧善懲悪の物語なんだから、あんまりやきもきすると、美容によくないわよ。お良さん、お肌が荒れてます」

「荒れてるのは睡眠不足のせいよ」

お良はふくれっ面をする。「花音の裁判の皆勤賞を目指すと、どうしても寝不足になっちゃうの。わたしもミルクと同じ花音派かな」

「さて、淳之介君がどうやって花音を吐かせるか、その辺りが今後の焦点になってきます。焦らず、じっくり読んでいきませう」

真面目なリリーが、わざと古めかしい言い方をする。

32——（追いつめる——境界線上の女）⑰

池尻淳之介

牧村花音との肉体的な結びつきにより、私は恋人の栗栖汀子に対して、大きな秘密を抱えることになった。後ろめたさに押しつぶされ、告白しそうになるが、何とか最後で踏みとどまっている感じだった。

もちろん、汀子は私が牧村花音を調べていることを承知しているが、最近は私があまり話題にしていないので、「調査」は停滞しているくらいに思っているだろう。

花音の口から等々力謙吾を殺したと告白させることが私の究極の狙いだが、「このまま付き合って等々力のことは忘れてしまえ」という悪魔の囁きが始終私に攻勢をかけてきた。

花音の裸を見ると、心が大いに動揺する。人間のオスとしての本能が彼女をもっと抱けとけしかけてくるのだ。彼女が口を割るまでその体を利用するといえば聞こえはいいが、もはやそんな言い訳は自分にもできなくなっていた。私の下半身は牧村花音の肉体の泥沼に嵌まっている。

たまに等々力克代から電話がかかってくる。

「その後、連絡がないけど、どんな感じかしら？」

そんな時にはこう答えている。

「あとちょっとなんですが、敵もなかなかの曲者《くせもの》で、口を割ってくれません。もう少し待ってください」と。

もし私が現段階でつかんでいる事実を花音に言ったら、どうだろう。彼女の結婚相手が不自然な状況で死んだこと、次に付き合った不動産屋の主人が練炭自殺をしたことを私が調べあげたことを告げたら、彼女はどういう反応を見せるだろうか。

「等々力謙吾さんという人は知らないわ。あなた、わたしにそんなことで近づいてきたの？」と言って、私を部屋から追い出すだろう。

そういった話をどのタイミングで切り出したらいいのかわからない。寝物語で彼女が油断している時にいきなり耳元に囁く。アルコールを飲ませて酔っぱらったところで仕掛ける。あるいは……。

そこまで考えると決まって彼女の豊満な裸身が私の脳裏に浮かんでくるのだ。彼女を抱きたい。あと一回。あと一回だけ。それから等々力のために話を切りだす。その時、彼女に家族のことを聞いたことがある。

「あの子、一人でも生きていけると思う。けっこうたくましいもの。それに、いざとなったら弟もいるし……」

「もし君が倒れでもしたら、妹さんはどうなるの？」

汀子と鉢合わせした後、私は花音の部屋を二度訪れ、二度体を重ねた。その時、彼女

「弟さんはどこにいるの？」

「住所不定。弁護士になりたくて司法試験をずっと受けてるんだけど、なかなか思うようにならなくて……。今は夢破れて居所不明」

「だったら、妹さんの助けにはならないじゃないか」

「でも、いざとなったら、弟は頼りになるわ。妹とは仲がいいから、連絡をすれば駆けつけてくると思う。メールアドレスはわかってるし」

「それにしても、弟さんの学費、相当かかったんじゃないの？」

「父は印刷会社の仕事がうまくいってなくて、資金繰りに困っていたのね」

弟の苦境を知った花音は、弟に学費を送ったという。

話がそんな流れになって、彼女がお金を稼ぐために新宿のクラブでホステスとして働いていたことを語りだした。実際はその前から働いているはずだが、私は何も言わなかった。ホステスをやっていたことを花音が話しだしたことの意味が大きかった。

だが、等々力謙吾については、情報のかけらも出てこなかった。焦ると、彼女が警戒するので、私は焦れったい思いをしつつもそれ以上は追及しなかった。

「わたしがホステスをやっていたことを知って、嫌いになった？」

「ばか。冗談言うなよ。生活のためなら仕方がない。家族のために尽くすのは偉いと思うよ」

「親が頼りにならないから、わたしが親代わりみたいなもの」

「偉いよ。それであれだけのマンションを持っているんだから、相当稼いだんだろうね」

そこで彼女が笑った。

「それは前にも言ったけど、死んだ夫の遺産で買ったの。わたしの稼ぎではないわ」

「それも君の魅力が生み出したものさ」

「わたしみたいな魅力のない女にどうして男の人は寄ってくるのかしら」

そこで彼女が私にしなだれかかってきたのだ。君が裸になれば、どんな男でも陥落すると言いたかったが、言えなかった。陥落したうちの一人が私だったからだ。

「これ以上は、あまり話したくないの。わかるでしょ」

「うん、何となくわかる。君が苦労して、家族を援助したってことがね。だから、お金が必要だったことも」

「お金はあったほうがありがたい。誰だってそうでしょ。金の亡者《もうじゃ》みたいと思われても仕方がないの」

だが、教えてくれたのはそこまでで、そこから先は切り出すタイミングがなかなかつかめない。失敗すれば、私たちの関係は終わってしまうのだ。

「この前貸した『水平線の男』、読んだ？」

と会うたびに聞かれ、「いや、まだ」と答える。読んでしまうと、彼女と会う口実がなくなってしまうと自分に言い聞かせているが、言い訳としてはそろそろ苦しくなってきている。

しかし、いつまでも『水平線の男』を放置するわけにはいかないので、私は読んでみることにした。

『水平線の男』。原題は『The Horizontal Man』。アメリカの女性作家ヘレン・ユースティスの一九四六年の作品で、その年度のアメリカ探偵作家協会賞新人賞を受賞した作品である。精神分析がテーマの先駆的な作品で、今の基準で読むと驚くことは少ないかもしれないが、発表当時はフェアかどうかで意見が分かれたという。

そのくらいの問題作であるという知識はあるが、読んだことはなかったし、読んでいる人もまわりに少なかった。ネタバレしやすい作品で、論評しにくい点も「幻の作品」になる要因だったのかもしれない。

私は帰宅すると、『水平線の男』を読みにかかった。テキストは一九六三年に出された古い文庫本だ。ずいぶん読みこんでいるようで、表紙はすり切れそうになり、紙の変色が著しかった。ほとんど茶褐色といっていい。最後のページには鉛筆で「２５０」と殴り書きされている。つまり、古本屋で二百五十円で売られていたもので、花音が買った時の価格なのか、それ以前の別の者が買った価格なのか、わからない。

紙が変色して読みにくいが、大学教授が火かき棒で殴り殺される冒頭シーンから話に引きこまれていった。訳が古かったりして読みにくかったものの、真夜中になって読み終えた時は驚愕《きょうがく》のあまり、呆然としてしまった。いや、それ以上に、牧村花音と等々力謙吾をつなぐ点と線が明らかになり、そのことにより驚きを感じていたのだ。ダブル・エンディングという言葉があるのかどうか知らないが、まさに二つの驚きの奔流が私を襲い、翻弄《ほんろう》した。

「どうしてくれようか」

花音に対する動物的な欲情と彼女に対する激しい怒りが攪拌《かくはん》され、私は眩暈を覚えた。そして、花音の誘惑にやすやすと引っかかり、汀子を裏切った己の弱さを痛感した。俺は人間のクズだ。花音の体に目が眩んだあまり、真実から遠ざかってしまっていた。花音はそれを知ったうえで私を弄んでいたのだ。

花音は私が等々力の友人であることに気づいている。それでこの本を読ませ、私の反応を見ようとしたのではないか。ずっと前から投げかけられていたのに、私は本を読まず、花音の体に溺れてしまっていたのだ。何という愚か者。

私は牧村花音と対決する決意を固めた。彼女は私の正体に気づいている。それを知った以上、私は彼女に直接問いただすことができる。

どこでどうやって、彼女に罪を告白させるか。彼女のマンションでは、明らかにこっちに不利なので、私が選んだ場所に彼女を呼ぶ必要がある。思いきって等々力のマンションにしようか。いや、それはだめだろう。彼女を警戒させ、訪ねてこない可能性が高いからだ。

それよりは、私のマンションのほうがいいかもしれない。ここなら、花音の側から罠を仕掛けたり、攻撃することは困難なはずだ。「たまにはこっちに来ないか？」と誘い、花音をその気にさせれば、彼女は必ず来ると思う。

私は冷徹な「裁判官」になって、彼女を断罪する。そして、彼女の身柄を警察の手にわたすのだ。

そう思うと、武者震いに似た感情というか、気持ちが高揚してきた。等々力克代に「犯人の正体がわかり、事件は近々解決するので期待してください」というメールを送った。それから、同業の笹尾時彦には「おもしろい展開になりそうだ。僕にもようやく運がめぐってきたかもしれない。まだくわしいことは書けないが、わかり次第、報告する。楽しみにしていてほしい」と謎めかしたメールを送った。


決戦の場――。それは豊島区内にある私のマンションだ。

三階建てのマンションの一階。実際にはマンションではなく、アパートに分類されるのだろうが、まだ真新しく、完成と同時に入居した物件だ。本の重みに耐えられるように、私はわざわざ一階の部屋を選んだ。

２ＤＫの広さで、等々力の部屋ほど広くはないが、書庫も兼ねている。仕事をするのは寝室兼仕事部屋。そこは入口以外には天井まで達する書棚を配置し、入りきらない本は床から縦に天井まで積んでいる。パソコンのあるデスク以外はほぼ本で埋め尽くされ、空いたわずかな隙間にシングルベッドがあるといった状況だ。

これを見たら、花音は幻滅して、百年の恋も一気に醒めてしまうだろうか。いや、そんなはずはない。彼女の書庫を見れば、本の虫に対する理解はあるはずだ。私より数倍も本を持っている等々力に対して、偽装とはいえ、婚約まで行ったのだから。

この部屋で彼女と真っ正面から向き合い、彼女の口から彼女の犯した罪を告白させるつもりだった。彼女が被告人で私が裁判官となって。

花音に「たまにはうちに来ないか。君に見せたい本があるんだ。それに『水平線の男』の感想も言いたいから」というメールを送ると、五分もしないうちに「ぜひ伺うわ。楽しみにしてます♡」と返信があった。

彼女の妹は、自分で買い物もできるし、友だちの家に泊まることもたまにあるので、一晩くらい姉がいなくても全然問題はないということだった。

彼女と男たちをめぐる関係をどう聞きだすか、いつも思いつかないでいたが、『水平線の男』を読むことで、ついに見つけたのだ。

『水平線の男』の結末を見れば、一目瞭然だった。ストーリーの結末はミステリーの約束ごととして明かすことはできないが、結末に書き加えられた衝撃的なものが、等々力謙吾と牧村花音の結びつきをはっきりと示していたのだ。どうしてもっと早く読まなかったのか。私の怠慢と非難されても反論のしようがない。

私が牧村花音に対して感じるのは愛ではなく、動物の肉欲に近いものだ。小説では、女性と交わることを、愛のない行為であっても、「愛し合った」という言葉で済ませることがある。性衝動に駆られた愛のない行為、それがまさに私が花音に対してやっていた行為だった。

今やそれが憎悪に変わったのだ。親友を騙し、その命を強引に奪った女に対して激しい怒りを感じていた。等々力は間違いなく花音に殺されたのだ。彼女には怒りの鉄槌《てっつい》を下さなくてはならなかった。

33――（毒っ子倶楽部）

裁判所近くの喫茶店。テキストを全員が読み終える。

「この中に『水平線の男』を読んだ人、いる？」

野間佳世が他の三人のメンバーの顔を見る。手を挙げたのは、ミルク一人だけだった。

「ミルクちゃんだけか」

「だって、その本、長らく絶版で見つけることがほとんど不可能なんですよ」

リリーが不満そうに言う。「ネットで見つけたとしても、万単位の値段がついています。それに、訳に難ありと言われていて、読みにくいという話ですよね」

「ミルクちゃんの読んだ感想は？」と野間佳世。

ミルクはアイスコーヒーの氷をストローでかきまわし、一口飲んでから上気した顔を上げる。

「今の感覚で読んだら、あんまり驚かないかもしれませんよ」

「時代の問題なの？　話が古すぎるってことかしら」

「というか、その手の小説の先駆的な作品であって、後にそれを越える作品がいくつも出てきたから、歴史的な価値くらいしか見いだせないんじゃないでしょうか。でも、わたしはおもしろかった。別の趣向でおもしろかったです」

「別の趣向？」

「池尻淳之介さんが言いたいこと、よくわかります。教えるとネタバレになるので、くわしくは言えませんけど」

その時、アイスコーヒーの残りを一気に飲んだミルクが突然、喉をかきむしった。

「く、苦しい」

それを見て、隣のテーブルの高齢者グループが慌てて立ち上がりかける。

「大丈夫、ミルクちゃん？」

隣に座っていたリリーがノートパソコンから慌てて指を離し、ミルクの背中に手をまわした。

「大丈夫ですよ、わざとらしい芝居をしてすみません。話せなくて苦しいという気持ちを表現したくて」

めったに感情を表に出さないミルクが、珍しく声を出して笑い、隣のテーブルに軽く会釈をした。高齢者たちがほっとしたような顔をして腰を下ろす。

「ああ、結末を話したくてうずうずしています。この気持ち、みなさん、わかりますか？」

ミルクの首筋に赤い線があった。喉をかきむしった時にできた鬱血した痕だ。

「その本、手元にあるの？」と野間佳世。

「家にあるはずですけど、今は行方不明です。人に貸したら、それっきりで……」

「何よ、それ。人を期待させておいて」

「読みたかったら、ネットをこまめに検索してください」

「わかった。探してみる。絶対に」

野間佳世の顔に朱《しゅ》が差している。負けず嫌いな性格らしかった。

34――（追いつめる――境界線上の女）⑱　池尻淳之介

私の牧村花音に対する肉欲と復讐心は水と油のようなもので、別々だと考えていた。私の体が欲する花音、私の心が憎悪する花音。これが絶妙なバランスの上で崩れずにきていたが、憎悪する気持ちが強くなり、私はついに決断した。

「たまにはうちに来ないか」

私はそう花音に話をもちかけた。

「うちは狭くてごちゃごちゃしてるけど、本はそろってる。君に読ませたい本がたくさんあるし」

そうした流れで、土曜日の夜に花音が私の部屋を訪ねてくることになった。ここなら汀子と鉢合わせする心配もないので、安心して花音とすごすことができる。

花音とすごす？

それも今日でおしまいだ。彼女を一回抱いてから話を切り出す。彼女を抱くのは私の動物の肉欲が求めるのだから無理に抑えるべきではないと（後で考えれば）自分勝手な理屈をつけて、私は彼女の到着を待った。

基本的に私は豊島区内にある自宅マンションで仕事をする。原稿の依頼を受け、文章を書き、出版社に原稿を送る。これの繰り返しだ。

事件物の長いノンフィクションを書く時はさすがに現地に行って取材をしなくてはならない。今回も牧村家のことを調べるために山形県新庄市を訪ね、現地でなければ知りえない有用な情報も多く入手することができた。

しかし、こうした時間をかける仕事はめったにない。普通はできるだけ省力化し、効率的に仕事をしている。要するに、ネットの力を借りながら、ほとんど部屋にこもって仕事をする。出かけるのは書店に行ったり、古本屋をまわったり、食事をする時だけだったりする。

等々力謙吾の死の秘密を暴く仕事は、等々力克代の依頼でやっていて、旅費などの必要経費や日当はもらえるので、不安定な職業にいる者にとってはおいしい仕事といえた。もちろん、いったん頼まれた以上、手抜きは考えていない。実際、牧村花音という「容疑者」を見つけたのだから、私はこれまで依頼者の期待に応《こた》える内容の仕事はこなしたと思っている。

花音と肉欲にまみれたことは、道義的にほめられないことだとしても、それは仕事を進めていく過程における「おこぼれ的」なものと考えていた。

さらに付け加えると、真の恋人、栗栖汀子と知り合ったのは、この仕事を通じてだということで、私生活が充実したのは等々力謙吾のおかげといっても過言ではない。

そして、今、親友の等々力謙吾を死に追いやった張本人、牧村花音に復讐の鉄槌を下す段階に入っていた。

花音の部屋だったら、薬を飲まされることもあるだろう。しかし、私の部屋だったら、彼女にそうする余裕もないから、こっちのペースで彼女と対峙《たいじ》することができる。

そう思っていても、チャイムが鳴り、ドアを開けて花音と対面してしまうと、情けないことに、心が砕けてしまうのだ。汀子に比べてはるかに劣る容貌なのに、彼女はどうしてこんなに男を引きつける力を持っているのだろう。

「ああ、花音」

私は花音を抱きしめる。汀子に会うおそれがないと思うと、私を押さえつけている箍《たが》がはずれてしまい、花音をそのまま寝室に誘った。

男と女の体を張った戦い。要するにそれは俗な言葉で言うと……。私は男のクズだ。女の体だけを目的とする下衆《げす》な男。本当にどうしようもない。汀子に見つかったら、

「サイテー」と罵《のの》しられるレベル、いや捨てられるレベルのクズだ。

「どうしたの、何をそんな深刻そうに考えこんでるの？」

花音のいぶかしげな声で私は我に返る。そこは私の寝室兼仕事部屋。シングルベッドが一つとライティングデスク。ドア以外は本で埋め尽くされている。

お世辞にもきれいな部屋とは言えないが、花音は興奮している。体を重ねた後の余韻《よいん》に浸っているのではなく、明らかに本を見て興奮しているのだ。

「こんなに本を持っている人、わたし、初めて……」

そこで彼女の言葉が不自然に切れた。そして、そのタイミングで私は己のクズの部分を追い出した。真の自分を取りもどし、冷静になったところで、私は彼女に対して仕掛けることにした。

「いや、君にとって初めてじゃないよね？」

私の強い口調に花音は体を固くした。

「え、どういう意味？」

「こんなに本を持っている人間と付き合うのは僕が最初じゃないよね」

「え、あなたの言っている意味、ちょっとわからないんだけど」

「君が前に付き合っていた男に、僕以上に本を持っていた奴、いたよね？」

我々は裸でベッドに横たわったまま向き合っている。シングルベッドなので、二人の間の空間は極端に狭い。私が体を起こすと、彼女もつられて起き上がる。そんな彼女に対して、戦いを仕掛けた今は抱く気持ちも失せていた。

「君は等々力謙吾を知ってるよね？」

私が放った言葉に彼女は動揺するはずだ。その心の隙を突いて、矢継ぎ早に質問を浴びせるつもりだった。

「さあ、知らないけど」

彼女の表情は毛筋ほども変わらない。

「知らないはずはないだろう」

「なぜ？」

「君が僕に貸してくれた『水平線の男』に答えが書いてあったんだ。結末でとても驚いたよ。そういう結末だったのかってね」

「わたしも驚いたわ。でも……」

「驚いたのは本の結末ではない。もう一つ、『水平線の男』には驚くべきことが書いてあったんだ」

「あら、他に驚くようなことって、書いてあったかしら」

「『水平線の男』の奥付に書いてあったんだよ。等々力のサインが。彼は読み終わった後に自分の名前と日付を鉛筆でつけるクセがある。その本を君が持っていて、僕に貸したってことは、つまり、君は『水平線の男』を等々力から借りたってことになる。君たちが知り合いだったという決定的な証拠なんだよ。君は等々力のサインに気づかず、僕にその本を貸した」

さすがに言い逃れはできないだろう。花音はしばらく黙っていたが、覚悟を決めたかのように微笑んだ。

「ええ、知ってるわ。あなたの前に付き合ってた人よ。彼のサインも知っていた。あながいつ気づくかずっと待ってたの」

彼女は淡々と認めた。「そんなことって、人には話せないんじゃない。自分の隠した過去なんだから」

「等々力と婚約してたよね？」

「あなたは……」

花音が疲れたように重い吐息をつく。「それをずっと知っていて、わたしと付き合ってたのね？」

彼女の顔にかすかに怒りの色が浮かぶ。

「まあ、それは否定しないが」

「つまり、わたしを娼婦のように抱くだけ抱いて、探りを入れてたのね？」

花音は私が触れられたくない痛いところを突いてきた。それはある意味否定できないので、私は曖昧に言葉を濁す。

「いや、君と何度か会っているうちに本当に好きになった。だから、ちょっと複雑な気持ちなんだ。君には男性を引きつける不思議な魅力がある」

冷静な状態で聞いたら、空疎《くうそ》に響くだろう。いや、私の言い訳めいた返事は、実際に虚《うつ》ろに響いた。

「探りを入れながら、おまけにただで抱けるんだから、嬉しいわよね。軽蔑するわ」

彼女はそれだけ言うと、ベッドから降り、手早く下着と服を身につけた。帰るつもりらしい。だが、そうはさせない。

「君は等々力を殺したよね？」

彼女が私を非難する展開になってしまったので、私は最後の手を使わざるをえなくなった。ドアに向かいかけていた花音の体がぴたりと静止する。私自身も素早く服を身につけ、ベッドに腰を下ろした。

「君はそこに座って。もうちょっと話をしようじゃないか」

私はやや戸惑い気味の花音にデスクのそばの椅子を指差す。

「殺しただなんて、ずいぶん物騒なことを言うのね。わたしは殺してないわ。どうしてそんなことを言うの？」

花音は怒りを湛《たた》えた目で私を見ながら椅子にゆっくり腰を下ろす。

「まあ、いろいろとあってね。君が否定した時のことも考えて、君と等々力を結びつける決定的な証拠も用意した」

「ふうん。何かしら」

「君は等々力と婚約してたんだろ？」

花音は不機嫌そうな顔をして私の質問に答えない。それどころか、スマホを出して、画面をチェックし始めたのだ。

「おい、こんな時に携帯はやめろよ」

「あなたとの会話を録音してるの。とんでもない言いがかりのような気がするから。わたしにはそうする権利があると思うの。自衛のためよ。あなたは下手をすると、名誉毀損で訴えられるわよ。言葉は慎重にね」

そう言われても、いったん始まった告発を止めることはできなかった。彼女のペースに巻きこまれかけているような感じがするが、今さらやめるわけにはいかない。

「まあ、いいよ。君の好きにすればいい」

花音は片手にスマホを持ち、指先で器用に文字を打っているようだ。私は録音されることを意識して、できるだけ感情を表に出さないようにした。怒ったら、こっちの負けだから。

「等々力から聞いたよ。今度結婚することになって、一緒に甲府の実家に報告に行くんだって話を本人から聞いた。とても嬉しそうだったから、僕は心から祝福した。それなのに、報告に行く前に彼は車の中で死んだ。車内に練炭を持ちこんでね。僕は理解に苦しんだよ。嬉しいことを報告するのに、その直前になぜ死ななくてはならないんだ」

「自殺したの？」

花音はぬけぬけとそんな言葉を吐いた。等々力との関係については、もはや否定していなかった。

「自殺じゃない。自殺に見せかけた殺人だ」

「偽装自殺ということね。お気の毒。犯人は誰なの？」

「君だよ」

私は指先を彼女に突きつける。「等々力の婚約者の君が自殺に見せかけて彼を殺したのさ」

「証拠は？」

花音は口元に余裕の笑みさえ浮かべている。彼女は証拠がないことを知っている。こっちに状況証拠しかないことがわかっているのだ。

「もし証拠があるんだったら、警察に訴えたら？」

花音はもう完全に開き直っていた。「わたしは全然かまわない。あなたの好きにすればいいわよ」

「じゃあ、最初から話そう」

私自身、彼女の攻略法を間違えたような気がして、少し焦っていた。相手は動揺することなく、余裕さえあるように見えるからだ。

「まず、君がかつて結婚していた大田原源造さんだけど、自宅が燃えて一酸化炭素中毒で死んでいる。次に君が交際していた中野区の不動産業者の滝沢英男さん。彼も自宅マンションの部屋で練炭による一酸化炭素中毒で死んでいる。二人とも、君に対してかなりの金を貢いでいる。おかしくないか。君と関係があった二人が同じような状況で死んでいる」

彼女は目を閉じて聞いている。その心のうちは読めない。

「君は大田原源造と滝沢英男を知ってるよね？　否定するなよ。とっくに調べはついてるんだから」

「二人とも私が勤めていたお店のお客さんよ」

彼女がようやく重い口を開いた。「それだけのこと」

「それだけって、君は大田原さんと結婚してたじゃないか」

「それは籍を入れただけで、実際は一緒に住んでなかったの。彼がわたしの身の上に同情して、結婚を申しこんできた。わたしは妹を養わなくてはならなかったから、彼のプロポーズを受けた。お金に困ってたから、仕方なかったのよ」

彼女の声が急に震え、涙声になった。そして、両手で顔を覆ったのだ。これは陥落寸前か。相手に行きかけていた勝負が私のほうに傾いてきた。

あと一押しだと思ったその時だった。突然、部屋のドアが開き、思いがけない人物が現れた。汀子が中に入ってきたのだ。花音を部屋に入れた時、うっかり玄関の鍵を掛け忘れてしまったのかもしれない。予想もしない展開に、私は即座に対応できなかった。

汀子の口が「あ」と言ったまま固まった。そして、しばらく時間がすぎる。三人の間に奇妙な重苦しい空気が漂う。視線をどこに向けたらいいのか、私は内心困っていたが、その時、ベッドの下に汀子に見せられないものを見つけた。あれはまずい。汀子に知られたら最悪だ。それを何とか隠したかった。

汀子の視線が私の目が向いたほうに動き、それをとらえるのがわかった。一番見せたくなかったもの。最悪の展開。

汀子はよたよたとベッドに近づき、そばに落ちていたものを拾い上げた。使用後、萎《しぼ》んだ風船のような避妊具。

「これ、花音さんの？」

不潔なものに触れるようにつまみ上げたコンドームを花音に見せる。そして、横目で私を見た。

「ごめんなさい」

花音が顔を両手で覆い、肩を震わせた。「そんなつもりじゃなかったの」

「そんなつもりって、どういうつもり？」

「だから、わたし……」

花音はよろよろと立ち上がり、眩暈がしたかのようにその場にくずおれた。そして、泣きじゃくりだした。

「そんなつもりじゃないのに、池尻さんに強引に押し倒されたの」

花音の放った一言は私を凍りつかせた。怒りで顔に血がのぼってくるのがわかる。

「何を言うんだ。君と僕は……」

「何なの？　合意の上の行為だったの？」

花音は涙に濡れた顔で私を非難するように見る。「あなた、わたしが好きだったんでしょ？」

「いや、好きじゃない」

と言ってから、私はまずいことを言ったと後悔した。否定するにも、もっと他に適切な言葉があっただろうに。

「好きじゃないのに、わたしを抱いたの？　わたしの体だけが目的だったの？」

花音は涙声で言う。

「いや、そういうつもりじゃなくて、君が誘惑したから」

傍目にも、私はまさに恋人に浮気現場を見つかった哀れな男。実際そうなのだから、弁解の余地はない。

「わたしは誘惑なんかしてないわ。あなたが話をしたいというから、ここに来たら、こういうことになってしまったの」

花音は汀子に視線を向ける。「ごめんなさい。あなたが池尻さんと付き合っていることは知らなかったの。知ってたら、ここに来ることを拒んでたわ」

その時まで黙って私たちの会話を聞いていた汀子は、震える声で言った。

「ひどい」

汀子は身を翻して部屋を飛び出していった。廊下を駆ける音、玄関のドアを激しく叩きつける音は、私の胸をぺしゃんこにするほどの衝撃だった。

それを確認すると、花音はハンカチで涙を拭き、さばさばした表情になった。一人の人間の中に二つの人格、感情的な人間と冷めた人間が同居しており、今は冷淡なほうの花音が顔を出したようだ。

「じゃあ、わたし、帰るわ。二人ともお疲れさまでした」

彼女はそう言って、軽蔑するような笑みを頬に浮かべながら出ていったのだ。残された私は、何もすることができず、ただ呆然とするばかりだった。花音を告発するのが目的だったのに、当初の筋書きが強引にねじ曲がり、私は大切な恋人さえも失ってしまったのだ。

花音に対する怒りより、己に対する情けない思いのほうが強かった。

35――（毒っ子倶楽部）

「さて、ここまでが前段で、これからいよいよ花音との本当の対決になるわけです」

リリーが喫茶店の四人掛けのテーブルで他の三人に資料を配付する。「淳之介君にとって、あまり笑えない展開になっちゃったけど、さらに紆余《うよ》曲折のある今後の展開にご期待ください」

「ほんと、笑えない展開になってしまって、淳之介君には同情を禁じえません」

お良があまり同情しているようには見えない顔で言う。彼女は自称専業主婦。三人の子どもが独立し、暇ができたので裁判に通っているという。

「わたしの好きな展開になったと思います」

ミルクは例によって色白の頬をほんのりと赤く染める。年齢は二十代後半（自称）。

「結末がハッピーエンドのミステリーは嫌いですから」

ミルクは「親の残した遺産で細々と絵を描きながらニートをやってます。そうじゃなかったら、傍聴ファンにならないと思います」と語っている。

「これ、ミステリーじゃなくて、実話なのよね。花音はいずれ逮捕されるわけだけど、それをハッピーエンドと思うかどうかで賛否が分かれると思う」

野間佳世はリリーから受け取った資料に冷静に目を通す。彼女は息子たちが独り立ちして暇を持て余している時、知人に裁判の傍聴に誘われ、その魅力にはまったという。

「リリーちゃん、よくまとめてあるわよ。まるでその場にいたみたいに書かれている」

「少なくとも、花音は捕まってるわけだから、一応ハッピーエンドという括《くく》りに入るんじゃないんですかね」

リリーはすました顔で言い、ノートパソコンに視線を移す。「わたし、イヤミスは嫌いじゃないけど、結末はちょっと物足りないかな」

「リリーちゃんは現実主義だからね」

野間佳世が楽しそうに笑い、新しい資料を読み始める。結末は知っているが、それでもリリーの脚色がうまいので、おもしろく読めるようだ。

喫茶店のその四人掛けのテーブルは、再びしんとなる。みな、プリント読みに没頭しているのである。

36――（追いつめる――境界線上の女）⑲

池尻淳之介

私は二人の女に背を向けられた哀れな男。

牧村花音に接近して、等々力謙吾の殺人について口を開かせようとしたのだが、実際は花音の体に溺れ、等々力の件は無意識のうちに、いや意識的に後まわしにしてしまった。私は復讐より快楽を選んでしまった愚かな男だ。

結果的に、真の恋人である栗栖汀子を裏切り、傷つける行為をしてしまった。

二人の女が同じマンションに住んでいるのが、何ともやりにくかったのも事実だ。どちらかに見られる危険性があるので、これまで隠密に行動してきたわけだが、最悪な形で秘密がばれてしまった。

花音を私の部屋に招いたのは、汀子に対する後ろめたさめいたものが少しはあったからだし、花音の部屋にいる妹の存在も大きかった。だが、汀子は何を思ったか、私の部屋を訪れ、たまたま花音と遭遇してしまったのだ。

汀子に連絡をとろうとしても、携帯電話もメールも使えない。彼女は前に付き合っていた男と別れる時、異常なほどつきまとわれたことから、携帯電話やメールアドレスをすべて取り換えたという。そのトラウマから、親密になった私に対してもある程度の防御は崩さなかった。ストーカーの立場からすると、固定電話のほうが局番などから場所を特定しやすいのだが、それを指摘して彼女を不安がらせることはやめておいた。彼女のマンションの固定電話だけが唯一の通信手段だが、彼女に教えられた番号にこっちから電話しても通じたことはなかった。

そうなると、彼女のマンションに行って謝罪するしかないのだが、その時でさえ、花音やその妹と会う危険性がある。だったら、どうすればいい？

手紙だ。速達なら間違いなく翌日には配達される。そこに私の弁明を書けばいいのだ。封書なら開かないまま捨てられる可能性はあるが、ハガキにすればいいだろう。そう思って、私は汀子に対して弁解の手紙を書いた。

それから、次の計画を練った。前回は思わぬ邪魔が入って失敗したので、今度は間違いなく花音の口を割らせる計画だった。場所をどこに選ぶか考えた末に、等々力謙吾のマンションに決めた。そこなら、最上とはいえないが、こっちのペースで何とか話を進めることができる。

花音は等々力との関係を否定しなかった。だから、等々力の部屋から「君の犯罪を決定付ける証拠が発見された」といえば、花音は不安になってやって来ざるをえない。私は花音に対しても速達を送っておいた。

「今度の土曜日、午後九時、等々力のマンションでお待ちする。等々力謙吾、および大田原源造、滝沢英男殺しに対する新証拠が発見された。その日時に来るかどうかは君の勝手だが、もし来なかった場合、こっちにもとるべき手段がある。すべての資料をまとめて警察に提出する。そして、三人の男の殺人者として君を告発する。いくら僕を誘惑しようとしてもむだだよ。今や僕は冷徹な裁判官だから。以上」

汀子に対する手紙の内容はこうだ。

「君を裏切るような行為をしてしまって、本当に申し訳ない。弁解しても、君は許さないかもしれない。でも、僕は弁解する。僕の親友、等々力謙吾の死に花音が関わっていたと確信したのは前に話したね。君にもいろいろ手伝ってもらったことは感謝している。

僕は花音の口を割らせるには彼女にもっと接近し、その口から直接聞くしかないと考えた。トロイの木馬作戦は君の思いつきでもあるよね。それで彼女に近づきすぎて、ああいう関係になってしまった。彼女が誘ったのは事実だが、僕もそれに乗っかってしまったのは後悔している。

次の土曜日の夜、花音と会って今度こそ彼女の口から真相を聞こうと思っている。こっちは動かぬ証拠を見つけているので、彼女も僕に会いに来ざるをえない。場所は等々力謙吾のマンションだ。

君は夜の十一時にそこに来て、立ち会ってほしい。

その時点では花音とは決着がついているはずだ。行くかどうかは君の自由だが、行かないとおそらく後悔すると思っている。極悪の犯人を逮捕する現場に立ち会えなくなるのだから。

君と会えることを祈って」

あとは彼女たちが来ることを祈るしかなかった。花音が来て、彼女の口から告白させた直後、汀子が来ればすべてがうまくいくはずだった。

そして、約束の土曜日。午後六時すぎに、私は等々力のマンションに入った。等々力克代には「犯人を特定し、自白させる手はずが整ったので、いい結果を楽しみにお待ちください」とだけメールを送っておいた。説明不足にしておいたほうが、後の楽しみが大きいということだ。息子を殺されて楽しみが大きいというのは不謹慎かもしれないが、憎き犯人に鉄槌を下すという意味において、彼女は喜んでくれると思う。

37——対決

等々力謙吾のマンションでは、私、池尻淳之介が牧村花音の到着を今か今かと待ちかまえている。彼女は必ず来る。来ざるをえないのだ。この前は栗栖汀子の予期せぬ登場で中断してしまったが、花音は自らの口で告白しようとしていたと私は思う。「二兎《にと》を追うものは一兎をも得ず」のような形で、私の二股疑惑が表面に出て、思わぬ形で中断してしまったので、仕切りなおしということだ。花音を落とした頃合いに汀子が登場し、すべてがうまく収まるといった筋書きを考えている。

花音を警察に突き出し、私は汀子との関係を修復する。うまくいくと確信している。

午後九時になった。

等々力の固定電話はまだ解約の手続きをしていないので、もしもの時の連絡はこっちにしてくれと花音には伝えてあった。

玄関の鍵ははずしてある。等々力のマンションは古く、オートロック式でもなく、監視カメラも設置されていないので、誰でも人目を気にせず自由に出入りできる。

約束の時間をすぎて、そのまま五分がすぎると、苛立ちが起こる。あいつ、来ないのか。来ないとこっちにも考えがあるぞ。

ばか、焦るのは禁物だ。電車が遅れているとか、忘れものをしたとか、いろいろ理由が考えられるだろう。

十分がすぎ、二十分がすぎた。このままだと、汀子が来てしまう。その前にかたをつけないとまずい。

ついに痺れを切らし、立ち上がろうとした時、玄関にある固定電話が鳴った。

「どうしたの、遅いじゃないか」

相手が花音と確かめもせず、私は受話器に向かって怒鳴りつけていた。

「池尻君、わたしよ」

落ち着いた年配の女性の声を聞いて、等々力克代とぴんと来た。

「あ、すみません。人違いでした」

「どう、うまく行ってるの？」

「これから、相手の女と対決します」

「うまく行くことを期待するわ」

「今、ご自宅ですか？」

「そう、甲府にいる。今すぐそっちに飛んでいって、女の顔を見てみたいものだけど、最終の特急には間に合わないわ」

「任せてください。等々力の仇は必ずとります」

そんな会話を交わしている時、玄関のドアが開く音がして、花音本人が入ってきた。

「遅くなってごめんなさい」

その声が電話の相手、等々力克代の耳に届いたようだ。

「わたし、電話を切るわ。じゃあ、いい返事を期待している」

私は受話器を下ろして、花音に向き直った。

「やあ、ちょっと遅かったね」

「今の電話、誰なの？　女性の声みたいだったけど。もしかして……」

花音が不快そうに眉間《みけん》にしわを寄せる。

「いや、違う。出版社の人だ。締め切りのことでね。原稿が遅れてるから」

適当に言い訳をした。花音が信じてくれなくてもかまわなかった。

「遅れてごめんなさい。今日は一大決心をして来たから、ちょっと遅れたの」

「一大決心？」

「わたし、全部告白するつもりよ」

花音は大きな吐息をついた。「気持ちがもやもやして、すごく気持ちが悪いの。全部吐き出して楽になろうと思って。ここに来るまで、今後のことを考えてその辺をぐるぐる歩いてたの。等々力さんはわたしの知らない人じゃないし」

「ひさしぶりに等々力の部屋に入ったわけだけど、どんな感想？」

「意地悪な質問ね」

「悪いね。君はここのほうが話しやすいと思って。遅いから、来ないかと思った」

「わたし、もう覚悟してるから、心配しないで」

「わかった。じゃあ、中に入って。等々力の書斎のほうが話しやすいだろう」

私は汀子があと一時間と少しで来ることが気になっていた。それまでに花音の告白が終わるかどうか、少し不安だった。

私は花音に一つ罠を仕掛けていた。彼女がそれに引っかかるかどうか。

私たちは書斎に入る。この日のために部屋の中央に座布団を二つ敷き、二人が向かい合う形で座れるようになっている。彼女は大きな荷物を背中から下ろすと、自分のそばに置いた。周囲の書棚は、まるで十和田か黒部の雪の回廊のような威圧感があった。

我々の前にはグラスが二つあり、封を切っていないミネラルウォーターの五百ccのボトルが置いてある。私はボトルの封を切り、キャップをまわす。薬などの小細工はいっさいないという意思表示である。それから二つのグラスにそれぞれ八分目ほど注いだ。

先に私が口を湿らせるために飲む。彼女に対して身振りで飲むように指示すると、彼女はうなずいて、少しだけ口に含んだ。

「じゃあ、いいかしら。わたし、本当に覚悟を決めたから。すでに録音機は作動している。警察に連絡するのはあなた次第。とにかく、わたしの話を聞いて」

彼女が口を開いた。「でも、どこから始めたらいいと思う？」

「その前に聞くけど、君が関わっている事件はいくつあるのか。僕は三件、つかんでるけど、その他にもあるのかな」

「あなたの調べている人は？」

「君の元夫である大田原源造、不動産屋の滝沢英男、そして僕の親友、等々力謙吾の三た」

人だ。かなり調べがついている。あと一人ぐらいいると思うけど、突き止められなかった」

「わたしが関わっているのはその三人ともう一人。名前は明かせない」

花音は含みを持たせた言い方をした。「あとはお金の融通をしてもらった人が四、五人といったところかしら」

「詐欺？」

「違う。みなさん、好意でお金を出してくれたの」

「お金をもらったことは認めるんだね？」

「わたしは彼らの心を癒すために尽くしただけ。彼らは見返りにわたしの体を求めた。ギブアンドテイクよ」

「じゃあ、最初に聞くけど、君は大田原源造を殺したのか？」

「殺してはいない。お手伝いをしただけ」

「君は火をつけたんじゃないか？　練炭のコンロを置いて」

「コンロはあの家の中にあったの。電気ストーブが壊れて寒いと言うから、わたしが彼の家を探して見つけたもの。それが小火《ぼや》を起こすなんて夢にも思わなかった。わたしたち夫婦だったけど、住んでるのは別だから、わたしはコンロを置いたまま家に帰った。その間に小火を起こして、あの人は死んでしまったの」

「あくまでも事故だったと言い張るんだね？」

「そうよ。わたしがよけいなことをして、結果的に彼を死なせてしまったのはすごく反省している。それが罪になるのなら、進んで罰を受けるつもりだけど」

「では、二つ目の件。不動産屋の滝沢英男はどうかな。君は彼からもかなりの金を貢いでもらっている。金めあてに彼と付き合ったのか？」

「彼は大田原と同じ、新宿のクラブの客だった人。精力絶倫ですごかったわ。大田原は歳が行ってたからセックスはできなかったんだけど、滝沢さんは札束をちらつかせてわたしに交際を迫ったの。だから、わたしはギブアンドテイクで喜んで体を差し出したわ。でも、彼はしつこかったの。わたしを独占するというか、拘束したがるの。お店を辞めさせたくらいだから」

「君は大田原の遺産でかなり潤《うるお》っていたんじゃないか。そうまでして、滝沢と付き合うこともなかったんじゃないか」

「わたしには扶養しなくてはいけない家族がいるし、お金はいくらあっても足りなかったの。将来が不安で少しでも多くの貯えが必要だった」

「それにしては、高額なマンションに住んでるし、浪費がすごいと思うんだけど」

「家族にひもじい思いをさせたくなかったの」

「滝沢は自室で一酸化炭素中毒で死んだけど」

私は攻勢を強める。「それって、おかしくないか。普通、自分の部屋に練炭コンロを用意してるもんなの？」

「滝沢さんは奥さんに先立たれて寂しかったの。だから、わたしに癒しを求めた」

「結婚を申しこまれたのか？」

「ええ。でも、わたしは断った。わたし自身、夫に先立たれてあまり日がたっていなかったし、同居はできなかった。大田原のように別居婚でもいいというなら話は別だけどね。彼、すごく落ちこんだ」

「自殺するほど？」

「そう、彼、すっかり気弱になって、死にたいというのね。でも、自殺なんて、そんなに簡単にできるわけがない。電車に飛びこんだり、ビルから飛び下りたり、薬を飲んだり、みんな苦痛を伴うもの。わたし、無理よ。できやしないと言ったの。そしたら……」

花音はグラスの水を飲んだ。「苦痛がなく死ねる方法はないかって、彼、わたしにアドバイスを求めてきたの。だから、わたし、教えてやった」

「練炭のこと？」

「そうよ。ホームセンターで練炭とコンロを買ってきて、部屋を密閉したら、一酸化炭素中毒で死ねるって教えたの。ただそう言っただけ。ヒントを教えたつもり。どうせできないからと思ったんだけど、彼、本当に買ってきたみたい」

「練炭を？」

「そう。いくつかのホームセンターの監視カメラを調べれば、白いマスクとサングラスをした滝沢さんが映ってるかもしれない。いや、でも、ずいぶん前のことだから、記録は消されているかもね。わたしが後悔してるのは、結果的に彼に自殺を勧めてしまったことかしら」

「つまり、殺人にはからんでいない？」

「もちろん、からんでいないわ。間接的にと言われると、返す言葉もないけど、あれは滝沢さんが自分の意志で死んだの。わたしがやったって証拠なんか見つかるわけがない。やってないんだから。わたしがやったのは、彼の自殺願望に火をつけて、練炭を買わせてしまったこと。その点は本当に申し訳ないと思っている。罪悪感はある。それが自殺幇助《ほうじょ》ということで罪になるというのなら、わたしは喜んで罰を受けるわ」

結局、花音は二つの件に関して、罪を認めなかった。過失、あるいは自殺を幇助したことを申し訳なく思っているといった程度なのだ。花音の顔に動揺の色は見えなかった。

「君の話はわかった。次は等々力謙吾の件だけど、いいね？」

彼女が否定するのはわかっていたが、私はいよいよ肝心な部分に入ることにした。

「その前にトイレに行く。すぐもどってくるから」

どうも緊張しているようだ。花音にこっちの心理状態を見透かされていなければいいのだが、少し自信がない。いや、見透かされてもいい。それこそがこっちのトリックなのだから。裏の裏をかく計画がうまくいくか、それが気がかりだった。

トイレに入り、排尿しながら深呼吸する。不安な思いを吐き出すと、少しはましな気分になった。

頭の中でこれからの流れを反芻《はんすう》する。思いがけないことが起こった時の対処の仕方なども含め、イメージトレーニングをする。そして、手を洗い、タオルで水気を拭い、両頰を両手で思いきり叩く。弱気の虫が一掃され、気持ちが張りつめてきた。

「よし、これでいい」

書斎にもどった時、花音の様子に変化が見られた。急いで動いたような空気の流れを感じたのだ。彼女が何かを仕掛け、それをすませようとした時、私が帰ってきたというわけだ。

我々の前には水の入ったグラスが置いてある。私はグラスを手に取ろうとして、違和感を覚え、手を元にもどす。

「じゃあ、始めようか。等々力謙吾を君がどうやって殺したのか話してほしい」

「いいわよ」

花音は観念したかのように、あっさりと言った。罪を認めたという意思表示と見ていいだろうか。

「でも、ここでわたしが認めたとしても、証拠にはならないことを知っていてね。ここだけのことにしてほしいの。約束してくれる?」

「いいよ」

録音機をこっそり作動させているが、そのことを彼女は知らない。彼女の告白を録音して、それを証拠として警察に出すのが私の目的なのだ。

「約束よ」

「わかった。嘘はつかない」

そこまで言わないと、彼女は告白しないというのだから、私としてはそう言わざるをえなかった。

「等々力さんは本当に好きだったの。わたしの趣味と同じだったし、わたしが読んだ本の感想を聞いて彼が喜んだり、逆に彼が読んだ本の感想に共鳴したり、すごくうまが合った。あんなに相性がいい人は初めてだったかもしれない。婚活イベントで同じ趣味同士で知り合ったということもあったんだろうけど」

「でも、君は等々力から金をもらっていたね。彼は実家が裕福で、彼自身も金を潤沢に持っていた。君の目的はそっちだったんじゃないの？」

「それがないと言ったら嘘になるかもしれない。正直に言うと、最初はそうだったんだから。でも、いろいろ話しているうちに、彼がとても誠実で、わたしを大切に思ってることがわかった。だから、その前の人たちと違って、無理にお金をせびるようなことはなかったの」

「でも、実際、等々力は多額の金を引き出している。君と交際していた期間と一致するんだけど」

「少しは援助してもらった。それは認める」

花音はグラスに口をつけ、唇を軽く湿らせた。そのピンク色の舌が妙になまめかしく、私を誘っているように見えた。だが、その手にはもう乗らないし、私の下半身は何の反応もしない。

「彼は君にプロポーズしたんだね？」

「ええ。合コンで知り合ったわけだし、二人の気が合えば、そういう流れになるのはわかっていた。彼がわたしを好きだというのは肌で感じてたの」

「君は等々力に対してどういう感情を持ってたのかな？」

「好きだった。結婚してもいいと思った。だけど、私はその時点で結婚歴があったから、最初は断ったの。それでも、彼はいいと言った。親を説得してみせるって」

「だから、結婚を承諾した？」

「そうよ」

「じゃあ、なぜ等々力を殺したんだ？」

「彼には幸せな気持ちで旅立ってもらいたいと思ったのね」

彼女は殺したことを否定しなかった。

「何だ、それ。意味がわからない」

「わたしには、守るべき家族がいるってこと」

「家族のほうが大事だってことだね？」

「そういうこと」

「いろいろ矛盾している」

「それを言うなら、わたし自身が矛盾のかたまりよ」

花音はグラスを持ち上げた。「お酒じゃないけど、乾杯しましょう？」

「そうやって、等々力にも飲ませたのか。彼の場合は酒だろうけど」

「まあ、いいから。くわしい話は飲んだ後で」

私は彼女のグラスに手を延ばし、奪い取った。

「僕は君のほうを飲む。君は僕のほうのグラスを飲んでくれ」

「どうして？」

「相手のグラスに薬を入れる。それがいつもの君のやり方だからさ。そうやって、君は男たちを眠らせたんだ。眠らせてから、練炭で自殺に見せかけて殺す」

「女一人で成人男性を運ぶのは無理よ。わたし、少し太ってるかもしれないけど、そんなに腕力はないわ」

花音は服の袖をめくり、白い肌を見せた。もちもちとして弾力のある柔肌《やわはだ》。私は彼女を抱いたから知っている。数々の男を魅了し、その体に溺れさせてきた自慢の肉体。

こういう極限状態であっても、花音は仕掛けてくる。彼女は私に潤んだ目を向ける。それから、スカートを少しずつめくり始めた。東北の寒冷地で育った白い肌に、血管が浮き上がり、艶めかしい。

「だめだよ、そんなことをしても」

私は自分でも驚くほど冷たい声を出した。彼女はそれにもかまわず、私を見つめながらスカートをめくりあげていく。スカートの奥の下着がはっきりと見えた。

私はごくんと唾を飲んだが、下半身は何の反応も示さない。すると、花音は横たわり、腰を上げて下着を脱ぎ始めた。

「君は苦境に追いこまれると、そういうことをして男を誘惑するんだよね。だめだよ。その手は今の僕には通用しないから」

花音は私の言葉を意に介さず、私に対して己の下半身をすべてさらした。

「ばかだな、君は。悪あがきというものだよ」

私は少し動揺しつつ、彼女の中心を見ながら取り替えたばかりのグラスに口をつける。

水を飲むことで、かすかに起こった劣情を喉の奥に流しこむ。汚らわしい病原菌を濃い胃液で殺してしまう。

花音は上半身を起こし、自分のグラスに口をつける。

「君、いいのか、それを飲んで」

花音の手口は原始的なものだ。相手のグラスにこっそり睡眠薬を入れ、ぐったりさせたところで練炭を使って一酸化炭素中毒を起こさせる。

私がトイレに行っている間に、彼女が私のグラスに薬を入れると確信していた。だから、トイレからもどってきて、二人のグラスを入れ換えれば、薬入りのグラスを飲むのは花音になるのだ。トイレに行くことは私の計略だったのだ。

「わたしの負けね。いいわ、すべて話すから」

彼女は下半身をさらけ出したまま、座布団の上に座った。陰部を男の目にさらしても、もはや気にしていないようだ。

「わたしが等々力さんに飲ませたのは、睡眠薬とお酒だった。不眠だった時、お医者さんでもらった薬がたくさん余ってたの」

そういう彼女の体が揺れている。彼女が飲んだのは睡眠薬だ。それが早くも効き始めている。薬を飲ませるのはもっと後でもよかったかと私は思った。彼女の言葉を聞き終わる前に彼女は眠ってしまうからだ。

花音の体が左右に揺れている。

「エドガー・アラン・ポーの短編に振り子が出てくるもの、なかったっけ?」

私はそう口にしてみるが、彼女は目を細めて私を見るだけだ。振り子が大きく揺れている。あなたはだんだん眠くなる。眠くなる。

「眠くなる前にあなたにだけ話すわ。わたしがどうやって等々力謙吾さんを殺したか。あの日、等々力さんは……」

私は勝利を意識した。録音機は正常に作動しているはずだ。

…………

38――（牧村花音裁判資料・配付用）④

リリー（毒っ子倶楽部）

牧村花音の裁判は、相変わらず己のセックス自慢が相当の部分を占めていた。そんなことまで弁護士と打ち合わせをしたわけではないのだろうが、彼女の口から放たれる言葉はいささかも淀《よど》むことはない。

「わたしがひとたび足を開くと、男の方は目を輝かせ、すごく興奮します。わたしにはどんな男性も落とす自信がありました。わたしの誘惑に負けなかった人は、これまでいませんでした」（背筋を伸ばして裁判長を見る）

＊

弁護人による被告人質問（第二十回公判）

牧村花音本人は今日もいつもと同じように堂々と胸を突き出すようにして証言台に立った。「花音劇場」、依然継続中である。

紺のジャケットに茶色のシャツ、グレーのパンツ。シックな装いだ。公判のたびに服を変えてくるのだが、よくそれだけ服を持っているものだと思う。マスコミや傍聴人の視線を明らかに意識している。「花音劇場」の座長は、法廷に君臨し、裁判長を始めとするすべての人間の心を掌握している。

弁護人の質問が始まった。

――あなたは等々力謙吾さんを殺しましたか？

「殺していません」

――練炭コンロを等々力さんのお宅に持っていったことはありますか？

「いいえ」

――練炭コンロがあなたのマンションにありましたが。

「個人的にバーベキューをするつもりで買ったのです。妹は家にいることが多く、たまには外で開放的に焼き肉でもしたら喜ぶかなと思って買ったものです。それと等々力さんの件は関係ありません」

――練炭はどこに保管しましたか？

「自宅マンションの納戸です。警察の方が調べたはずです」

――等々力さんとは婚約してたのですか？

「いいえ。プロポーズされたのですが、わたしが曖昧な答え方をしたので、等々力さんは婚約してたと誤解したかもしれません。意志の疎通《そつう》を欠いていました」

——等々力さんとはお付き合いをしていたのですか？

「はい。趣味が同じで話していて楽しい方でしたので、それまでの誰よりも深く付き合っていたと思います。セックスの相性もよくて、わたし自身、とても幸せでした。等々力さんも同じだったと思います」

——結婚は考えなかったのですか？

「考えました。でも、わたし、前の夫と死別しているので、結婚相手としてふさわしくないのかなと思っておりました。それで曖昧に答えたのを等々力さんが勘違いしたのかもしれません。後で違うと言ったのですが、そのことで等々力さんはすごいショックを受けていました」

——自殺を考えるほどのショックでしたか？

「そうかもしれません。わたしが悪かったと思います。等々力さんが自殺した前夜、ちょっと言い合いをしまして、等々力さんはそのことを悲観して自殺してしまったのだと思います。結婚しないとわたしが彼に強い調子で言ってしまいましたから」

（花音、涙声になる）

——再度聞きます。あなたは等々力さんを殺しましたか？

「等々力さんを死に追いこんだのなら、イエスかもしれません。（自分の両手を出して）この手を使って等々力さんを殺したことはありません」

——質問は以上です。

（花音、両手で顔を覆う。体が小刻みに震えているのが傍聴席から見える）

39——対決〔続〕

「どうやって等々力謙吾さんを殺したか」

花音は体を小刻みに揺らしながら話す。「そう、あなたの言うように、彼のグラスにこっそり睡眠薬を入れたの。でも、なかなか効き目が出なくて、量を間違えたのかと思いかけたわ」

「量を間違えた？」

「だけど、だんだん効いてきた。彼が眠ったら練炭に火をつけようと思ったら、等々力さん、ふらふらっと立ち上がったのね。どうしたのと聞いたら、明日実家に行くから、準備をするんだと言うの。何も今やらなくてもいいのにと言うと、車の調子を見なくてはならないと言うのね。彼、ふらふらして足元もおぼつかなかったから、わたし、彼を支えて空き地に停めてあったレンタカーまで連れていった。車の運転席に座った途端、彼は眠りこんでしまったの」

「それで車まで運ぶ手間が省けたんだね。そこが僕の推理の弱点だった。聞いてみたら、簡単なことだったんだな」

「そう、偶然こっちに都合のいいことになっちゃった。後は車に練炭コンロを入れて燃やすだけ」

「車の中に練炭があるから、自殺したのではないかということになったんだね」

「あの頃、似たようなケースが起きてたし、警察は疑わなかった。等々力さん、将来に悲観して自殺したみたいな状況になってしまったわ」

「君は逃げきれると思った？」

「見つかると思って、すごく不安だった」

「妹のことは考えなかったのか？　君が捕まったら、一人で生きなくてはならないんだぞ」

「留美は強い子だから大丈夫。わたしの貯金もあるし、あの子が充分生きていけるだけのお金はわたしが稼いだから。それに……」

花音は口をつぐんだ。

「それに、どうした？」

「わたし、生きることに疲れちゃったの。こういう生活はもういいかげんに終わりにしないといけないなと思った。ドロップアウトしたかったのね」

「ドロップアウト？」

「この世から。いくら何でも無期懲役はつらい。期限がなく、死ぬまで償わなくてはならないんだから。塀の中だったら、少しは気持ちが楽になるかもと思ったの」

花音は大きな吐息をつく。

「無期懲役って、君は前にも何かで刑に服したことがあるの？」

彼女に前科があるとは聞いていなかった。「君は前も同じようなことをして捕まったのか?」

花音は黙したままだった。

40――(判決)

被告人席は硬い木の椅子だった。

「被告人はそこに掛けなさい」

冷たく厳しい声が部屋の中に響いた。裁判長は四十歳をちょっとすぎたくらいのはずだ。彼女は怒られないうちに指示された通りにする。硬くてお尻が痛い。両脇に肘かけがついており、体を圧迫するので、すごく窮屈だった。

うなだれて判決を聞く。まるでゲームみたい。わたしは罰ゲームの主人公?

「理由を先に言います」

わたしが悪かったのはわかっている。不注意だった。本当なのだから、こっちには反駁することはできなかった。後悔ばかりが頭の中に渦巻き、裁判長の声が頭の中に入ってこない。

法律の条文を読んでいるような内容は、とてもむずかしく、「理解不能」と声に出して叫びたかった。しかし、それはできなかった。傍聴人の視線は厳しく、もし判決に口を挟もうものなら、ここから引きずりだされて、思いきり殴られてしまいそうな雰囲気だ。実際、そうなってしまうかもしれない。暴力は嫌いだ。

主文より先に理由が言われるのは、罪が重いことを意味している。そんなことは法律書を読むまでもなく知っていた。「死刑」の二文字が頭に浮かぶ。もう覚悟するしかないようだ。涙も出やしない。悲しくもない。悔しいだけだ。

目を閉じると、睡魔が襲ってきた。あの一件以来、全然寝ていない。疲労が溜まっているのだ。誰にもわからないよう、膝をつねる。痛い。

「寝ている場合ではないよ。起きなさい」

意識の外から誰かが必死に呼びかけてくる。

それはわかっている。でも……。

「被告人は判決を真面目に聞くように」

裁判長の厳しい叱声が飛ぶ。ほら、見つかってしまった。でも、これで完全に目が覚めた。意識が半ばなくなっている間に、理由は終わりに近づいているようだった。

姿勢を正し、真っ直ぐ前を見据える。

「それでは、判決を言いわたします」

裁判長の視線は、被告人ではなく被害者のほうに向いているようだ。

「被告人は何ら落ち度もない被害者の保護を怠り、深刻な怪我を負わせた。このようなきわめて重大かつ非情な行為に及び、生命というかけがえのない価値を軽んじる態度が顕著である。裁判でも弁解に終始するばかりか、被害者を貶める発言をするなど、真摯な反省や改悛の情は見えない。被告人に対しては……」

そこで裁判長は一呼吸おいて、わざとらしく咳払いしたので、肝心なところを聞き落としてしまったが、たぶんこんなことを言っているのだろうと思った。

「厳罰をもって臨むしかない。主文、被告人を無期懲役に処する。被害者を死ぬまで扶養しなくてはならない」

被告人は立ち上がった。

「わかりました。罪を償います。死ぬまで……」

…………

41――対決〔続〕

「それ、どういう事件だったのかな？」

「世間的には知られていない事件」

「僕が知っていることかな？」

「たぶん、あなたは知ってるはず。新庄に行って、わたしのこと、調べたんでしょ？」

「新庄に行ったこと、知っていたのか」

「そう、幼なじみの咲子ちゃんが連絡してきたの。花音ちゃんのことを調べまわってる人がいるって。だから、わたし、覚悟してたの。いずれ、こういう時が来ることを」

「その事件って、妹さんのことかな？」

「そうよ。わざとしたわけじゃないんだけど、ちょっと目を離した隙に妹が重大な事故に遭ってしまったこと」

「そのことを一生償わなくてはいけないのか」

「父が公正に裁いてくれたから、従わざるをえなかった。父は若い頃、弁護士になるため猛勉強してたの。でも、司法試験を何年受けても合格できなくて、家業を継がなくてはならなかった。そのことを恥と思ってたのね。法律を勉強しているので、立派に裁判長をやれるくらいの知識はあった。父に言われたら、わたしたち子供はすくみ上がったものよ。わが家では父が法律だったの」

「それって、モラハラみたいなものだよ。ひどい父親だ」

「でも、わたしは妹に対して取り返しのつかないことをした。罪を償うのは当然だと思ってたの。だから、今まで手段を選ばず、お金を稼いでたのね。でも、そんな生活に疲れてしまった」

「妹にはもう充分尽くしたってことだね？」

「そう思いかけてる」

「お父さんは亡くなったよね？」

「そう、仕事がうまくいってなかったし、弟の学費が出せなくなって、かなり悩んでいた。お母さんの家出も大きかったかもしれない。他人には厳しいけど、打たれ弱い人だったのよ。全然同情しないけど、そんな時、心臓発作で急死したのは、ある意味、運がよかったのかもしれない」

「お母さんは今どうしてるの？」

「知らない。十年以上、連絡をとってないから。弟とは連絡はとり合ってるみたいだけど」

「君の弟は何をしてるの？」

「司法試験を失敗してから居所不明」

「弁護士になりそこなったのは、お父さんと同じじゃないか。血は争えないな」

「さあ、父親に似てプライドばかりは高いから」

「君もたいへんな家にいたんだね」

「わたし、もう限界だったの。死ぬまで罪を償わなくてはならないなんて、最悪。でも、やったことは事実なんだから、父の下した判決はある意味、正しかったのかも。法律にくわしくて、わたしにはそれが正しい決定だと思ったの。でも、いいかげん、こういう監視されている状況から離れたくて、高校を出てすぐに東京に出た。それから、お金の亡者になって、妹を呼び寄せて、一緒に暮らすようになったの。でも……。ああ、言っているのは、『でも』ばかり。で、そろそろ警察に捕まったほうがいいような気もするの。そのほうがほっとするかも」

「じゃあ、僕が君を警察に連れていくといったら、黙って従うかな？」

「その覚悟はできてる」

「わかった。覚悟ができてるなら、そうするよ」

牧村花音の体が左右に大きく揺れている。彼女の声は、舌がもつれているように聞こえる。彼女自身がグラスに入れた薬が効いているようだ。

「こういう結果になって残念だったね」

「その言葉、そっくりあなたに返すわ」

花音の体が揺れている。「わたし、自分のコップに薬を入れたの。もう観念してたから。でも、あなたがトイレから帰ってきて、グラスを交換するから、あなたのほうに薬の入ったグラスが行ってしまった。あなたもよけいなことをしてくれたものね」

花音の体が揺れているのは、彼女の体が動いているからではない。池尻淳之介自身の体が揺れてそう見えるからだった。睡眠薬の入ったグラスを飲んだ池尻はやがて横向きに倒れていった。

42――（密室にて）

簡単に逃げられるはずだった。窓を開けて、空気を入れ換えさえすれば、状況はすぐに改善できるからだ。

しかし、それができなかった。まずい状況だと認識している。普通ならパニックになっていてもいいのに、体が思うように動かない。彼は横たわったまま考える。体は麻痺しているけれど、何か対処法があるはずだ。携帯電話はすぐ近くに置いてある。数時間前に充電したばかりだから、手を伸ばして引き寄せて誰かを呼び出せばいいのだ。

誰を呼び出すべきか。彼女はだめだ。あいつを呼び出そう。あいつなら、こっちの言いたいことをすぐに理解し、対処法を教えてくれるか、駆けつけてくれるだろう。あいつが電話に出たら、こう言うのだ。

「密室状況の中で死につつある」と。

彼は右手を動かそうとしたが、脳の指令通りにならない。それでも、何とか右手を出して、スマホをつかんだ。焦れったいほどの緩慢な動作でそれを自分の顔の前まで持ってくる。やっとのことで通話画面を開くことができた。電話帳を開く。あいつとは一週間前に新宿で飲んだばかりである。

リストの中の目指す名前を指でタッチして呼び出す。通じているが、なかなか出てくれない。今、何時なんだ。うわっ、午前一時か。普通なら熟睡している時間帯に電話するのは非常識だと思う。でも、今は緊急事態なのだ。

呼び出し音が六回鳴っても、相手は出なかった。留守番設定になったら、何と言ったらいいか。ダイイング・メッセージが留守番電話なんてことになったら最悪。くそっ、だめか。あきらめかけたその時、相手が出た。すごく眠そうな声だった。相手の携帯電話にはこっちの名前が表示されているはずだ。

「ああ、おまえか。こんな時間に何の用だ?」

「助けてくれ」

「え、何?　聞こえないよ」

「密室状況の中で死につつある」

彼は何とかそう言った。

「誰が?」

「僕だよ、僕が」

返ってきたのは不愉快そうな笑い声。

「夜中にそんなくだらない冗談を言うために電話してきたのか」

「密室なんだよ、密室」

さっきより大きな笑い声。それから、別の誰かの声が聞こえた。「誰、こんな時間に？」と不機嫌そうな女の声。

「ああ、知り合いの電話なんだけど、酔っぱらってるみたいだ。すぐ切るから」

「切らないでくれ。頼む」

「あのね、一九三〇年代ならいざ知らず、この二十一世紀の世の中で簡単に密室殺人が起こるはずはないだろう。たまに内側から鍵が掛かっていた密室状況の殺人事件が起こったりするが、その時でも合鍵を持っていた親族や恋人が犯人だったりして、がっかりする例が多い。だから、僕は現代には密室殺人事件はありえないと思ってるよ。……なんてマジレスしちゃった」

皮肉な笑い声。かなり酔っているのかもしれない。

「冗談じゃないんだ。僕は今密室状況の中で死につつある」

「もしかして、これ、ダイイング・メッセージ？」

相手が少し興味を持ったような気がした。「だったら、早く言えよ。ちゃんと聞いてやるから」

相手のからかうような声を聞いた時、彼はかける相手を間違えたと思った。最初から一一〇番通報すればよかったのだ。やはり、頭の回転が鈍くなり、判断力が落ちているのかもしれない。

「犯人は誰なんだ？」

そうだ。最初に犯人の名前を言うべきだった。電話をしている間に、麻痺は彼の全身に及び、口の筋肉さえ動かなくなった。

「おい、早く言えよ」

その時には彼の口から犯人の名前を言うことはできなくなっていた。最初に犯人の名前を言うべきだったと後悔する気持ちしかなかった。ばかみたいだ。

「おい、おまえ、何なんだよ。あのさ……」

意識が途切れるとともに、相手の声と不満そうな女の声も遮断された。

………

43

午前八時すぎ、彼女がそのマンションのドアノブを握ると、抵抗なく動いた。

「あれっ」

不安まじりの声が出る。おかしい。鍵が掛かっていない。彼を信用してスペアキーを預けているが、ずいぶん不用心だ。こと。本以外、金目のものは少ないとはいえ、無施錠とはあまりにも不用心だ前夜の九時すぎに、池尻に電話した時、彼の声に胸騒ぎを覚えたのだ。その日は新宿行きの最終の特急は出た後だったので、夜が明けるのを待って、甲府から新宿行きの始発電車に飛び乗った。中野駅からほとんど駆けてきたが、不安は拭えなかった。

鍵は持っているが、念のためにチャイムを鳴らしてみる。応答はない。不安がいや増してくる。そして、ドアノブを動かしたところ、ドアが外側に開いてきたのだ。

五月下旬の朝にしては生ぬるい空気が漂ってくる。

「おはよう。いるんでしょ？」

応答はない。「ずいぶん不用心ね」

声に不安がまじらないよう、かすかに非難の気持ちを込めた。

「そこにいるのよね。それとも、外に食べに行ってるの？」

ここは彼女が所有するものだ。上がっても問題はない。スリッパが一足、外に向かってそろえられているので、出かけているのかもしれない。彼女はそのスリッパは履かず、そのまま上がった。ひんやりとした感触が頭のてっぺんまで駆け登ってくる。

何か異変があったのか。

２ＬＤＫのマンションである。リビングルームに入る。三方が書棚で本がぎっしり。雑然としていて、床にも本が積み上げられている。形だけのソファセット。彼女が買ってやったものだ。本の隙間を通ってキッチンに入る。流しには何もない。ごみ箱に食べおわったカップラーメンの空箱が二つ。ここはほとんど使っていないのだろう。

リビングルームに異変がないのはわかっている。残る部屋は寝室と書斎。見るのが怖くて最初はのぞけなかった。

ノックをしないで寝室をのぞいてみる。寝室とはいえ、ほとんど書庫の状態だ。シングルベッドのシーツはきれいになっていて、彼が使っていないのがわかる。

残る部屋は書斎だ。一度だけのぞいたことがあるが、デスクにノートパソコン、電気スタンド、ブックエンドに辞書類。そのほかは周囲ほとんど書棚、入りきらない本が床に積み上がっている。中央に来客と話すくらいのスペースがあるはずだ。

ドアをノックする。コンコンという響きは、部屋の中に人がいるのであれば聞こえるだろう。応答はなく、少し強めにノックする。

「いるの、いないの、どっち？」

依然応答がないことに苛立ちが強くなる。

「どうして返事をしないの」

とやや怒気《どき》をこめて言いながら、ドアを開けた。最初に目に入ったのは、おびただしい量の本。それから、部屋の中央に横たわる男の姿が見えた。ドアに背を向けていて、顔は見えなかった。

それでも、一目見て死んでいるのがわかった。奇妙なのは、その周囲に練炭コンロが四つ置いてあったことだ。四つを線で結ぶと菱形、いや違う、対角線を結ぶと、十字架だ。

練炭からすぐに一酸化炭素を連想した。無臭の殺人ガス。このまま思いきり息を吸いこんだら、わたしも死ぬのだろうか。

死んでもかまわない。わたしは死んでもいいのだ。自暴自棄の気持ちで、息を大きく吸いこんだが、何ともなかった。それでも、ショックのあまり、膝ががくがくとして、その場に立っているのがやっとだった。よろよろと男に近づき、ひざまずく。まず腕に触れる。冷たかった。背中は冷たく硬く、まるで彫刻のようだ。

「謙吾！」

等々力克代は嗚咽《おえつ》まじりに叫んだ。もちろん、応答はない。顔が見えないので、死体の上から顔をのぞきこんだ。

息子を難産の末に産んだのを昨日のことのように思い出した。しかし……。

「違う、あんたは謙吾じゃない。あんたは……」

死んでいるのは息子ではなかった。

…………

44——（牧村花音裁判資料・配付用）⑤　リリー（毒っ子倶楽部）

牧村花音の裁判は、いつも一種独特の熱気に包まれていた。被告人のセックス自慢が相当の部分を占めているので、それを目当てに傍聴する者は多かった。彼女の口は法廷ではいつも滑らかだ。

「わたしがひとたび足を開くと、男の方は目を輝かせ、すごく興奮します。わたしにはどんな男性も落とす自信がありました」

彼女は何度も誇らしげにそう言った。いつも似たような表現だが、言っていることは同じだった。

「わたしの誘惑に負けなかった人は、一人もいません。池尻淳之介さん？　彼も惜しいところまで行ったんですけど、わたしに誘惑された一人です。難攻不落でもないかな。いったん落としたら、彼は簡単に操れる人でしたね」

＊

弁護人による被告人質問（第二十一回公判）

牧村花音本人は今回も堂々と証言台に立った。法廷に入る時も、俯《うつむ》くことはせず、胸を張って傍聴人一人一人の顔を見る余裕さえあった。

その日は、グレーのニットカーディガン、Vネックのシャツに、ピンクのスカートだ。公判のたびに服を変えてくるのだが、いつまでつづくのだろうか。

弁護人の質問が始まった。

——あなたは、等々力謙吾さんのマンションで池尻淳之介さんを殺しましたか？

「殺していません」

——練炭コンロを等々力さんのお宅に持っていったことはありますか？

「いいえ、ありません。等々力さんの時も同じことを聞かれましたが、そうした事実はありません」

──等々力さんの部屋にいたことは認めますね？

「はい、認めます」

──どうして、等々力さんの部屋に行ったのですか？

「等々力さんと池尻さんは友人関係にありました。池尻さんは等々力さんと婚約関係にあったわたしに興味を抱き、意図的に接近してきたのです」

──それはなぜですか？

「池尻さんはノンフィクションなどを書く作家でした。等々力さんの死について聞きたいので、会って話したいと連絡してきました。それでわたしの部屋に来ていただいて、いろいろ話したのですが、何度かお会いしているうちに、わたしたち、自然に男女の仲になってしまったのです」

──あなたが誘った？

「そうかもしれません。彼がわたしに興味を持ったことを知り、わたしが誘ったら彼がどういう反応を示すのか、ちょっと知りたかったのです。これまでお付き合いした人たちは、みなさん、わたしの体を欲しました。ノンフィクション作家で、わたしを取材する彼に対してわたしが足を開いたらどうなるのか、知りたいと思いませんか。（裁判員たちを見まわして）わたしは強く知りたいと思いました。自然と湧いてきた感情でした。だから、わたしは池尻淳之介さんに試してみたのです」

──具体的にどうしましたか？

「わたしのマンションに誘い、彼と本について語りました。本の好みが同じような感じなので、話が合いました。なんか相性がいいなとわたしは思ったのです。この人ならきっとわたしを抱いてくれると。だから、わたし、自然な感じで彼に体を開いて誘惑しました。彼は最初ためらっていましたが、心を決めたのかわたしを抱きました。仕事とセックスは別と割り切っていたのだと思います。それからは、会うたびにセックスをしました」

——お互い、恋愛感情を抱いていましたか？

「だんだんそうなっていったと思います。少なくともわたしはそうでした。池尻さんを本当に好きになったのです。でも、彼には恋人がいました。その人はとても美人です。わたしのように容姿に自信がない者にはとうてい太刀打ちもできない感じでしたが、その人から彼を奪ったという喜びがありました」

——池尻さんの恋人はそのことを知ってましたか？

「彼女に知られないように密会するのがスリルがあって興奮したのですが、ある時、池尻さんのマンションでセックスをした直後、彼女が突然入ってきたのです。池尻さんとわたしを見て、彼女は怒って出ていきました。二人の関係はだめになって、わたしは勝ったと思いました」

——あなたには池尻さんを殺す動機がない？

「そうです。でも、池尻さんは心の奥底で大事な恋人を失ったことを悲しんでいました。それはいくらわたしが慰めても治るものではありません。池尻さんはそれを悲観して……、（しばらく沈黙した後）自殺したのかもしれません」

——練炭コンロはあなたが買ったものですか？

「違います。彼が持っていたのだと思います。親友の死を調べている過程で、自分で調べようと思ったのかもしれません」

——何を？

「練炭コンロで本当に死ねるのかと」

——自分で調べるって、危険ではないですか？

「危険だと思います。でも、彼はノンフィクション作家として自ら体を張って実証してみたかったのだと思います。本人が持っていたことが悲劇となりました。それに、恋人を失ったことを悲観して、自分が持っているコンロを使ってみたのだとわたしは思います。ですから、わたしは池尻淳之介さんを悲観させたことに責任を感じていますが、彼を殺してはいません。神に誓って、ありえません。池尻さんはわたしの肉体にとって、精神にとって、とても大事な方でした。殺す理由がないのです」

——以上です。（弁護人、腰を下ろす）

どよめきが広がる。池尻淳之介の死を語る牧村花音の声が、法廷の隅々まで、傍聴人の心の奥底まで染みわたっていく。

……………驚愕が広がる。驚愕が読者の心の奥底まで染みわたっていく。

第二部　毒をもって制す

1――（毒っ子倶楽部）

野間佳世がリリーの刷りだした資料を音高く閉じる。

「ミイラ取りがミイラじゃなくて、トロイの木馬がミイラになっちゃった感じかしら」

彼女は溜息まじりに吐き出す。「池尻淳之介でさえ、花音砲で撃沈」

「恐るべし、牧村花音。花音は大砲のカノンと同音語ね」

お良はなぜか涼しげな笑みを浮かべた。「彼女がひとたび足を開くと、すべての男がひれ伏してしまう。全然美人じゃないのに、あそこがとてもすばらしいらしい。ほとんど新興宗教の教祖様みたいなものね」

「お良さん、その言い方、すごく下品よ」

野間佳世が苦笑しながら言った。「法廷での花音の名器自慢、女のこっちが聞いてて恥ずかしくなるほどだったけど、それを目当てに傍聴する女性が多かった」

彼女はさりげなくミルクに目を移す。

「ミルクちゃんにはちょっと刺激が強すぎる裁判だったかな」

「別に何とも思ってませんよ」

ミルクは怒ったように丸めた資料をテーブルに叩きつける。「わたしには不満の残る結末です。結局、誰も花音を捕まえられなかったんだから。この資料で彼女に惑わされた四人の男たちの哀れな末路を読まされたというべきでしょうか」

「さて、花音はどうして捕まったのでしょう？」

リリーが醒めた声で言った。「その辺のことも、早急にまとめなくちゃいけないですね。池尻さん、つまり淳之介君のご家族の了解をとっていますので、シビアに暴いていきたいと思います」

喫茶店に重い沈黙が流れる。

2

その朝、等々力克代が発見したのは、息子の謙吾ではなく、その友人で彼女の依頼によって事件を調べているノンフィクション作家の池尻淳之介だった。

謙吾の死体ではないことに少し安堵して、それから息子がすでに死んでいることに思い至り、わたしは何を考えているのだと思った。息子のために尽力している恩人とも言える人に対して、ずいぶん非情というか、冷たいではないか。息子のために動いていなければ、池尻は命を落とすことは絶対になかったのに。

冷たい？

そう、触ってみないうちに死んでいるなんて考えること自体、おかしい。

いいえ、一目見て死んでいるとわかるもの。

どうして、こんなことを考えるのだろう。頭が正常な働きをしていない。なぜ？

頭を強く振って邪念をふり払う。そして、池尻の腕に触れてみた。脈はないし、温もりも感じられない。明らかに死んでいる。

それも状況が、息子の時と似ているのだ。息子は車の中、池尻は書斎の中。共通するのは練炭コンロ。密閉された空間で練炭が不完全燃焼を起こし、一酸化炭素を発生させる。それを吸った者は身動きがとれなくなり、命を落とす。

今、書斎の中の四つの練炭コンロには練炭の燃えかすが残っているだけだが、暑いくらいに室温が高い。それなのに、池尻の体は冷たい。これって、矛盾していると思わない？

なんか考えることが支離滅裂。

考えがうまくまとまらない。これはなぜ。部屋の中の一酸化炭素はすでに抜けているはず。抜けていなければ、発見者の彼女も命を落とすはずである。

わたし、死んでいない。でも、体がすごくだるい。

あれ、体が動かない。体が痺れている。ここから早く出なくてはならない。そして、このことを一刻も早く警察に通報しなくては……。それなのに。

3

池尻淳之介の死を警察に通報したのは、池尻の同業者である笹尾時彦だった。深夜の一時すぎ、池尻から不審な電話をもらった時はちょうど寝入ったばかりで寝ぼけた状態だったから、相手の話を真面目に聞いていなかったのだ。朝起きてから、池尻に電話を入れてみたが、応答がなかったことから、ようやく異変が起きていると悟った。

九時すぎ、恋人の高島百合子はベッドで寝ていたので、笹尾は直接豊島区内の池尻のマンションに駆けつけたのだ。マンションというより三階建てのこぎれいなアパートだ。オートロックではないので、そのまま池尻の部屋に向かった。

午前十時を少しすぎたところだ。玄関のドアは施錠されていないことがいやな予感を覚えさせた。ドアを開けて、呼びかけてみる。

「おい、池尻、いるのか？」

応答はなかった。「上がるぞ」とことわってから、笹尾は池尻の部屋を一つ一つのぞいてみた。だが、誰もいなかった。人の気配がまったくないのだ。トイレも浴室も全部調べたが、池尻はいない。

「留守か」

それにしても鍵を掛けないで出るなんて不用心すぎる。池尻の携帯電話にかけてみるが、相変わらず応答がなかった。仕方なく池尻の部屋を出ようと玄関のドアを開けようとした時、足元に鍵が落ちているのを見つけた。

拾い上げて、玄関の鍵穴に入れてみると、ぴたりと合った。池尻本人がかなり慌てて出ていったことが容易に想像できる。しかし、池尻がなぜ自分の鍵を持たず、新聞受けの穴から落としていったのか、違和感を覚えた。

笹尾はいったん自分のマンションにもどり、すでに起きていた高島百合子にそのことを話した。

「池尻さん、もしかして例の亡くなった友だちのところに行ったんじゃない？」

何かいやな予感がしてたまらなかった。中野区のどこかの駐車場に停められたレンタカー内で練炭自殺していたとされる男。

今年の二月か三月あたりの事件ということで、ネットで検索した末に、その友人が等々力謙吾という名前の男であることを知った。ライターもやっているのは池尻の話から聞いていたので、笹尾の知っている編集者仲間何人かに問い合わせたところ、やっとその住所を見つけた。

中野の駅を降りて、何もなければいいのだがと念じながら、等々力謙吾のマンションにどうにか辿り着く。すでに午前十一時に近かった。そこもオートロックがない古いマンションだったので、そのまま部屋まで上がった。

チャイムを押すが、応答はない。ドアを叩きながら、「等々力さん」と声をかける。等々力謙吾は死んでいるが、その家族がいると思ったからだ。それでも応答がないので、ドアノブをまわした。ここも池尻の部屋と同じく、施錠されておらず、ドアは内側からゆっくり開いてきた。

「等々力さん？」

応答はない。人の気配は感じられないが、玄関の靴ぬぎに男物のスニーカーと女物のパンプスが脱ぎ散らかしたかのように置いてあった。やはりこれは奇妙だ。

靴を脱いで、靴下のまま上がると、ひんやりとした感触が脳天まで上ってくる。五感をフル作動させて、部屋の様子を窺うが、物音はしないし、不審なにおいもない。ここには人の住んでいる気配さえないのだ。

手当たり次第にドアを開けて、何もないことを確かめながら、奥に進んでいく。何となくその部屋が問題であることがわかった。

おそらく八畳くらいの洋間だろう。ドアが少しだけ開いているが、軽くノックしてからドアを開ける。そして、ここが「密室」ではないことに気づいた。玄関のドアも開いていたので、もし殺人事件が起きたとしたら、容疑者の対象は無限に広がっていく。

一瞬の間にそんなことを考えながら中を見ると、部屋の中央に男女が折り重なるように倒れていた。恋人同士の心中に見えた。なぜなら、二人の死体を取り囲むように何かの宗教の儀式のように練炭コンロが四個、置かれていたからだ。

仰向けに倒れているのは池尻淳之介だった。その上に十字の形で覆いかぶさっているのは女だ。遅かったか。

一酸化炭素中毒による死――。

ああ、間に合わなかった。俺は何をやってるんだ。電話をもらった時、すぐに行動を起こしていれば、助けられたかもしれないのに。

一酸化炭素はある程度抜けてしまっているのだろう。だから、笹尾は自分の体に異変を感じることはなかった。それでも、危険なので、部屋のドアを大きく開け放った。

変死として警察に通報しようと思った時、上の女がぴくりと動いた。池尻は明らかに死んでいるが、女のほうはまだ息があるかもしれない。

「大丈夫ですか？」

と言って、女の両わきに手を入れて、体を起こした時、女が六十歳前後であるとわかった。この女、誰だ。

女が呻いて目を開ける。

「しっかりしてください」

「あ、ああ」と呻きながら、女は笹尾の手を突き放した。

「あなたは？」

女は両手で頭を押さえるばかりで何も答えなかった。

「間に合わなかったの。池尻君を救えなかった。わたしのせいで……」

頭を押さえていた両手で目を覆い、幼い子供のように泣きだした。「あなた、早く警察に電話して。ああ、わかっていたのに彼を事件に巻きこんでしまった。わたしの息子だけでなく、親友の池尻君まで犠牲になるなんて。ああ、みんな、わたしが悪いのよ」

ここの住人である等々力謙吾の母親だった。彼女の嗚咽が、等々力の書斎の中を漂い、重く沈澱《ちんでん》していった。

…………

4――(毒っ子倶楽部)

「結局、花音が捕まったのは殺人ではなくて詐欺のほうなのよね」

野間佳世が苦々《にがにが》しい表情を浮かべて言った。「その点では、花音は天才的な犯罪者だと思う」

「それまで殺人の証拠がないんです。全然残さなかった」

リリーが相槌を打つ。「そこがすごいところです」

「完璧なはずだったのに捕まったのはなぜだっけ?」

お良が聞いた。

「ほんとにつまらない詐欺で逮捕されたのよね」

と野間佳世が言う。「クラブのお客さんに結婚をちらつかせて、多額の金や高額の宝飾品をもらった。結婚を餌に金を取られたと恨んでる客は多かった。しかも、複数いるわけだから」

「それから、池尻淳之介君の死体のそばにあった練炭コンロの件です」

リリーが言った。「手口がそれまでの事件と共通していて胡散臭すぎるけど、殺人の証拠としてはやっぱり弱い」

「あの時はすぐ後に等々力謙吾の母親がやって来たのね」

野間佳世が言う。「等々力克代は朝早く息子の部屋に来て、息をしていない淳之介君を見つけた。いやな予感がしたんだって」

「その等々力克代も一酸化炭素が残留している部屋で倒れてしまった。もし彼女が巻き添えになって死んでいたら、息子の友人との無理心中みたいなことで処理されたのかしら。でも、不幸中の幸いというべきか、そこに笹尾時彦さんという淳之介君の友人が来て、倒れている二人を発見した。その頃には一酸化炭素は抜けていて、笹尾さんには影響がなかった。笹尾さんは警察と救急を呼んで事件が発覚したってわけ」

「リリーさんのテキストを一通り読んだけど、最後のほうの記述はリリーさんの想像も入ってるのかしら」

お良は興味津々といった顔つきだ。

「二割程度はフィクションというか、推理が入ってるけど、真相に近いと思ってます。池尻君の手記を基礎にしてるから」

リリーは澄ました顔で言う。

「淳之介君と花音のセックス場面というか、二人のからみは、あなたが書いたの？」

「ううん、それも淳之介君の文章です」

いつも冷静なリリーが珍しくうろたえる。「わたしが男女のからみをあんなに露骨に書けるわけないじゃないですか」

「それもそうね。でも、淳之介君の手記、よく残ってたわよね。犯人が消したんじゃないの」

「警察が調べたみたいだけど、パソコンには事件に関する資料は残されていなかった」

「じゃあ、どういうこと？」

「淳之介君の仕事部屋から一冊の本が見つかったんです。そこに、彼が調べていたことが細かく記されていました」

「その本とは、『水平線の男』？」

「いいえ、イギリスの本格推理黄金時代の作家にアントニイ・バークリーという人がいます。その人の『Not to Be Taken』という作品があって、ロンドンのペンギンブックスからペーパーバック版が出ているんですけど、そのノートブック版があるんです。外側は小説の装丁がしてあるのに、中はノートブックになっている趣向で、そこに淳之介君のレポートが書いてありました。手書きです。もともとは等々力謙吾の所有物だったのですが、それを淳之介君が使ったのだと思われます」

「よく見つけたわね」

「外見は普通の本ですから、誰もノートブックとは思わない。犯人も見逃してしまって、持ち去ることができなかったんです。しかも、その小説の日本版のタイトルが『服用禁止』。牧村花音はよく睡眠薬を飲ませる人だから、いかにも暗示的ですよね。それが彼のデスクに堂々と置かれていました。目立ちすぎて、逆に気づかれない。警察でさえ、気づかなかったほどです。それを見つけたのは淳之介君の友人で、彼が警察に知らせたのね。そのコピーがまわりまわってわたしのところに来たんです」

「古典的な隠し場所というか、結局、アナログのほうが見つからない」

そう言って考えこむお良に対して、野間佳世が訊ねる。

「ところで、お良さん。あなたは花音擁護派、それとも批判派？」

「うーん」と言って、お良は首を傾げる。「彼女は犯罪者だけど、憎めないところがあるからね。隠れ花音ファンって感じかしら」

「つまり、擁護派なのね」

「体型も似ているし、どっちかといえば、そうなるわね。彼女のやったことは悪いけど、彼女は肉親を思ってやった面があるから同情できる。わたし、色欲に目が眩んだばかな男たちには全然同情しない。そう思って花音に感情移入して裁判を傍聴している女性は多いんじゃないかしら」

「確かに、それは言える。わたしも花音の口から何が飛び出すか、はらはらというか期待しながら傍聴してるもの」

野間佳世は同意する。「それでさ、この辺で我々の立場を明らかにしておかない？」

「それ、どういう意味？」とお良。

「つまり、ここにいる毒っ子倶楽部の面々は、花音擁護派なのか、批判派なのかってことをはっきりさせておきたいの。これまでの流れからある程度はわかってるけど」

「だったら、野間さんから表明したらいいんじゃないの。とりまとめ役なんだから」

「まあ、それはそうだけど」

野間佳世は苦笑しながら言う。「わたしは、ええと、花音批判派かな。傍聴は最高におもしろいけど、彼女のやったことは、はっきり言ってクソよ。ごめん、汚い言葉を使っちゃって。次はお良さん」

「わたしは今言ったように、どちらかというと花音擁護派かな。愚かな女なんだけど、やってることは男に対する復讐みたいなものね。男のほうは自業自得って感じで、同情する余地はない。はい、次はミルクちゃん」

お良はミルクを見た。ミルクは三人の視線を受けて緊張気味に目をしばたたく。

「うーん、わたしはどっちかといえば擁護派ですかね。彼女は少なくとも役に立ってると思うもの。彼女がいなかったら……」

「裁判がおもしろくない？」

お良はミルクの顔を興味深そうにのぞきこむ。

「うん、まあ、今のわたしはないかな。いろいろな意味でずいぶん世話になってるから」

「世話になってる？」

「うん、彼女を見ることで、生きる力をもらったというか」

ミルクは言いにくそうだった。

「それって、他山の石みたいな意味かしら？」

リリーが興味深そうに聞いた。「まあ、自分には関係ないというのがあるからね。自分はああはならないという……」

「そういうリリーちゃんは？」

「わたしは批判派というより否定派かな。あの女は最悪よ。ひっかかる男もばかだけど、ひっかけるほうも人間のクズ。でもね、資料を調べたり、淳之介君の手記を読んだりして、いろいろまとめてみると、とにかくおもしろい。彼女を取り巻くどろどろとした人間模様というか、そっちのほうがね。それに……」

リリーが言葉を途切らせた。

「何か気づいたことがあるの？」と野間佳世。

「というか、彼女の頭だけではこの犯罪ができないんじゃないかという気もするんです。証拠を残さないで自分に関わった男を消していくなんて芸当をね」

「それって、真犯人が別にいるってこと？」

野間佳世が聞いた。

「いるかもしれない。彼女が逮捕されたのは、殺人のほうではなくて詐欺のほうでしょ。殺人のほうは状況証拠だけなのに、詐欺のほうは証拠がいっぱい出てくる。彼女の真の姿は、むしろずぼらな人間じゃないかなと。警察は別件で彼女を逮捕して、それから殺人容疑に切り換えるつもりだったけど、殺人に関しては花音の口が固くて自供を引き出せなかった」

「淳之介君の現場にあった練炭コンロからわかったことは？」

「花音がそれを買ったという証拠はないんです。近くのホームセンターで不審な買物をしている人物が監視カメラに残ってたけど、あれはサングラスとマスクをした男だし」

「じゃあ、そいつが犯人なの？　花音は罪を被せられたってわけ？　飛躍しすぎな気がするんだけど」

野間佳世は詰問するようにリリーに迫る。

「うーん、それはわかりません。ずっと前にも似たような格好をした人物が監視カメラに記録されているんだけど、どうやら男女四人の集団自殺の一人だったらしい。その他にも、実際にバーベキュー用に買う人もいっぱいいるみたいだし」

「じゃあ、誰が犯人なの？」

「さあ」

リリーは首をひねる。「冤罪《えんざい》じゃないかって考えがふっと頭をよぎっただけなんです。冤罪だったら、また裁判がおもしろくなるって、ちょっとした思いつき。希望的なものもありますね。わたし、ミステリー好きだから」

そこで、お良が手を挙げた。

「あと、わたし、ずっと気になってるんだけど、淳之介君の手記に出てくる栗栖汀子という恋人って、結局どうしてるの。花音と同じマンションの803号室に住んでると書いてあったよね」

「あの手記にあった803号室には、栗栖なる人物は存在しないようです」とリリー。

「あなた、あの部屋を調べてみたの？」

野間佳世が聞くと、リリーは首を左右に振った。

「調べてみたんですけど、よくわからないんです。803号室の両隣の部屋の人に聞いたら、林《リン》という中国の人が借りていて、中国からの観光客にホテル代わりに使わせているんじゃないかと言ってました」

「いわゆる民泊というやつね？　それ、無認可かもしれない」

「一週間、長い人は数カ月借りることもあったようで、謎の『栗栖汀子』が短期間借りていた可能性はあります。管理人に聞いたら、渋い顔をして個人情報は教えられないと言ってましたけど、たぶん民泊の件は黙認してたんじゃないかとわたしは見ています」

「身分証明する必要がないから、怪しい人には好都合かも」

野間佳世が言った。「お金さえちゃんと払っておけば詮索されないってことよね」

「もちろん、警察もその辺のことは把握していると思いますよ。わたしとしては、胡散臭いけど、花音には関係ないのではないかという判断です。それに……」

「他にわかったの？」

「栗栖汀子自体、淳之介君の創作の可能性もあります。警察にもあの手記はわたっているわけだけど、手記の信憑性《しんぴょうせい》に問題があると思われてるのはそこなんです。淳之介君は恋愛を創作することで、読者受けするようにフィクション仕立てにしたかったんじゃないかと推理するんです。それこそ、トミーとタペンスみたいな感じで」

「トミーとタペンスって、何？」とお良。

「アガサ・クリスティーの作品に出てくる探偵のキャラクター。『秘密機関』とか『NかMか』、『親指のうずき』、『運命の裏木戸』の四つの長編に出てくる。他に『おしどり探偵』という短編集もあるんです」

「さすが、リリーさん。ミステリーにはくわしい」

「その辺は常識みたいなものです」

リリーは照れ気味に頭をかく。「レポートの中にも書かれてるけど、あきらかにクリスティーを意識したネーミング。仮名とはいえ、栗栖汀子の存在自体が嘘臭いでしょ？」

「まあ、確かにそれは言える」

野間佳世がうなずいた。「それがあの手記がおもしろいと同時に信用できないところなのよね。淳之介君が等々力謙吾の部屋で花音と対決する場面があるけど、あれはリリーちゃんの創作でしょ？」

「あの流れでいったら、そうなるんじゃないかということで、ある程度想像をまじえながら書きました。でも、わたしはあれが九割方正しいと思ってます」

リリーは自信に満ちた声で言った。「栗栖汀子に関しては、念のために、花音が参加した婚活イベントの会社に問い合わせをしてみました。案の定、栗栖汀子という名前の登録はないそうです。イベント会社は、健康保険証や免許証などの身分を証明するものの提示を義務づけていないんです」

「仮名でも参加可能なのね？」

「もちろん。自由に交際してもらうのが会の趣旨なので、いろいろ縛りを入れると参加者が減ってしまう。会社としてはもうけなくてはいけないですからね」

「極端な話、無職の人がＩＴ会社の社長として参加してもかまわないのよね」

「参加費を払えば、相手の申告した通りの名前と職業で参加できます。ちなみに、花音と等々力謙吾さんたちが参加した会は、女性三千円、男性八千円が会費です」

「ふうん。詐欺師がまぎれこんでもわからない」

「そう。ネットの情報だと、宗教に勧誘したり、高額な品物を買わせたりする不心得な者もまぎれているみたいです。みなさんがもしそういうところに行くようなら、注意してくださいね」

リリーはお良を見ながら言った。

「大丈夫。わたしはそういったことに興味はない。とっくに女を卒業しているから」

お良は苦笑する。

「中高年のための会もあるのよ。バツイチとか配偶者と死別した人も参加できるの」

野間佳世が言うと、お良は勘弁してほしいとばかりに首を左右に振った。

「何度も言いますけど、淳之介君はおもしろくするためにかなりの創作を加えたとわたしは推測してます」

リリーは持論をさらに展開する。「彼は最終的にあれをまとめて本にするつもりだったんです。ノンフィクションとフィクションの中間くらいの感じで」

「淳之介君の手記にさらに手を加えてわたしたちを楽しませてくれるのがリリーちゃんなのよね。あなたも相当な書き手よね。裁判の場面も入れてるわけだから」

「野間さん、それはほめすぎです。淳之介君の手記があってこそのもので、わたしは最後に想像を交えて補足的に付け加えているだけですから」

「いや、大げさではなく、あなたの才能を感じる。ノンフィクション作家といってもいいくらい」

リリーは右手を左右に振って、「調子に乗るからやめてください」と言った。

「わたし、結末編を楽しみにしてます」とミルク。

「わたしも期待してる」

お良が真剣な顔をして言った。

「ほんとにもう。プレッシャーになるから、やめてください」

リリーは両手を上げて、静粛を求める。「でね、わたし、淳之介君の手記をまとめているうちに、もしかして重大な何かを見すごしているんじゃないかと思ったんです」

「違和感みたいなもの？」と野間佳世。

「今日、家に帰って、調べものをします。それで何かわかるかもしれない。わたしの思いすごしの可能性が高いと思うけど、勘が当たっている可能性もなきにしもあらずだし。万一そうだったら、花音が無実の罪で裁判にかけられていることが証明できるんです」

「冤罪ねえ」

野間佳世は疑わしげに言う。「それ、次に会う時までにはっきりするの？」

「たぶん、わかると思います」

リリーはやや自信なげにうなずく。「できるだけ早く整理して、みんなに見せられるようにします。花音の人間関係が明らかになるような資料をある場所から送ってもらう手はずになっていて、たぶん今日あたり、わたしのところに届くんです」

「それ、本当だったら、すごく楽しみね」

お良が期待を込めた目でリリーを見る。

「わたしも楽しみです」

ミルクが応じたところで、野間佳世が「話は尽きないようだけど、ご一同」と改まった声で呼びかけた。「今日はこれで解散します。次の公判でお会いしましょう。リリーちゃんの報告を楽しみにしています」

野間佳世が閉会の宣言をした。

5――（ミルク）

喫茶店の前で四人は解散した。

帰る方向はばらばらだ。通りを北へ向かう者、南へ向かう者、横断歩道を渡る者、その場でスマホを取り出してメールのチェックをする者。

ミルクは家路を急いだ。母親より先に帰って、夕食の準備をしなくてはならなかったのだ。あんな裁判、最初は見たくもなかったのに、いつの間にか引きこまれてしまった。悔しいが、テレビの法廷ドラマを見るよりドラマチックでおもしろい。中毒性があるのだ。

第一回の公判にはかなりの傍聴希望者が並んでいたので、抽選に当たるとは思っていなかったが、運よく傍聴券を引き当てた。あの時、抽選にはずれていたら、それ以後の傍聴はしなかったかもしれない。

第一回の公判が終わり、興奮してぼうっとしている時、五十代の女が声をかけてきた。

それが野間佳世だ。

「あなた、裁判が好きでしょ？」

「ええ、まあ」と曖昧に返事をしているうちに、「どう、わたしたちの会に加わってみない？　おもしろいわよ」と誘われたのだ。

よくわからないでいると、そこに二人の女が近づいてきた。一人は知り合いで、もう一人はミルクと同年齢くらいだった。ミルクと同年代の女は、最初に声をかけてきた女と知り合いのように見える。

「わたし、野間佳世と言います。裁判の傍聴が趣味で、同好の者同士で裁判の感想を述べ合う会を作れないかなってずっと思ってたのね。女性四人くらいで気楽にわいわいがやがやって感じの会を考えているんだけど、どうかしら？」

初めて会うのに、ずいぶんなれなれしい言い方をする。「もしよかったら、みなさん、すぐ近くの喫茶店で話してみない？　無理にとは言いませんが」

そんなわけで、ミルクは断る暇もなく、だらだらと三人の女のあとについていった。それが「毒っ子倶楽部」のできた経緯である。似たような集まりが複数あるようで、法律を学ぶ学生だけのグループ、高齢男性だけのグループ、職業不詳の裁判マニアの集まりなど、同じ喫茶店を溜まり場にして、わいわいやっている。

しかし、毒っ子倶楽部ほど裁判の中身を専門的に論じるところはないかもしれない。気楽な集まりだが、押さえるべきところは押さえる。そうした集まりだった。

もちろん、参加している者は本名を明かすかどうかは自由で、仮名や綽名《あだな》でもＯＫのゆるい集まりなのがよかった。

発起人の「野間佳世」は仮名みたいだが、実は本名じゃないかとミルクは思う。年齢は野間佳世とお良が五十代。リリーが三十歳前後、その少し下、二十代後半のミルク。何回か集まるうちに、性格は四人とも全然違うが、殺人事件の傍聴者の集まりとしては、うまく機能しているというのが会員の総意だ。

どこの誰とも知らない者同士だが、牧村花音の裁判を傍聴するという一点で共通しているのだ。

ミルクは今日の裁判の内容を反芻しながら、駅のほうにゆっくり歩いていく。裁判はあと何回くらいで結審《けっしん》するのだろう。早く終わらせて、判決を出してほしい。裁判員裁判なので、おそらく求刑通り死刑になるだろうというのがもっぱらの噂だった。

駅の構内に入り、トイレに向かおうとした時、ふと誰かの視線を感じた。わたしを誰かが見ている?

誰が、何のために?

さりげなくふり返るが、不審な行動をとる者はいない。裁判の傍聴に来ている者の中には被告人の関係者がまぎれこんでいたりする。あるいは被告人に恨みを抱いている人物がいるかもしれない。そうした者の誰かが、喫茶店で裁判をネタにして騒いでいる傍聴マニアにいい印象を持っているとは考えにくい。むしろ、他人の不幸を喜ぶ人間のクズくらいに思っているかもしれない。そうした連中に逆恨みされて、つけ狙われるとしたら……。

まさか。

今までそんなことはなかった。まったくなかったと断定はできないが、少なくとも彼女はなかったと感じている。

しかし、彼女は常に最悪の場面を想定していた。ストーカーのような変質者から身を守るため、変装の道具はいつも持ち歩いているのだ。それで、トイレで着替えれば、相手を攪乱《かくらん》することはできるはずだ。

だから、彼女は駅のトイレに入った。

6――（栗栖汀子）

駅を出ると、西日がまぶしかった。

サングラスを通しても、四月の光は痛いほど目に突き刺さってくる。マスクから漏れる吐気がサングラスの内側を湿気で曇らせても、彼女は目を細めて駅前の雑踏を見た。

誰かが彼女を見ている。視線恐怖症かな。

いつも通りかかるスーパーマーケットは、買い物客で混んでいた。その中にまぎれこみ、サングラスをさりげなくはずし、迷路のような店の中、人波を巧みに避けながら歩く。カゴにトマトとレタス、キュウリ、惣菜の揚げ物を入れ、精算をすませる。

店から出ると、レジ袋を下げたＯＬ風。会社帰りにスーパーに寄ったといった感じが出せていると思う。

歩きすぎて足が痛いので、足を少し引きずりながら家路を急ぐ。

「栗栖汀子」

と声を出してみる。アガサ・クリスティーの熱狂的なファンがつけたような名前だ。自然に顔がほころんできて、笑い声が漏れてきた。抑えきれないエネルギーが彼女の口から噴出し、全身が震えた。塾に向かうとおぼしき十歳くらいの少年が、彼女とすれちがった時、胡散臭い目で彼女を見た。

彼女は怖い顔をして、わざと少年をにらみつける。

一目散に駅のほうへ向かう少年の反応がおもしろくて、また笑いが込み上げてくる。腹の底から横隔膜を震わせるような大きな笑いが。

7——(お良)

お良は彼女のあとを追っている。

だが、まさか自分が尾行されているとは夢にも思わず、いきなり肩を叩かれた時は体が飛び上がるほど驚いた。「わわっ」と叫び、体のバランスを崩しそうになったが、背後から強い力で支えられ、転倒を免れた。

「おっと、あんたらしくないな」

「誰?」

胸がどきどきしている。

「私だよ、私」

彼女は思いがけない人物を見て、驚いた。

「裁判長」

と思わず声が出る。

「あんたには何年の刑を言いわたしたっけ？」

「忘れた。思い出したくもない」

お良は彼からの粘りつくような視線をはずした。そうしてしまった原因の一端は自分にあると認識してはいる。

「ずいぶん無責任な言い方だな。法廷ではちょくちょく見ているよ。あんたたち、変な四人組だな。悪趣味というか、笑う気にもならないけど」

と言いながら、男は笑った。かすかに侮蔑《ぶべつ》をこめたような笑い。返す言葉もなかった。みんな、わたしが悪いんだから。よけいなことを言うと、いやみが倍になって返ってきそうなので、彼女は黙って相手の出方を見守った。

「どこへ行くの？」

「あの子の行くところ」

そう言って、前を向くと、お良が追っている者の姿は見えなくなっていた。

「くそっ」

「おっと、汚い言葉を使うんだね」

男はお良の顔をのぞきこむ。

「何が言いたいの？」

ぶっきらぼうに言う。二人は通りを並んで歩く。再び前方に目をやると、彼女が追っていた女が通行人の中に見えた。通行人の陰に入って一時的に見失っていたようだ。

「あの女を追ってるんだな？」

図星だが、明確な返事をしない。「花音に関係があるんだろう？」

彼は容赦がない。

「返事がないところをみると、図星だな。わかりやすいよ、あんた」

「なれなれしくしないでよ」

「ほう、あんたの口からそんな言葉が出るとは」

「大きなお世話よ」

「夫を殺した罪で懲役二十年が妥当か。あんたの責任大だな」

「あの人は勝手に死んだの」

「でも、判決は守ってもらわないと」

お良はばかばかしい話に付き合いきれなくなって、彼を振り切ろうとした。

「おい、待つんだ」

8――(笹尾時彦)

「クリスティー」

そんな言葉が聞こえたような気がして、笹尾時彦は驚いた。彼が追っている女が独り言にしては大きな声で言い、すれちがう少年に邪悪な笑みを浮かべるのを見て、笹尾の背筋を冷たいものが走る。彼女は駅のトイレで変装したが、その歩き方は隠しきれず、彼はすぐに見破った。そして、そのまま駅前の商店街までついてきたのだ。

日本全国、シャッター街が多いというのに、ここは今でも昔ながらの古びた商店が軒を連ね、活気がある。通行人の数も多いので、尾行していても見破られる心配はなかった。

あれが池尻淳之介の恋人か。この世に実在したのだ。

あの女が池尻の手記のような女だと知ると、怒りが湧いてきた。なぜあいつは池尻の死に無関心なのだ。池尻の書いたものが創作なら別だが、男女の仲にあったのだとしたら、何らかの反応があってしかるべきだ。

女がマンションに入る。オートロック式なので、追跡するのはここまでだが、一つのことはわかった。ちょうど中からお稽古バッグを持った小学校低学年の女の子が駆けてきて、彼女とすれちがった時、何か声をかけられた。少女がぎょっとした顔でふり返る。にやっと笑う栗栖汀子。

マンションの受付には「巡回中」の札が立てかけてあるが、監視のカメラはまわっているだろう。でも、今だけだ。かまうものか。

笹尾は少女に「何て言われたの？」と聞いてみた。

「知らないおじさんと話しちゃだめってママに言われてるの」

女の子は笹尾の顔を見て、恐怖の表情を浮かべたまま全速力で駅のほうに駆けていった。マンションの中から女の子の母親らしき若い女が現れて、「みゆちゃん、待って」と言いながら追いかけていく。笹尾は自動ドアが閉じる寸前、マンションの中に入った。二台あるエレベーターのうち一方は上昇しているところだったが、八階で止まった。

9――（リリー）

リリーはマンションのエントランスに入る時、ガラスに映った人影に気づいた。やっぱり尾行されていたのだ。駅を出る時からずっと違和感を覚えていた。一人、それとも複数？　確認できないうちに、マンションの中から小学校低学年くらいの少年が出てきて、自動ドアが開いた。管理人室の奥には誰もいない。たぶん巡回中なのだろう。

認証ボックスにキーを差しこまずにすんだが、尾行者もそのまま入ってくるおそれがあるので、わざと時間をかけてゆっくりマンションの中に入った。背後で自動ドアが閉じるのを確認してから、郵便ボックスをチェックする。速達の封筒が一通、電気料金の通知が一枚。素早く取り出してエレベーターに向かう。

エレベーターの中からさっきの少年の母親らしき女が飛び出してきて、慌ただしく玄関へ走っていく。リリーはエレベーターに入り、すぐに降りる階の番号と「閉」のボタンを押す。

エレベーターを降りて、警戒しながら自室に向かう。ドアを開け、左右を確認してから素早く中に入る。用心はしすぎることはない。

待ちきれない思いで、届いたばかりの封筒に鋏《はさみ》を入れ、中身を取り出す。山形の新庄にいる花音の友人から、昔のアルバムなどを送ってもらったのだ。

「やっぱり」

過去の写真を見ることで複雑な人間関係が明らかになった。メールで画像を送ってほしいと書いたが、相手は量が多いので直接郵送すると連絡してきたのだ。「パソコンにくわしくなくて、添付の仕方がよくわからないのです」とコメントが記してあった。

リリーは資料をパソコンに取りこむと、すぐに原稿の仕上げにかかった。

もうすぐできあがる。時計を見ると、午後五時半をすぎたばかりだ。七時に等々力謙吾の母、克代が来ることになっていた。それまでには余裕で完成するはずだ。

作業に夢中でとりかかっていたので、時間の感覚が失せていた。ピンポンとチャイムが鳴ったのは、原稿がほぼ仕上がる時だった。

「通話」のボタンを押すと、相手の顔がモニターに映った。

「ごめん、来ちゃったわ。話したいことがあるので、開けてくれない？　誰にも言えない秘密なの」

見覚えのある女の顔が画面に大写しになっている。今にも泣きそうな顔。

「お願い」

「いいわ。わかった」

リリーは警戒気味にマンション入口の「開錠」のボタンを押した。

「やっぱり来たか」

10――（等々力克代）

等々力克代がリリーのマンションに着いたのは、約束の時間より三十分ほど遅れていた。息子のマンションにもどり、調べものをしているうちによけいな時間がたってしまったのだ。遅れることを電話で伝えようとしたが、応答がない。仕方なく、メールで遅れる旨を伝えて、急いでやって来たのだ。

エントランスのインタホンで呼び出してみるが、応答はなかった。住人が開錠しなければ中に入れないので、携帯から電話をしてみた。それでも応答はない。


不審に思ったのか、初老の管理人が顔を出して、「どうかしましたか？」と聞いてきたので、彼女は約束しているのに相手が出ないことを告げた。

「ああ、あの人なら、さっき病院に向かいましたよ。気分が悪いとか言って」

「一人で？」

「いや、若い男の人に支えられて。別に女の人も付き添ってたから、たぶん大丈夫だと思いますがね」

「病院名は言ってませんでしたか？」

「いや、聞いてませんけどね。付き添いの女性がタクシーを呼んで時間外診察に向かうとか話してました」

「女の人はどんな感じの人でしたか？」

「年齢はあなたぐらいかな。感じのよさそうな人でした。私はこれで今日の業務終了なので……」

管理人はすまなそうな顔をしながら、管理人室のカーテンを閉じた。

克代は途方に暮れたが、背後から入ってきた住人らしき男性とともにマンションの中に入った。念のため、リリーの部屋まで行って確認しておかないと。

ドアの鍵は掛かっていなかった。ずいぶん不用心だ。マンションはオートロック式で外部からは入れないとはいえ、住人の出入りに合わせれば、建物内に入れないことはない。

「入るわよ」と一応声をかけておくが、応答はなかった。

新たな手がかりを得て、花音の冤罪を証明するとリリーが公言したことで、彼女の存在を疎《うと》ましく思う者がいる。彼女はそうした者に拉致《らち》されたのだ。

わかりきったことだ。意図的に仕掛けた罠だが、この展開はまずいかもしれない。

克代は笹尾時彦にメールを送った。

「リリーが捕まった」と。どこに行ったのか、彼女には想像できた。あそこだ。

11――（笹尾時彦）

笹尾時彦は今八階にいた。追跡した女が降りた階だが、どの部屋に彼女が入ったのかはわからない。部屋数は十室くらい。番号順に表札を確認していく。
８１０、田沼《たぬま》。８０９、水村《みずむら》。８０８は空白。８０７、繁田《しげた》。８０６も空白。
８０５、手書きで「大田原」。これって、偶然？
８０４、同じく手書きで「滝沢」。おいおい、これ、嘘だろう。
８０３、手書きで「等々力」。８０２、手書きで「池尻」。８０１、手書きで「牧村」。
何だよ、これ。牧村花音に関係する人物の名前が書かれた紙が貼られているのだ。すべて手書きだ。ふざけているのか。しかも、すべてが本来のネームプレートの上に貼りつけてある。

試しに８０３号室の「等々力」の名前を剝がすと「林」、８０２号室の「池尻」の紙を剝がすと、下から「里見《さとみ》」が出てきた。８０１号室の「牧村」の下は空白だった。貼り紙の下にあるのが本当の名前なのだろう。誰かが故意にこんなことをしているのだ。誰かを攪乱するために、あるいは誰かを愚弄《ぐろう》するために手の込んだ悪戯《いたずら》を仕掛けているのだ。いや、悪戯というより、警告なのかもしれない。

誰？　誰に対して？

牧村花音を調べる誰か。それは、つまりこの僕のことか。

まさか。ここにこうして来ることは誰もわからないはずだ。直前に知らされているのでなければ。

その時、胸ポケットから振動音が伝わってきた。スマホをすぐに取り出し、受信メールを確認する。等々力克代からの「リリーが捕まった」という短いメール。

そして、タイミングを合わせたかのように、すぐ近くの部屋から錠をはずすような音が聞こえてきた。まずい。隠れる場所がない。

笹尾はとっさに突き当たりのドアに向かった。そこは非常口の緑色のマークがついているので、施錠されていないはずだ。

それなのに、ドアはびくともしなかった。万事休す。ドアに目を向けたまま、ふり返らなかった。見つけられて騒がれたらおしまいだ。

背後でドアが開く音がして、油が切れて車が軋《きし》むような音がした。街中でよく見かける老人がカートを転がす音かもしれない。たぶん８０３号室だ。鍵が掛かる音。それから、軋む音は低くなり、次第に遠ざかっていく。

しばらくしてエレベーターが開閉する音。その間、生きた心地がしなかった。八階に静寂が訪れた時、笹尾はようやくふり返った。

すぐ目の前に若い男が立っていた。にらめっこができるほど間近に不精髭を生やした恰幅《かっぷく》のいい男の顔がある。笹尾は驚きのあまり、背後に飛んで体のバランスを崩しそうになった。

「何だよ、あんた。驚いたのはこっちさ」

男が憤然として言った。「俺の部屋の前で不審人物がうろうろしてるんだからな。それに何だよ、これ。あんたがやったのか？」

男は表札を指差した。801号室の表札の上に貼られた紙には「牧村」と書いてある。

男がそれを剝がそうとした時、笹尾はようやく我に返った。

「牧村さんを訪ねてきたんです。そしたら、こんな貼り紙があったから、変だなあと思って。牧村さんはここではないですよね」

慌てているわりにましな言い訳が口から出てくる。

「牧村さんなら十階だよ。ほら、例の有名な牧村花音の部屋さ。金持ちしか住めないところに今は妹だけが住んでいるらしい」

「すみません。勘違いしてました」

信じてくれたかどうかわからないが、笹尾は一礼して、足早にその場を去った。

エレベーターに隣接する階段で十階まで駆け上がる。汗でシャツが肌に張りついている。今になって、緊張が解けて、足ががたがたと震えだした。動揺を抑えろと心に念じる。取材の仕事で事件現場をちょくちょく訪ねているが、これまで危険な目に遭ったことはなかった。こんなに動揺するのは、経験不足から来るものだろうか。そうだとすれば、ノンフィクション作家失格だな。

十階、1005号室――。牧村花音の部屋。いや、今でもその妹が住んでいるらしい部屋がある。そこは禁断の階。呼吸が正常にもどるのを確認した後、階段からエレベーターのほうを窺ってみると……。

エレベーターの扉の開く音がした。

12――（裁判長）

裁判長は、自分の判断に自信を持っている。

彼は苦労人だった。大学在学中から司法試験には何度も落ちるという辛酸《しんさん》をなめたが、そこからしぶとく頑張り抜き、ここまで勝ち上がってきたのだ。

たゆまぬ勉強の成果というべきか、彼の頭には膨大な法律の知識が詰めこまれ、それを駆使して、これまで何度も判決を言いわたしてきた。彼の力は絶大だ。ひとたび彼が判決を下せば、たとえ不満を持っている者であっても反論はしなかった。それが裁判長の発する威厳というものなのだ。

彼の全身には、「俺が法律だ」といった自信がオーラのように取り巻いている。実際、法律に強いが、腕っぷしも強い。子供の頃、彼は粗暴だった。学校でも手を焼く問題児だったと自分でも認識している。クラスの全員を黙らせるほどの悪い子供だったとも思う。家族も腫れ物にさわるように彼に接していた。

しかし、彼の努力の結果、家族も今では彼の実力に納得している。今がよければ、過去の行ないは許されると思っていた。

牧村花音に下した判決は、無期懲役。それが妥当だと思っている。死刑になってしまっては、本人が意気消沈してしまい、かえって逆効果。無期懲役なら、死ぬまで反省することができるのだ。牧村花音は、死ぬまで罪を償えばいい。

当然のことながら、彼は牧村花音裁判をすべて見ている。検察側や弁護側の人間、裁判員裁判に関わる複数の裁判員たち、書記、新聞やテレビなどマスコミ関係者、一般の傍聴人……。それらの者たちの公判中の仕草、表情、感情の動き、法廷の空気までしっかり把握し、頭の中に記録している。彼は博覧強記にして記憶力にすぐれた人間だった。

もちろん、その中心にいる被告人の牧村花音の様子もつぶさに観察していた。新聞や雑誌が花音の生い立ちから逮捕されるまでの経緯を興味本位で煽情的《せんじょうてき》に書き立てているが、そうした記事にもほとんど目を通している。インターネットで検索することもあるし、SNSもできるだけ細かくチェックしていた。

牧村花音は愚かな女だ。弁護人におだてられて、よけいなことを口にする。死刑を免れようとする弁護側の作戦だが、弁護人の操り人形のような被告人は、痛すぎて見ていられないほどだ。ことさらに胸を強調するような服を着たり、誰それのセックスは下手だとか、自分は男を喜ばせる術を知っているなどと恥ずかしげもなく語る女。

花音が入廷する時、退廷する時、彼女は裁判長と視線を交わす。その時の花音は感情のない目をしていた。死んだ魚のような目。

そんな彼女だが、その家族にとっては金を産むニワトリのような存在だった。あの女の家族はその恩恵に与《あずか》っていたのも紛れもない事実なのである。

裁判長は独り者だった。独善的で気むずかしい彼に近づく女は少なかった。近づいても、すぐに去っていく。DVと訴えられる寸前で彼はやめる方法を知っているのだ。

「俺が法律だ」

彼はたまに自宅の洗面所の鏡に向かって言うことがあった。そんなふうに自信を持っていなければ、的確な判決など下せるわけがないのだ。

「俺の力は絶大である」

判決に臨む日、洗面所の前で声を出す。彼はネクタイをきつく締め、口を真一文字に結ぶ。それから、頬を両手でぴしゃりと叩く。こうして緊張感が彼の内部に送りこまれる。よし、これから判決を言い渡すのだ。

13――（高島百合子）

普通、法廷は誰でも自由に傍聴できる。裁判所の受付にある台帳のようなリストを見れば、その日、何番の法廷でどういう事件の裁判が行なわれているのか誰にもわかるようになっている。傍聴人は自分の見たい法廷を選び、自由に入ることができる。

ドアは施錠されていないので、つまらなければ、途中で退出することも可能だ。また席に余裕があれば、途中で入室することも可能だ。実際、抽選に当たらなければ入れないような人気の裁判と、靴を一足盗んだだけのつまらない窃盗犯の裁判が同時に開かれていたりする。裁判所はある意味、殺人のような重大事件から軽微な窃盗や詐欺のようなものまでを同時に公開する犯罪審理のデパートのようなものだった。

ノンフィクション作家の高島百合子は緊張していた。この異常な裁判に呼び出されているからだ。こんなことは人生で初めての経験なので、どのように対応したらいいのかわからなかった。そして、今……。

――それで、どうなんですか？

質問するのはいけすかない感じの男だ。年齢は不詳。度の強い眼鏡の奥から神経質そうな目が彼女を凝視している。

「どうって？」

自分の声が裏返っていることを意識する。極度に緊張している証拠だ。

――だから、牧村花音が冤罪である可能性ですよ。

「彼女は冤罪じゃないかとふと思ったのです」

――ほほう、それで？

「直接的な証拠がないんです。全部状況証拠なんです。検察側は詐欺で捕まえておいて、殺人に切り換えるなんて卑怯だと思います」

――彼女はかぎりなく怪しいから、仕方がないんじゃないですか？

「怪しいだけではだめなんです」

――では、どうすればいいと？

「だから、わたしは裁判を傍聴することにしました。牧村花音がどういう人物なのか知りたかったのです。生で見てみないと、真の人物像はつかめませんからね。マスコミの煽情的な文章ばかり読んでいると、変な予備知識がつきすぎて、真相に煙幕が張られるような感じになって、花音の真の姿がぼやけてしまいます。あんな女がどうしてとか、女性蔑視も甚《はなは》だしい文章が紙面を飾っているんですからね」

――傍聴希望者が多かったからたいへんでしたね？

「もちろん、抽選です。最初そこではずれてたら、この裁判にこんなにのめりこんでいなかったかもしれません」

――当たったんですか？

「とても低い確率だったと思いますが、運よく当たりました。ちゃんと調べてくれという神の意志だったのかもしれません」

――ほう、神様も気まぐれなことをしますね。

「傍聴している時、事件の関係者と知り合いました」

――ほう、それは誰ですか？

「等々力謙吾さんの母親の克代さんです。等々力さんは花音による三番目の被害者で、克代さんはマスコミから関係者として傍聴に便宜をはかってもらっていました」

――傍聴した遺族は他にいましたか？

「池尻淳之介さんの母親はいましたが、嘆きようが半端《はんぱ》じゃなくて、とても話を聞けるような状況ではありませんでした。だから、わたしは等々力克代さんに接近することにしたのです」

――彼女も花音が冤罪だと思っていましたか？

「いいえ、等々力克代さんは花音を息子殺しの犯人と見ていました。だから、判決まで裁判を見届けたかったのだと思います。彼女は自分の息子を殺した犯人を探すために、池尻淳之介さんを引きずりこんでしまったことに対して責任を感じていたので、よけいに花音に憎しみを抱いていました」

——また聞くことがあると思いますが、今はこれで終わります。

14——（牧村涼子）

——あなたの名前を言ってください。

「牧村涼子です」

——被告人との関係は？

「あんたは知ってるんじゃないの？」

——形式的なことです。あなたは質問されたことだけに答えてください。

「牧村花音の母親です」

——あなたは牧村家を出奔しましたね？

「はい。親として恥ずべきことだと思いますが、家を出ました」

——その理由は？

（沈黙がつづく）

——どうしましたか。理由を言ってください。

「言っていいのですか？」

――かまいません。どうぞ。

「家に居場所がなく、生きる希望がなくなったからです」

――それは表向きの理由ですね。本当は好きな人ができたんじゃないですか？

「違います。DV、つまり家庭内暴力がひどくなりました。それにモラハラもね。わたしは耐えられなくなって家を出たんです」

――ほう。それで無責任にも家庭を投げだした。子供たちを置いてね。

「やむをえませんでした。わたしは命が惜しいですから」

――結果的に、あなたは被告人に家族の世話を丸投げした。被告人には同情すべき点があると思いませんか？

「もちろん、思います。わたしは鬼ではありませんから」

――被告人は上京し、自分のため以上に家族のために働かざるをえませんでした。そのことはわかっていますか？

「今ならわかります」

――二十歳そこそこの若い女性が手っ取り早く稼ぐ方法といったら何を思いつきますか？

「自分の体を……」

――そう、自分の体を売ることですね。そういう意味では、被告人は責められません。彼女は客から金をもらって、自分の体を差し出したこともある。結婚をちらつかせて金をもらったということで詐欺として立件されましたが、彼女はそれでマンションを購入したり、生活費にあてたりしましたよね。

「そう、家族のためです」

――それにはあなたも含まれますか？

「花音に一緒に住まないかと声をかけられました」

――あなたの居場所がよくわかりましたね。

「自分の身内のことだったら、移転通知などを調べればすぐにわかりますよ」

――なるほど。それであなたは被告人のマンションに住むようになった。

「花音と留美がいますから。わたしは留美の世話係にもなったんです」

――他にも役割がありましたよね。

「ここで話しちゃっていいのかしら？」

――かまいませんよ。どうぞ。

「大田原源造さんの世話役です」

――ということは、つまり、大田原源造の家に通っていた年配の女性はあなただったのですね？

「はい、家政婦みたいなものですが」

――ここでいったん終わります。

15——（牧村留美）

（電動車椅子の静かな走行音がする。マスクにサングラスの女性、登場）

——では、次の証人に行きましょう。お名前は？

「牧村留美です」

——サングラスとマスクをはずしませんか？

「いいえ。このままでかまいません」

——いや、やっぱり顔が見えないとよくないんじゃないですかね。この場では。

「目が炎症を起こすのです。LEDの光はわたしの目にはまぶしすぎます。外出する時は紫外線をよけるためにサングラスが必要ですし」

——声がよく聞き取れないので、マスクをはずしてみては？

「いいえ」

——あなたはおそらく視線恐怖症ですね。学校も小学校の時から不登校だった。

「そういうことは、ここでは関係ないと思いますけど」

——わかりました。それでは、このままつづけましょう。あなたと被告人の関係は？

「被告人の妹です」

——姉妹仲はよかったですか？

「どういう基準で判断するのかわかりませんが、わたしはよかったと思ってます」

――子供の頃、あなたに大怪我をさせたにもかかわらず、ですか？

「あれはわたしの不注意でもありますから。姉はただ一緒にいただけで、必要以上に責められてしまったかもしれません」

――そうですか。

「姉は両親に見放され、妹のわたしを庇護《ひご》するために働きました。そのことは感謝しています」

――無期懲役みたいなものですね。

「そう、姉は一生償わなくてはいけない刑罰と思いこんでしまったのではないかと。姉は真面目で、ばか正直な人ですから。いったんこうと決めると、まわりが見えなくなって、前に突っ走ってしまうんです」

――その性格が被告人を犯罪に駆り立てた？

「資格も必要でなく、手っ取り早くお金を稼ぐには、女にはあれしかないということです。わたしだって、そう思います」

――あれって、つまり性を売るということですね？

「ご想像にお任せします。というか、あなたはおわかりだと思いますが」

――おっと、きつい一言。

「姉はわたしのためにお金を稼いでくれました。本当にありがたい存在でした」

――そのお金でマンションを借り、ぜいたく三昧の暮らしをした。

「姉は男の人たちに夢を与えたのです。その代償として当然もらえるものをもらったのです。ギブアンドテイクなのに後で詐欺で訴えるなんて、男の人って最低だと思います」

——同じ男として耳が痛いです。

「姉は詐欺容疑で逮捕され、そこからやってもいない殺人の罪に問われているわけです。直接的な証拠がないにもかかわらず。不当な裁判です」

——行方知れずだったお母さんが来たのはいつですか？

「姉が結婚する直前でした」

——お母さんはどんな様子でしたか？

「お金に困っているようでした。姉は仕方なく同居を許しましたが、あまり嬉しくないようでした」

——大田原源造を資産家と呼ぶのはいささか抵抗がありますが、彼は確かにお金と土地を持っていましたね。

「姉はずっとプロポーズされていたそうですが、同居しないことを条件に結婚を承諾しました。姉に任されたのは、大田原さんの身のまわりの世話と料理です」

——それなら、お母さんにもできる。

「そうです。母も家政婦がわりに何度か大田原さんのお宅に行きました。それが近所の人に見られています」

——セックスしなくていいのですから、本当にいい仕事でしたね？

「何とでも言ってください」

——それから、大田原さんは自宅の小火で一酸化炭素中毒死しました。その結果、土地と多額のお金が被告人の懐に入ってきました。これまでの詐欺によるお金をはるかに上まわる大きな額です。

「相続税を払っても、かなりのお金が残りました。とても嬉しかったです」

――おっと、ずいぶん正直ですね。

「だって、本当のことですから」

…………

16

そのドアには「出入り自由」と書かれた貼り紙があった。

等々力克代はそのドアをゆっくりと押した。後頭部が痛いし、まだ眩暈がする。体が痺れているし、両手も動かしにくい。

自分がなぜここにいるのか、最初思い出せなかった。携帯電話が見つからない。どうしちゃったんだろう。ここに着いた瞬間、誰かに殴られたような気がするが、頭がぼうっとしていて、よくわからない。

体を部屋の中に静かに入れると、奥のほうから声が聞こえてきた。男女が緊張気味に会話を交わしている。興味に駆られ、耳をすます。

――それから、大田原さんは自宅の小火で一酸化炭素中毒死しました。その結果、土地と多額のお金が被告人の懐に入ってきました。これまでの詐欺によるお金をはるかに上まわる大きな額です。

「相続税を払っても、かなりのお金が残りました。とても嬉しかったです」

――おっと、ずいぶん正直ですね。

「だって、本当のことですから」

部屋の中に顔見知りの女がいた。視線が合うと、その女は口元に人差し指をあて静粛にすることを求め、隣の席に来るよう手招きをした。克代はわけがわからず、傍聴に加わった。

部屋の端に疲れきったような顔をした女がいることに気づいた。高島百合子だ。

17――（牧村留美）

――あなたたち家族は、これまで以上に裕福になりましたね？

「その代わり、姉が扶養する家族が増えました」

――うまい言葉を思いつきませんが、ある意味、家内工業みたいですね。家族で分担して仕事するみたいな……。

「家族の結びつきが強いんだと思います」

――でも、それで終わりませんでしたね？

「それはどういう意味ですか？」

——大田原源造は序章にすぎなかったのです。花音は次のターゲットを選ばなくてはならなかった。それが彼女の勤めていた店の客、滝沢英男。中野区内で不動産屋を経営していました。そうですね？

「ええ、まあ、そうです」

——被告人は大田原だけで満足できなかったのでしょうか？　かなりの資産家になったはずなのに。マンションだって、かなりぜいたくなものだ。

「お金は有限です。いつまでもあるとは思えません。姉なりに将来のことを心配していたと思うんです。だから、お金をもらえそうな相手を物色しなくてはならなかった」

——相手に条件があるんでしょう？

「できれば、独身が好ましいです。それから、両親がいないとか、兄弟が少ないとか。もちろん、羽振りがいいのがもっとも大事です」

——それは、お客と付き合っているうちにわかってきますよね？

「そういうことです。滝沢英男さんはすでに両親はなく、一人で不動産店を切り盛りしていました。彼には弟が一人いますが、そっちは別の仕事をしていたといいます」

——被告人は結婚を考えていましたか？

「プロポーズされなかったようです。大田原と違って滝沢さんは年齢は四十代ですから、もちろん姉とは男女の仲になっていました」

——練炭自殺を装うわけですが、警察に疑われるとは思わなかったのですか？

「三人か四人で車の中で集団自殺するケースはけっこう聞きます。ネットで自殺願望の仲間を募り、見知らぬ同士で自殺するというのが、ひところ社会問題になりました。同様のケースがあっても、警察は他殺と疑わないことが多かったように思います。実際、警察は自殺と断定しました。練炭のコンロだけでは他殺と判断されないということで、姉はますます自信を深めていったと思います」

――被告人は、滝沢からもかなりのお金を引き出していますね？

「姉は並レベルだと言ってました」

――数千万円でも並レベルですか。それじゃあ、やめられないわけだ。三番目のターゲットは等々力謙吾ですが、彼と知り合ったのは意外なところですね？

「同じお店だと変な噂になるので、店をやめて、新たなところに出会いを求めたのです。姉は推理小説を読んでいろいろ研究していましたから、婚活イベントの読書好きの集まりで等々力さんを見つけました」

――等々力謙吾にはお金はあったのですか？

「それがあったのです。山梨の実家は酒造会社で、その次男坊の彼はけっこうなお金を持っていました。中野のマンションで気ままな一人暮らしをしていて、姉はそこに目をつけたようです」

――等々力の預金通帳から多額の金が引き出されています。被告人は結婚の約束をしたのですね？

「そうです。等々力さんをその気にさせて、支度金として何度かお金をもらったそうです」

――彼は疑わなかったのかな？

「等々力さんは本にはくわしいですが、女性とのお付き合いがあまりなくて、初心《うぶ》な人だったようです。それで結婚話に舞い上がってしまって、姉の魂胆には気づかなかったのだと思います」

――悪女ですね。彼女の手にかかったら、ひとたまりもない。

「でも、わたしにはすぎた姉です」

――それにしても、練炭による一酸化炭素中毒で死なせた後、車まで運ぶのは女の手ではきつかったのではないでしょうか。本当は車で自殺を偽装したほうがよかったのではないですか？

「姉の話によると、等々力さんはセックスの後、ぐっすり眠ってしまうクセがあるということでした。彼が狭い車の中ではセックスをしたくないので、姉は仕方なくマンションにしたそうです。もちろん、睡眠薬とお酒は飲ませたといいます」

――ふうん、書斎に練炭コンロを置いて、眠りこんでいる等々力さんを殺した。すごい女ですね。被告人は等々力の死体をどうやって車に運んだのか。そこが謎ですね。いったんここで終わります。また後で呼びますので近くで待機するように。

（電動車椅子の証人、退場。ドアが閉まる音）

18――(等々力克代)

(その場にはぴりぴりした緊張感が漂っている)

――次の証人はそちらのあなたです。さあ、こちらへ来てください。

「わたし、そ、そんなつもりで……」

――あなたの名前は？(有無を言わさぬ口調で)

「等々力克代です」

――被告人による第三の犠牲者、等々力謙吾の母親ですね？

「そうです」

――最初、息子さんが亡くなったのを聞いて、殺されたと思いましたか？

「いいえ。自殺だと思いました」

――なぜそう思ったのですか？

「警察がそう言ったからです。車の中で一酸化炭素中毒死をしていたと」

――車内には練炭があったのですね。あなたはそれを信じた？

「そうです。警察がそう言うからにはそうとしか思えませんでした。お酒や睡眠薬を飲んでいたようですが、自殺する前にそうする人は多いということです。外傷はありませんでした」

――他殺とは思わなかったのですか？

「変だなとは思いました。違和感というか、息子には死ぬ理由がないというか。悩んでいたことを聞いていませんでしたから」

――疑わしいと思ったきっかけは?

「息子の友だちに連絡をとった時です」

――池尻淳之介さんですね?

「そうです。池尻さんが言うには、謙吾は結婚を約束した人と実家に報告にいくと話をしていたそうです。報告にいく前夜にレンタカーの中で自殺するだろうかと疑問に思ったのです」

――突然、破談になったら、ありえないことではないですよね。悲観的になったあまり衝動的に自殺したとしても不思議ではない。

「池尻さんもおかしいというので、二人で調べることになりました。息子の死から何日たっても相手の女が名乗り出てこないことも不審に思った理由です。そして、わたしたちはその女を突き止めることにしました」

――被告人をよく探しだしましたね?

「謙吾のパソコンを見ていたら、結婚関係のサイトが登録されていたんです。もしかして、合コンか何かで相手と知り合ったのではないかとぴんと来ました。気づいたのは池尻さんですが」

――その会社に問い合わせたのですね?

「イベント会社では謙吾が読書コンに参加していたことは教えてくれましたが、参加していたメンバーについては何も教えてくれませんでした。もっとも、主催者側は参加している人に対して身分証明を求めていないので、仮名で参加する人も一定数いると話してくれました」

――誰と誰がカップルになったとかの記録とかは？

「ないそうです。会社としてはあくまでも出会いの場を提供するのが趣旨であって、個人の情報を登録することではありません。個人の情報を求めると、参加者がいやがって申し込みが減るということですね」

――被告人をよく調べだしましたね？

「池尻さんが自ら読書コンに何度か参加して、出席している女性を一人一人チェックしたのです。参加費はわたしが出しました。彼は何回か通って、それらしき人を見つけだしたのです」

――彼の執念はすごいですね。

「池尻さんは牧村花音とカップリングにはならなかったのですが、フィーリングがぴったりと合った別の女性と交際するようになりました」

――その人の名前は？

「栗栖汀子という人です」

――クリステイコ？

「アガサ・クリスティーみたいな名前です。その人は被告人と同じマンションの八階に住んでいて、被告人と顔見知りだそうでした。婚活イベントに参加したのは、被告人に勧められたか、彼女が被告人に勧めたかわかりません」

――あなたはその人と会ったことはありますか？

「いいえ。池尻さんから話を聞いただけで、面識はありません」

――池尻さんの作りだしたキャラクターということは考えなかったですか？　レポートを読むと、彼女との熱愛が書かれていますが、描写が少しぎこちなくて作りものっぽい。牧村花音を追及するものとしては、エンタテインメント的な要素が強いと思いませんか？

「池尻さんが小説家志望ということも関係しているかもしれません。彼がこのレポートをノンフィクション風の小説として世に出したとしても、わたしにはそれを拒否するより応援する気持ちのほうが強いと思います。池尻さんの尽力で牧村花音を炙《あぶ》りだしたのですから、彼の功績は大いにほめたいです。栗栖汀子はサイドストーリーだとしても、わたしはかまわないです」

――しかし、栗栖汀子が実在の人物だとしたら？

「それはどうでしょう。名前も嘘臭いし、創作された人間だと思いますけど」

――池尻さんが被告人と男女の仲になったということもレポートにはありますが、それは信じますか？　池尻さんが栗栖汀子と被告人の二人と同時進行的に関係を持ったということは、やはり話をおもしろくする手段だったと思いますか？

「そうですね。その可能性はないとは言いきれません」

――繰り返しますが、もし栗栖汀子が実在の人物だとしたら？

「さあ、わかりません。それより、池尻さんが殺されたことに、わたしは道義的な責任を感じています。息子の死の真相を突き止めるために彼を危険な目に遭わせてしまったわけですから。彼のご両親に何と言って謝ったらいいのか」

――もうけっこうですよ、等々力克代さん。それでは、次の証人を呼びます。栗栖汀子さん、どうぞ。

（等々力克代、悄然《しょうぜん》として椅子に腰を下ろす。眩暈がするのか、こめかみを両手でもむ。しかし、栗栖汀子の名前を聞いて、驚いて顔を上げる）

19――（笹尾時彦）

笹尾時彦は目を覚ますと、ゆっくり立ち上がった。後頭部が痛む。ここに来た時、誰かに殴られたのだ。

起き上がったところにドアがあり、「出入り自由」という貼り紙があった。中から男女の声が聞こえてきたので、興味に駆られてのぞいてみることにした。

部屋に入り、しばらく様子を窺う。

「それでは、次の証人を呼びます。栗栖汀子さん、どうぞ」

別のドアから一人の女が入ってくる。顔をうつむきかげんにして、人目に触れるのがいやそうだった。

その場にいる者たちは、笹尾のことよりその女のほうが気になっているようで、彼には声もかけなかった。笹尾は手近にあった椅子に腰を下ろし、静かに傍聴を始めた。

部屋の中が少し暑い。頭がくらくらするほどだ。

20――（栗栖汀子）

（ドアが開き、顔をうつむきかげんにした女が入ってくる）

――あなたのお名前は？

「栗栖汀子です」

――あなたと池尻淳之介氏の関係について伺いたいのですが。

「具体的にどういうことをいえばいいのでしょうか」

――恋人だったという証言がありますが、それは事実ですか？

「最初知り合ったのが婚活のイベント会場みたいなところですから、二人ともそういうことを承知で付き合いました」

――突っこんで聞きますが、肉体関係はありましたか？

「ありました。でも、恋愛感情は微妙でした」

――なぜですか？

「だって、彼は被告人とも深い仲だったんですよ。二股をされていい感情を持てというのは女としてむずかしいです。特に彼が二股をかけている相手が被告人なんて笑っちゃいます」

（証人、口に手をあてる。笑っているように見える）

――笑っちゃうとはどういう意味でしょうか？

「だって、わたしと被告人を比べてください。客観的に見て、どっちが美しいですか？」

――好みは人それぞれですからね。

「池尻さんとわたしは合コンでお互いを一番に選んだ『相思相愛』の仲なんです。被告人は誰にも選ばれなかったというのに」

――浮気といっていいかどうかわかりませんが、被告人との仲がわかった時、あなたはどうしましたか？

「彼の部屋を訪ねた時、二人がいちゃついているのを見て、わたしは二人を殺したいほど憎みました」

――殺したいほど？

「ええ、殺意を抱きました」

――すごいですね。まさか実行に移そうと思ったわけではないですよね。

「弟に電話しました。あいつを殺したいと」

――それは物騒ですね。弟さんの反応は？

「わかった。俺に任せてくれと」

――驚きましたね。池尻淳之介は牧村花音に殺されたと思いましたが、実は違っていたのだと言いたいんですね？

「はい。弟と共謀して殺しました」

(悲鳴のような声が等々力克代の口から漏れる。その場の空気が張りつめ、ざわざわと揺れている)

——ここで、いったん休憩をとります。栗栖さん、また呼びますよ。

(裁判長、退廷。栗栖汀子、着席する)

21——(毒っ子倶楽部)

「意外や意外、またみんなと会えるなんて思わなかったわ。こんなところでね」

野間佳世は顔をしかめ、頰に自虐的な笑いを浮かべながら言った。「頭は痛いし、すごく体調が悪くて、今にも吐きそう」

「わたしも同じ気分」

お良も同調する。「わたしは痛くはないんだけど」

「こんな形で再会するなんて最悪ですね」

リリーは両手を後ろに縛られた状態で、皮肉っぽく言った。

「ミルクちゃんは?」

「わたしは平気です」

ミルクは興奮気味に顔を紅潮させている。「謎が解かれていく過程がスリリングで、とてもわくわくしています」

「やれやれ、疲れた」

野間佳世が大きな溜息をつく。「わたしたちの負けね」

「素直に負けを認めるんですね」

ミルクが笑い、新たに部屋に入ってきた男に目を移す。「こんにちは、笹尾時彦さん。お待ちしていました」

「まいったな。僕もミイラ取りがミイラになってしまった」

笹尾時彦は後ろ手に縛られているので、動きが制限されている。「まさか、こんな形で罠に嵌まるとは思わなかった。奴らは我々が来るのを待ち伏せしてたんだ」

「飛んで火に入る夏の虫。わたしたちは敵と目される相手の一網打尽を狙っていたのです」

いつも控えめだったミルクが、自信に満ちた顔をしている。「実を言うと、わたしも頭が痛いのです。手っとり早く終わりにしないと……」

その時、ドアが開く。

「休憩時間は終わりです。開廷します」

裁判長が入ってきて、ミルクを指差す。

「さあ、栗栖汀子さん。証言台についてください」

ミルク、別名栗栖汀子は顔を引き締め、悠然《ゆうぜん》と立ち上がる。

22

——栗栖さんにお聞きします。あなたは池尻淳之介さんを殺したのですか？

「実際に手を下したのは弟です。でも、池尻さんを誘惑する役は牧村花音でした」

——では、牧村花音が池尻さんを等々力謙吾さんのマンションに誘い、練炭で一酸化炭素中毒死させたのではないのですか？

「誘ったのは池尻さんで、花音はその指示に従って等々力さんのマンションに行きました。そこで計略を使って彼を薬で眠らせたのです。でも、一酸化炭素で池尻さんを殺したのはわたしの弟です」

——では、あなたは何をしてましたか？

「その様子を監視カメラで見ていました。ですから、実際には手を下していません」

——花音は練炭コンロを買ったことを否定していますね？

「立川市にあるホームセンターの監視カメラには練炭コンロを買うサングラスにマスクの男が映っているはずです。警察はそれに気づいているかわかりませんが、その若い男こそ、わたしの弟なんです」

——ほう、それが真犯人なんですか？

「真犯人というのは語弊《ごへい》がありますが、まあ、それに近いのかもしれません」

——ということは、牧村花音は冤罪なんですか？

「殺人に関しては、ある意味、そうかもしれませんけど、共犯ということにはなるのかなあと……」

——つづいて、そのマスク男を証言台に呼びます。

（栗栖汀子、退場。つづいて裁判長もいったん退廷）

23

（マスクにサングラスの男、登場する）

——それでは裁判を再開します。あなたがマスク男ですか。お名前は？

「今はまだ言いたくありません」

——あなたは立川市のホームセンターで練炭コンロを買いましたか？

「はい。四つ買いました」

——何のためにそれを買いましたか？

「集団自殺するためです」

——ほう、はっきり言いますね。集団自殺というと、ネットでたまにニュースになりますが、あなたはそれをやろうとしていた？

「そうです。ネットで死にたい人を募り、死ぬ手助けをするやつです」

——あなたにも自殺願望はあるんですか？

「少しはあります。でも、僕が死んだら、自殺願望者を救える人がいなくなります。僕には自殺請負人として何組かのグループをまとめて死なせる仕事が残っています」

――あなたのお姉さんは、あなたが池尻淳之介さんを殺したと言っていますが。

「池尻は秘密を知りすぎました。口封じをしないと、我々に災《わざわ》いがふりかかるので、自己防衛のために仕方なくやりました」

――被告人がやったということになっていますが。

「法廷では花音はやっていないと一貫して否定していますよね。彼女が正しいのです」

――では、あなたは自首しないのですか？

「ええ、しません。する必要がないのです」

――池尻さんを殺したことは認めるのですね？

「はい、認めます」

――具体的にどうやったのか説明してくれますか？

「被告人が等々力謙吾の部屋で池尻さんを薬で眠らせた後、部屋に練炭コンロを入れたのです。池尻さんが死んだと確認した後、僕は彼のキーを持って、豊島区の彼のマンションに行きました。やばいものが残されていないか確認するためですが、慌てていたためか、何も見つかりませんでした。パソコンを壊すと、逆に怪しまれるので、そのままにし、池尻さんの鍵だけ置いていきました。実際のところ、池尻さんのパソコンには重要なものは入っていなかったようです」

――終わります。次は被告人の妹を呼びます。

（マスクの男、退場。しばし休憩）

24――（牧村留美）

（電動車椅子に乗った女、再び登場する。サングラスにマスクを着用）

――牧村留美さん、あなたに聞きたいことがあります。

「何でしょうか？」

――あなたは毒っ子倶楽部という集まりに参加していましたか？

「はい、参加していました」

――何という名前で？

「ミルクです」

――そろそろマスクとサングラスをはずしませんか。

「わかりました」

（電動車椅子の女、マスクとサングラスをはずし、車椅子から立ち上がる）

「わたしがミルクです」

25――（牧村涼子）

――次は牧村涼子さん、お立ちください。

傍聴していた毒っ子倶楽部のお良は、本名を言われてびくっとする。裁判長に促され、ゆっくり立ち上がる。

――あなたは、娘さんの裁判の第一回公判からずっと傍聴をしてましたね。なぜですか？

「興味があったからです」

――しかも、「毒っ子倶楽部」という傍聴のグループに入ったりして、何が目的だったのですか？

「グループに入ったのは、わたしの意志ではありません。あちらにいる野間佳世さんに誘われたからです」

――自分が被告人である牧村花音の実の母親ということは明かしましたか？

「いいえ。四人とも愛称で呼び合うようになってましたし、会員の個人情報については詮索しないことが暗黙の了解だったのです。あの会は、裁判の感想を述べ合うだけのサークルみたいなものでした」

――あなたは涼子だから、お良ですか？（ばかにするように低く笑う）

「わたし、坂本龍馬が好きだし、そのほうが覚えてもらいやすいですから」

――毒っ子倶楽部のリーダー的存在である野間佳世さんが等々力克代さんであることは知ってましたか？

「最初は知りませんでしたが、徐々に何となくそうじゃないかと思ってきました。裁判の情報を仕入れるためにも、野間佳世さんと適当に話を合わせることが必要だと思ってました」

——等々力克代が野間佳世。等々力の「々」の字を「のま」と言うようですね。そこからそんな愛称にしたのかな。克代と佳世も音が似ているし。

「さあ、わたしにはよくわかりません」

——留美さんが同じ倶楽部に入ったのは偶然ですか？

「いいえ、留美も野間さんに誘われたのです。留美という名前だし、色白なこともあるので、自分でミルクと名付けたようです」

——留美さんは車椅子を使っていたのではないのですか？

「歩けなかったのは小学生の頃で、足を引きずっていましたが、本当は歩けるようになっていました。でも、あの事故がきっかけで不登校になってしまい、花音はそのことに責任を感じていました」

——車椅子で障害者を装っていたのですね？

「あの子は、ある時は車椅子の牧村留美、ある時は毒っ子倶楽部のミルク、そして、ある時は池尻淳之介の恋人、栗栖汀子。一人三役をやっていたんです」

——なるほど、大した役者だ。それに、四人定員の毒っ子倶楽部に被告人、牧村花音の家族が二人も入っていたとはおもしろいですね。

「本当にそう思います。でも、野間佳世さんがそう仕組んだんですから」

——毒っ子倶楽部のもう一人のメンバー、リリーさんの正体は知ってましたか？

「リリーさんも最初はわかりませんでした。何回も会っているうちに、野間さんの知り合いだとわかりました。名前は高島百合子さん。自分の名前の百合から愛称をリリーとしたのだと思います。誰でも簡単に気づきますね」

――ということは、毒っ子倶楽部の四人のうち、二人は被告人の身内、あとの二人は被害者の母親と事件を調べるノンフィクション作家。組み合わせがおもしろすぎる。

「野間さん、つまり等々力克代さんが意図的に作ったグループだったのです。そのことが何となくわかってからも、わたしと娘は知らないふりをして付き合っていたわけです」

――キツネとタヌキの化かし合いみたいですね。あなたたちは、真相を知ろうとする等々力克代と高島百合子をどうにかする必要があった。

「リリーこと、高島百合子さんはおそらく真相を探りあてたと思うんです。そのことで、彼女たちはわたしたちに罠を仕掛けようとした」

――具体的にどういうことですか？

「新証拠があるとにおわせてわたしたちをおびき寄せて、問いつめようとしたのだと思います」

――その裏をかいて、あなたたちは……。

「弟の力を借りて高島百合子さんをここに拉致しました。そして、それを追って等々力克代さんがここに来た。さらに高島さんの恋人の笹尾時彦さんもやって来た」

――彼ら三人は、ネズミホイホイのような罠に簡単に引っ掛かってしまったってわけだ。あなたは彼らをどうしたらいいと思いますか？

（決然とした様子で）「口封じをしなくてはならないと思います」

26――（花音の部屋）

お良こと、牧村涼子は立ち上がり、その部屋にいる毒っ子倶楽部のまとめ役、野間佳世こと、等々力克代を見た。彼女はぐったりとして、目が虚ろだった。最初に拉致された高島百合子は椅子にロープで縛りつけられ、悔しそうな目で牧村涼子を見つめている。

「笹尾さん、大丈夫ですか？」

笹尾時彦は両手を後ろに縛られ、床に座らされていたが、目にはまだ生気があった。事件の全貌を知らないうちは死ねないという気持ちがあるようだ。

「あなたたちはひどい」牧村花音より邪悪な存在だ」

彼は苦しげに呻きながら言った。

笹尾が「裁判長」役の男をにらみつけた。「それより、おまえはいったい誰なんだ？」

「もうわかっているはずだ。さっき、裁判長とマスク男の二役をやったのを見ただろう」

「ああ、一人で二つの役をやっていたのが腹話術みたいで気持ち悪かった」

「ほう、気持ち悪かったか」

男は鼻で笑った。「俺は牧村花音の弟、大樹さ。そろそろおまえたちの命もおしまいだな。真相を知らなかったら、死んでも死にきれないだろう。だから、模擬裁判をやって、おまえたちにわかるように解説してやったんだ。せりふが芝居じみていてすまなかった」

「ふざけたことはやめろよ」

「この部屋には一酸化炭素が送られている。俺たちは今のところは大丈夫だが、そろそろこの部屋を出なくてはならない」

「教えてくれ。これまでの花音の事件って、いったい何だったんだ？」

「つまり、花音を中心として、牧村家の家族全員が金を稼ぐシステムを構築していたわけだ」

「花音はどこまでやったのか？」

「姉貴は足を開いて男を惑わす役さ。それに引っかかったばかな男たちは、花音に金を貢ぐ。花音一人では死体を運んだり、練炭の準備をやるのはたいへんだから、俺が汚れ仕事を中心にやるというシステムというか、まあ、そういう流れなんだな」

「司法試験に失敗した男の末路《まつろ》ってわけか。フフッ」

「何とでも言えよ。俺は何年も勉強したから、法律の知識はかなりあるんだぞ」

「僕たちをどうする気だ」

「集団自殺に見せかける。おまえたち三人を車の中に乗せて練炭コンロを置いておく」

「車はどうする？」

「そんなことは心配するな。盗むなり、鍵の開いてる車を見つけるなり、いろいろな手がある。俺はそういうことにはくわしいんだよ。けっこう裏の仕事もしてるからな」

「花音の裁判は進行中だぞ。姉のことはどうなってもいいのか？」

「まあ、仕方がない。姉貴には俺たちの罪を償ってもらうことにする。マンションを残してくれたし、けっこう稼いでくれたから、それで充分だ。姉貴が死刑になったら、盛大に供養してやるつもりでいる。おまえが気にすることではない」

牧村大樹は、母と姉に目で合図を送る。三人が部屋を退出する。その部屋に残されたのは、縛られたままの等々力克代、高島百合子、そして笹尾時彦。部屋の隅の見えない場所に練炭コンロがいくつもあり、燃やされているらしい。それにつれ、室温がどんどん上がっている。

三人とももう逃げられなかった。死にたくはないが、すでに意識が朦朧《もうろう》としている。動こうとしても体が動かなくなっていた。

…………

27――（牧村花音）

牧村花音は拘置所で一人瞑想に耽《ふけ》っている。

「三人の集団自殺」の報に接して、心が動揺していた。わたしがここにいる意味。わたしが裁判で裁かれている意味。何のためにわたしはここにいるの？

そもそもの発端は、わたしの不注意で妹の留美に大怪我をさせてしまったことだ。ちょっと目を離した隙に小学三年の留美が崖から足を踏みはずしてしまった。妹は「わたしが悪いの、お姉ちゃんは悪くない」と言ってくれたが、両親や弟は彼女をきびしい言葉で責めた。

言い返すことはできなかった。

「何でも償うから、許して」と花音は泣きながら謝った。

「わかった。何でも償うんだな？」

父が強い調子で言ったので、花音はうなずいた。肯定というより、無理やりそうさせられたのだ。

「牧村花音に判決を下す前に……」

父はそう言ってから、弟を見た。弟は姉弟の中でも優秀で、周囲では神童と言われていた。将来を期待されていたが、学校では乱暴者で、スクールカーストの最上位にいた。

「大樹、おまえはどう思う？」

大樹は小学生なのにニュースが好きで見ていたし、新聞もよく読んでいた。殺人事件があったりすると、その判決に興味を持っていた。将来の夢は弁護士だった。

「僕も大きくなったら、悪い奴の弁護をしたい」

大樹は一番上の姉を指差し、「おまえは悪人だ。やったことに対して、それなりの罰を与えなくてはならない」と多少芝居がかった口調で言った。両親にあまやかされて育ったので、わがままで他人の気持ちがわからない。花音にとっては暴君のような存在だった。怒ると逆切れして、倍以上になって返ってくる。両親も腫れ物にさわるような感じで接していたので、だんだんエスカレートしているかもしれなかった。

「お父さん、部屋を法廷みたいにしてくれない？」

テレビの裁判物をよく見ているので、早熟な大樹はいろいろくわしかった。

部屋の中が法廷に見えるように整理されると、大樹は「お父さん、裁判を始めてよ」と言い、裁判ごっこを始めた。裁判長は父、検事が大樹、弁護人が母、そして、被告人は牧村花音。

「わたしは何をするの？」

泣きべそをかいている妹が訊ねる。

「おまえは傍聴人だ」

裁判長が厳しい声で言った。「大樹、手本を見せるから、よく見ておけ」

＊

被告人席は硬い木の椅子だった。

「被告人はそこに掛けなさい」

冷たく厳しい声が部屋の中に響いた。指示された通りにする。硬くてお尻が痛い。両脇に肘かけがついており、体を圧迫するので、すごく窮屈だった。

うなだれて判決を聞く。わたしは罰ゲームの主人公？

「理由を先に言います」

わたしが悪かったのはわかっている。不注意だった。本当なのだから、こっちには反駁することはできなかった。後悔ばかりが頭の中に渦巻き、裁判長の声が頭の中に入ってこない。

法律の条文を読んでいるような内容は、とてもむずかしく、「理解不能」と声に出して叫びたかった。しかし、それはできなかった。傍聴人の視線は厳しく、もし判決に口を挟もうものなら、ここから引きずりだされて、思いきり殴られてしまいそうな雰囲気だ。実際、そうなってしまうかもしれない。暴力は嫌いだ。

主文より先に理由が言われるのは、罪が重いことを意味している。そんなことは法律書を読むまでもなく知っていた。「死刑」の二文字が頭に浮かぶ。もう覚悟するしかないようだ。涙も出やしない。悲しくもない。悔しいだけだ。

目を閉じると、睡魔が襲ってきた。あの一件以来、ろくに寝ていない。疲労が溜まっているのだ。誰にもわからないよう、膝をつねる。痛い。

「寝ている場合ではないよ。起きなさい」

意識の外から誰かが必死に呼びかけてくる。

それはわかっている。でも……。

「被告人は判決を真面目に聞くように」

裁判長の厳しい叱声が飛ぶ。ほら、見つかってしまった。でも、これで完全に目が覚めた。意識が半ばなくなっている間に、理由は終わりに近づいているようだった。

姿勢を正し、真っ直ぐ前を見据える。

「それでは、判決を言いわたします」

裁判長の視線は、被告人ではなく被害者のほうに向いているようだ。

「被告人は何ら落ち度もない被害者の保護を怠り、深刻な怪我を負わせた。このようなきわめて重大かつ非情な行為に及び、生命というかけがえのない価値を軽んじる態度が顕著である。裁判でも弁解に終始するばかりか、被害者を貶める発言をするなど、真摯な反省や改悛の情は見えない。被告人に対しては……」

そこで裁判長は一呼吸おいて、わざとらしく咳払いしたので、肝心なところを聞き落としてしまった。「厳罰をもって臨むしかない。主文、被告人を無期懲役に処する」

被告人は立ち上がった。

「わかりました。罪を償います。死ぬまで……」

＊

花音はかつての「裁判ごっこ」を思い出して、怒りがむらむらと湧き起こってくる。

弁護士志望だった父は、よく裁判ごっこをした。娘たちが何かをしでかすと、私設法廷に立たせて、判決を下した。そして、自分は叶えられなかったものを息子に託し、息子を「おまえは弁護士になれ」と徹底的にしごいたのだ。

父の裁判ごっこは、息子が中学に入る頃には息子に受け継がれる。たくましくなった息子は裁判の結果を暴力で下すようになった。それはだんだんエスカレートしていって、家庭内暴力をふるうようになってしまった。父親の手に負えず、母親は息子のパワーハラスメントに耐えきれず家を出た。世間的には、夫のパワハラが原因ということだったが、真実は息子のパワハラとモラハラだったのだ。父親は離婚をせず、妻の帰りを待ったが、もどってこなかった。

弟の肉体的、精神的暴力によって、牧村家は崩壊し、花音は高校を卒業後、逃げるように家を出る。夜の仕事で稼げるようになってから、すぐに家にひきこもっている妹を呼び寄せ、一緒に暮らすようになった。妹は足を少しひきずっているが、気をつけて観察しなければわからない程度までになっており、通信で高校の卒業資格をとった後、アニメの専門学校に通いながら都会の生活を楽しむようになっていた。

弟は地元の高校を出た後、東京の私立大学の法学部に入る。父の仕送りで何とか学費を賄い、在学中から司法試験を目指して勉強する。花音にとっては、弟と縁が切れてよかったと思っていたが、弟は試験に落ちつづけ、性格はねじ曲がっていった。

大学を卒業してからも、弟は就職はせず、ひたすら勉強していた。そのうちに、勉強をあきらめて、ぶらぶらするようになった。父親が心臓発作で死んで、援助が来なくなったのもそうなった一因だ。

花音がホステスをしながら客から援助してもらったことは、やがて弟の知るところとなり、金を無心するようになった。牧村家を壊したのはおまえだ。俺の指示に従えと高圧的な態度で迫った。

弟は母親を見つけだし、東京に呼び出した。

牧村家のチームとしての最初の「仕事」は、花音と大田原源造との結婚だった。花音の客だった大田原が資産家で身寄りのない老人だったことから彼をターゲットにしたのだ。花音は大田原と結婚し、時に母の協力を得ながら生活した。

大田原源造を事故死に見せかけて殺し、警察も疑わなかったので、狙いどおりの結果になった。つづく不動産業の滝沢英男も花音が接近し、交際して、金をせびった。滝沢の偽装自殺でやめればよかったのだが、影の支配者である弟の欲はふくれ上がっていく。夜の店であまり同じことをやると、ばれる危険性が高いので、標的を婚活イベントに変えた。そこで網に引っかかったのが等々力謙吾だった。そして、自殺に見せかけて殺すのだが、等々力の友人に池尻淳之介という面倒な奴がいて、花音の周辺をしつこく探るようになった。

池尻淳之介は手ごわくて本当に厄介だった。新庄市まで行って、牧村家の内情をこつこつと調べ、ついには花音の告発につながる材料をそろえてしまうのだ。

その頃には、牧村家は家族として一致団結して、池尻に対抗することになった。同じマンションの八階に住む妹の留美も加わった。留美が姉に勧められたイベントに「栗栖汀子」として参加したのは、素敵な男性と知り合うためだったが、その時、婚活イベント会社を内偵していた池尻淳之介とめぐり合った。それはある意味、不思議な因縁ともいえる。

花音と留美。姉妹の関係は緊密なので、池尻の動きは姉にすべて筒抜けだった。たまたま二年前に林という中国人から留美専用の部屋として八階の部屋を借りていたのも、花音に有利に働いた。

だが、池尻淳之介の死後、花音の心境に大きな変化があった。

弟の横暴ぶり、それに従う家族につくづく嫌気がさして、今の生活から逃避したくなった。その選んだ先が拘置所だったのだ。死刑になってもかまわない。面倒な世の中から隔離されればいい。塀の中なら、弟の力が及ばないで安穏《あんのん》と暮らせる。彼女には精神的な安定が必要だった。

法廷では否認をつづけ、できれば弟が彼女に下したように無期懲役になることを狙った。

だから、彼女は法廷の外でまだ問題が進行していることは知らなかった。池尻の親友である笹尾時彦とその仲間の高島百合子が牧村家に近づいていることを。

そして、三人の一酸化炭素中毒死――。集団自殺に見せかけた一種の殺人。あれは、弟の最後の「仕事」なのかと思った。

皮肉な結末だった。

＊

「マンションで一酸化炭素による集団自殺か

……22日、練馬区○○3丁目、○○マンション10階、無職牧村涼子さん（53）の部屋で男女合わせて3人の遺体が発見された。死因は一酸化炭素中毒で、死後3日から4日たっていると思われる。……この部屋は首都圏連続不審死事件で起訴され現在裁判が進行中の牧村花音被告（33）が所有していたもので、現在はその家族が住んでいる。3人のうち、男性は後頭部を激しく殴られた痕跡があり、意識を失ったまま一酸化炭素中毒死したと思われるが、他の2人の女性には外傷はなかった。……なお、死亡していた3人は……」

28

等々力克代、高島百合子、笹尾時彦の三人はすでに動かなくなっていた。牧村家の三人と似たような年格好なので、このまま放置すれば、最初は牧村家の集団自殺と見られるだろうが、いずれ身元はばれてしまう。

「そうなった場合が問題なんだ」

牧村大樹は言った。「だから、こいつらを運び出さなくてはならない。これから車を調達してきて、そこに三人を入れ、車で集団自殺したと見せかける」

「調達するって、その車をどこで探せばいいの？」

留美はマスクをはずしながら言った。

「まさか、こんなにうまくことが運ぶとは思わなかったので、その後のことはあまりよく考えていなかったんだ」

「完璧主義のあなたには珍しいわね」

母親の涼子が言った。

「うるせえよ。運ぶのは俺だぞ。おまえなんか口でがたがた言うだけで、役にも立たない。おまえだけここで奴らと一緒に寝てていいんだぞ。そしたら、おまえがあの三人を巻きこんで集団自殺したってことになるからな」

大樹はその考えが気に入ったと見えて、涼子に対して不気味な笑みを浮かべた。

「冗談だよ。それが一番力を使わずにすむ方法だと言っただけさ」

大樹は身動きしない笹尾時彦の体を探った。尻のポケット、胸ポケット……。何もないので、笹尾が持ってきたとおぼしきバッグの中も調べる。

「おっと、あったぞ。これ、部屋の鍵と車のキーっぽい。それから免許証もあるぞ。俺がこいつのところに行って、車をとってくるよ。たぶん見つかると思う。おまえら、ちょっと待っててくれないかな」

「あんた、疫病神《やくびょうがみ》だね。こんなこと、もういいかげんに終わりにしない？」

大樹の背中に母親が皮肉な言葉を浴びせかける。「いつまでもこんなこと、やってられないよ。見つかったら、全員死刑になる」

「何だと」

大樹はふり返った。

「おまえ、花音のこと、一度でも考えたこと、あるのかい？」

「ああ、もちろんさ。金のタマゴを産むニワトリを失って、我々はこれから苦難の時期を迎える。惜しいものを失った。秘密を知る者は死ななければならない」

「それがあんたの考えだね？」

涼子は言った。

「ああ、そういうことだ」

大樹はそのままドアに向かった。

………

29

三人はひんやりとした冷気に包まれ、ほぼ同時に目を覚ました。体はやや痺れているが、頭はまともに回転している。彼が最初に体を起こす。つづいて二人の女も起き上がった。

「生きている」

彼は後頭部の痛みに顔をしかめるが、ダメージはそれほどでもないことに気づいた。

「いったい何が起きているんだ」

彼は残りの二人を立ち上がらせると、自分が先頭になって廊下を歩いた。新鮮な空気の流れが肌に感じられる。

あの部屋はどうなっているのか。

彼は耳をすませて物音がしないことを確認し、背後の二人にうなずいてからドアを開けた。

そこに三人の男女が倒れていた。死んでいることは触れてみないでもわかった。三人の死体を囲むように練炭コンロが四個置いてある。十字架のごとく。

三人が心中したことがわかる。

背後の二人は大きく息を吸うと、声を失ったままその場に立ち尽くした。それから、彼は窓を開けて新鮮な空気を入れた。

年長者の女性のそばに白い紙が置かれている。拾い上げ、紙を広げてみる。

「これを見た方へ
わたしたちをこのままにしてください。窓を閉めて、密室状態にして、そのまま退去してください。玄関のドアの鍵は開けたままで。そして、この紙は読後焼却のこと。警察には見せないようにしてください。
お良（毒っ子倶楽部）、またの名を牧村涼子」

30

牧村大樹は背後の殺気を感じて、ふり返ったが、後頭部を襲った打撃は彼の意識を失わせるに充分なものだった。

両足が崩れるのがわかったが、その後の意識は空白になっている。

「あの子の家庭内暴力を終わらせるには、これしかないと思う。花音のためにそうするしかないんだよ。わかってくれるね、留美」

母の言葉に牧村留美は力なくうなずく。

「あの三人はまだ助かるかもしれない。この部屋から外に出して、わたしたちはこの部屋にもどる。いいわね？」

牧村涼子と留美はうなずき合って、意識を失っている三人を部屋の外に引きずり出した。まだ間に合うかもしれないと思いながら。

「でも、留美ちゃん。あなたには生きていてほしい」

「いいよ。こんな人生。わたし、池尻淳之介さんが好きだったんだ。あんなに愛した人って、今までいなかったんだよ。わたしたちは死をもって罪を償わなくてはならないの。それだけひどいことをしたんだから」

…………

エピローグ

1——（主文）

　被告人は勤務していたクラブや婚活イベントで知り合った客の男性と金銭目的で結婚、あるいは交際して多額の金を受領した末、被害者を殺害するというきわめて重大かつ非道な犯罪を四度も繰り返した。何ら落ち度のない四人の尊い命を奪った結果は、深刻かつ甚大である。

　被害者は結婚相手あるいは交際相手として被告人を信頼したまま、予想もしない形で理不尽にも生命を奪われ、その無念さは計り知れない。あらかじめ練炭コンロを準備するなど、犯行は計画的かつ悪質である。

　被害者を無抵抗な形にして練炭を燃やす方法は、確実に犯行を遂げ、自らは被害者の死亡前に現場から立ち去って犯罪を隠蔽することを可能にする。強い殺意が窺え、冷酷かつ悪質である。

　被告人はほとんど働かずにぜいたくで虚飾に満ちた生活を維持するため、被害者から多額の金を受け取った末に犯行に及んだ。あまりにも身勝手で利欲的な動機に酌量の余地はない。

………公判でも独自の価値観を前提に不合理な弁解に終始するばかりか、被害者を貶める発言を繰り返すなど、真摯な反省や改悛の情はいっさい窺えない。

死刑が人間存在の根源である生命そのものを永遠に奪い去る冷厳な極刑であり、まことにやむを得ない場合における刑罰であるにしても、被告人に対しては、死刑をもって臨むほかない。

主文、被告人を死刑に処する。

2――（判決）

被告人は立ち上がって、裁判長の判決を聞く。

判決が死刑の場合、主文はあとまわしにされることが多い。だから、裁判長の判決は意外だった。最初に主文が朗読され、その理由が後になったからだ。

判決の前日、弟が作成した「主文」を拘置所で読んだ。司法試験を何度も受けているせいか、法律の知識はある。文章は堅苦しいが、いかにも裁判官が作ったような感じがした。

「死刑」

弟は犯罪を隠蔽するため、被告人の花音に死んでほしかったようだ。

わたしはただあの家族から逃げたかっただけ。ここなら、弟も追ってくることはできない。新聞で弟や母、妹が不可解な密室の中で練炭自殺したと知っても、それほど悲しくはなかった。もう法律ごっこに縛られることなく、一人で勝手に生きていける。悲しみより安堵感のほうがずっと強かった。

弟の書いた「主文」は、弟の持ち物の中から見つかり、それを送ってくれたのはノンフィクション作家の笹尾時彦という男だった。笹尾がなぜ弟の持ち物から見つけたのか、その理由は教えてくれなかったが、被告人は知る気もなかった。

もうどうでもよかった。

実際の法廷でも、死刑が言いわたされても仕方がないと思っていた。

そう思って立っていたのだが、裁判長に最初に告げられたのは「無期懲役」の判決だった。力が抜けて、牧村花音はそのまま長い理由をじっと聞いていた。

「マンションで一酸化炭素による集団自殺か

……22日、練馬区○○3丁目、○○マンション10階、無職牧村涼子さん（53）の部屋で男女合わせて3人の遺体が発見された。死因は一酸化炭素中毒で、死後3日から4日たっていると思われる。……この部屋は首都圏連続不審死事件で起訴され現在裁判が進行中の牧村花音被告（33）が所有していたもので、現在はその家族が住んでいる。3人のうち、男性は後頭部を激しく殴られた痕跡があり、意識を失ったまま一酸化炭素中毒死したと思われるが、他の2人の女性には外傷はなかった。……なお、死亡していた3

人は牧村涼子さんとその息子と娘と見られる。……」

ようやく自由になれた。くだらない裁判ゲームはもうないということだ。

「よかった」

それが牧村花音の今の嘘偽りのない正直な気持ちである。

解説

高橋ユキ

複数の交際相手を騙して金を巻き上げ、練炭自殺に見せかけて殺害したとして、殺人や詐欺、詐欺未遂、窃盗など十一の罪で起訴されている牧村花音。被害者である男性たちと親密な関係になり、その後、生活の窮状を訴え、男性たちから金銭を騙し取り、最後には殺害したとされる。ところがその外見は、男たちを手玉に取っていたとは誰も信じられないほどの「十人並み」なのだという。なぜ彼女なのか。なぜ男たちはこの平凡な女に騙されてしまったのか。そんな世間の興味関心から、花音の刑事裁判にも多数の傍聴人が集まった。公判で花音は殺人について否認し、鈴を転がすような可愛らしい声で、被害者らとの肉体関係をつぶさに語ってゆく……。

どこかで聞いた事件だ、と思った方も多いことだろう。本作が二〇〇九年に発覚した首都圏連続不審死事件をベースにしているであろうことは、読めばピンとくる。実際の事件で逮捕起訴され、現在確定死刑囚となっている女についても、その裁判が「劇場」のようであると評されていた。とはいえ、現実と同じように物語が展開していくわけではない。死刑囚となった女の〈心の闇〉を追体験するわけでもない。むしろそう思っていたら、大いに裏切られる（いい意味で）。着想を得たと思われるのはあくまでも事件概要といった〝舞台〟のみ。その上で作者が創り上げた登場人物たちが、読者をぐいぐいと引っ張ってゆく。盆がひと回りしている間にセットが一変し、全く違う場所にたどり着いている宝塚歌劇の舞台を見ているように。

花音の初公判を傍聴していた女性四人が、閉廷後に裁判所近くの喫茶店に集まり、傍聴集団『毒っ子倶楽部』を結成。彼女たちは継続して公判を傍聴し、ミーティングと称して感想を語り合う。これが物語のひとつの柱となっている。もうひとつの柱は、小説家志望のフリーライター、池尻淳之介によるテキスト。彼は、花音の三番目の被害者・等々力謙吾の親友だった。これまで浮いた話のなかった等々力は、亡くなる二ヶ月前に「結婚するかもしれない」と突然池尻に連絡してきた。そして一ヶ月前には、家族に結婚報告をする、と聞いていた。ところがお祝いを送って、しばらくすると等々力の母親から連絡があり、親友の死を知らされたのだった。しかも親友の母は、その死に不審の念を抱き、池尻に調査を依頼する。彼は等々力が参加したと思われる、読書好きの合コンに潜入、「婚約者」を探し始めるが……。物語は『毒っ子倶楽部』による花音の公判後のミーティング、そして同倶楽部のメンバーから閉廷後に配られる、池尻の取材結果をまとめたテキスト、これらを交互に読む形で進んでゆく。

池尻の存在は作者が創り上げたものである。ならば『毒っ子倶楽部』という傍聴集団も、おそらくそうだろうと思われそうだが、実は違う。女性だけの傍聴グループは、リアルに存在した。作ったのは私である。

事件ノンフィクション本を読み漁った時期、そのうちいくつかの事件について、裁判が続いているという記述があった。本の著者が見た事件ではなく、自分が直接法廷で、当事者が語る様子を見聞きしたいと思い立ち、裁判所に行ったのが最初だった。「どうして傍聴するのか?」……いままで、幾度となくそんな質問を受けてきた。事件を起こした本人がみずから語る場が刑事裁判であり、そこで発せられる言葉を直接見聞きしたい。私の場合はそれに尽きる。むしろ逆に「どうして傍聴するのか?」と、頻繁に聞かれることに疑問を抱く。これが傍聴でなく、例えば水泳やランニングだったら、質問責めには遭わないはずだ。傍聴をネガティヴなもので、傍聴人を「悪趣味」な存在だと思っている人が、世間にはまだまだいるのだろう。「事件を起こした理由を本人から直接聞きたい」という動機は、傍聴を始めた当初から現在まで、下世話なことだと見られているようだ。本作の『毒っ子倶楽部』も、きっとそう思われている。

さて傍聴歴十八年(二〇二三年現在)になる私はかつて、裁判所に通うなかで親しくなった女性たちに声をかけ、四名から成る傍聴集団『霞っ子クラブ』を結成。まさに『毒っ子倶楽部』の面々と同じように、傍聴終わりに裁判所近くの喫茶店でミーティングさながら、その日に見た裁判について語り合っていた。今でこそ、法曹関係者ではない一般人による傍聴報告はインターネット上にいくつも確認できる時代になったが、当時は比べ物にならないほど少なく、情報交換が大変だったことが理由のひとつだった。女性の傍聴人が少なかったことも理由だ。語り合うだけでは飽き足らず、傍聴の内容を発信しようとブログを作り、それが書籍になった。刊行後ほどなく『霞っ子クラブ』は解散したが、私はひとりで傍聴を続け、いま刑事裁判を主に取材するライターとして活動している。花音のモデルとなった事件の公判もかつて傍聴した。女性の傍聴人が多く、事件について語り合うこともあった。いまでも傍聴マニアとして、取材でなくとも、裁判所に行く。

自分自身の過去とリンクしているミステリー。早く結末を知りたいが、恥ずかしさからページを捲《めく》る手が止まる。『毒っ子倶楽部』という単語が目に入るたび心拍数が上がる。『霞っ子クラブ』というネーミングは、もともと霞ヶ関で傍聴をしていた紳士たちによる集団『霞ヶ関倶楽部』からヒントを得た。そして『霞っ子クラブ』には「毒人参さん」というメンバーがいた。作者が傍聴集団に『毒っ子倶楽部』という名称を授けたのは、偶然なのか、はたまた、ごく内輪のマニア事情まで取材したのだろうか。自分にとってはそれもミステリーではある。気になりつつもゆっくりと読み進めてゆく。すると、最初に覚えた恥ずかしさも消えてゆき、いつしか物語に没入している自分がいた。『毒っ子倶楽部』の面々は、いかにも傍聴マニアといった風情《ふぜい》で感想を語り合う。「つまらなかった」など、不謹慎では？　と思われそうな率直な意見も飛び出す。実際の傍聴マニアよりはいささか真面目さをまとった集団かもしれないが、なんせ、やりとりがリアルなので、油断した。法廷での審理と、池尻の取材が進むことで物語は展開してゆくのだろう、という油断だ。つまり『毒っ子倶楽部』の皆はきっと、そのふたつを繋げる狂言回し。喫茶店で、感想を語り合う不謹慎なスパイス的存在……なんて思っていたのだ。全く違っていた。下手にリアルを知っているゆえの油断か。『毒っ子倶楽部』は単なる傍聴人の集まりではなかった。彼女たちはそれぞれに秘密を持ち、そしてそれぞれ、目的を持って傍聴していたのだ。

さらに、花音の法廷の様子を『毒っ子倶楽部』がリポートしてくれているのだろうと思いきや、気づいたときには別の〝裁き〟の場へと迷い込んでしまっている。いくつもの違和感はこの終盤に繋がっていたのだった。この〝裁き〟のすり替わりは、実際の法廷ばかり見ている私にとっては痛快だ。池尻の取材が進み、そして『毒っ子倶楽部』の面々が対話を重ね、やがて意外なるクライマックスを迎える。すり替わった異様な法廷で質問を繰り広げてゆく〝裁判長〟は、「俺が法律だ」と自信満々。この人物は時々笑ってしまうような振る舞いも見られるのだが、それがかえって狂気を感じさせる。彼は面白不気味な〝裁き〟を終えてから言った。「秘密を知る者は死ななければならない」……直前に法廷で秘密を暴露していた彼が、みずから死亡フラグを立てる、その一言が印象深い。

『毒っ子倶楽部』のミーティングで、花音の〝擁護派〟なのか〝批判派〟なのか、と持ちかけられ、それぞれが思いを開陳する場面がある。モデルになった実際の事件についても、関心を持つ者同士で、そんな問いがなされることがあった。彼女にシンパシーを抱いているのか、それとも違うのか、といったような問いかけだ。まさに「あるある」なシーンなのである。そのため、何の疑いも抱かずに読んでしまったが、全て読み終えてからまた目を通すと理解できる。それぞれの〝秘密〟があるからこその答えだったのだと。

本作は傍聴人……傍聴者たちの目から見た裁判物語ではない。だが、私と同じように、読む者にとって〝そういうものだ〟と思ってしまうリアルがちりばめられているからこそ、気づかないうちに作者の仕掛けたトリックに、気持ちいいぐらいに嵌《は》まってしまうのだろう。

（フリーライター）

単行本　二〇二〇年十一月　文藝春秋刊

ＤＴＰ制作　言語社

文春文庫

傍《ぼう》聴《ちょう》者《しゃ》

定価はカバーに
表示してあります

2023年11月10日　第1刷

著　者　折《おり》原《はら》　一《いち》
発行者　大沼貴之
発行所　株式会社　文藝春秋

東京都千代田区紀尾井町 3-23　〒102-8008
ＴＥＬ　03・3265・1211㈹
文藝春秋ホームページ　http://www.bunshun.co.jp

落丁、乱丁本は、お手数ですが小社製作部宛お送り下さい。送料小社負担でお取替致します。

印刷・図書印刷　製本・加藤製本

Printed in Japan
ISBN978-4-16-792130-9

（　）内は解説者。品切の節はご容赦下さい。

冲方 丁
十二人の死にたい子どもたち
安楽死をするために集まった十二人の少年少女。全員一致で決を採り実行に移されるはずのところへ、謎の十三人目の死体が!? 彼らは推理と議論を重ねて実行を目指すが。（吉田伸子）
う-36-1

江戸川乱歩・湊 かなえ 編
江戸川乱歩傑作選　鏡
湊かなえ編の傑作選は、謎めくパズラー「湖畔亭事件」、ドンデン返し冴える「赤い部屋」他、挑戦的なミステリ作家・乱歩に焦点を当てる。（解題／新保博久・解説／湊 かなえ）
え-15-2

江戸川乱歩・辻村深月 編
江戸川乱歩傑作選　蟲
没後50年を記念する傑作選。辻村深月が厳選した妖しく恐ろしい名作。恋に破れた男の妄執を描く「蟲」。四肢を失った軍人と妻の関係を描く「芋虫」他全9編。（解題／新保博久・解説／辻村深月）
え-15-3

榎田ユウリ
この春、とうに死んでるあなたを探して
妻と別れ仕事にも疲れた矢口は中学の同級生・小日向と再会する。舞い込んできたのは恩師の死をめぐる謎——事故死か自殺か。切なくも温かいラストが胸を打つ、大人の青春ミステリ。
え-17-1

折原 一《いち》
異人たちの館
樹海で失踪した息子の伝記の執筆を母親から依頼された売れない作家・島崎の周辺で次々に変事が。五つの文体で書き分けられた目くるめく謎のモザイク。著者畢生の傑作！（小池啓介）
お-26-17

大沢在昌
闇先案内人（上下）
「逃がし屋」葛原に下った指令は、「日本に潜入した隣国の重要人物を生きて故国へ帰せ」。工作員、公安が入り乱れ、陰謀と裏切りが渦巻く中、壮絶な死闘が始まった。（吉田伸子）
お-32-3

大沢在昌
心では重すぎる（上下）
失踪した人気漫画家の行方を追う探偵・佐久間公の前に、謎の女子高生が立ちはだかる。渋谷を舞台に描く、社会の闇を炙り出す著者渾身の傑作長篇。新装版にて登場。（福井晴敏）
お-32-12

（　）内は解説者。品切の節はご容赦下さい。

恩田 陸
夏の名残りの薔薇
沢渡三姉妹が山奥のホテルで毎秋、開催する豪華なパーティ。不穏な雰囲気の中、関係者の変死事件が起きる。犯人は誰なのか、そもそもこの事件は真実なのか幻なのか――。（杉江松恋）
お-42-2

恩田 陸
木洩れ日に泳ぐ魚
アパートの一室で語り合う男女。過去を懐かしむ二人の言葉に、意外な真実が混じり始める。初夏の風、大きな柱時計、あの男の背中。心理戦が冴える舞台型ミステリー。（鴻上尚史）
お-42-3

大山誠一郎
赤い博物館
警視庁付属犯罪資料館の美人館長・緋色冴子が部下の寺田聡と共に、過去の事件の遺留品や資料を元に難事件に挑む。超ハイレベルで予測不能なトリック駆使のミステリー！（飯城勇三）
お-68-2

大山誠一郎
記憶の中の誘拐
赤い博物館
赤い博物館こと犯罪資料館に勤める緋色冴子。殺人や誘拐などの過去の事件の遺留品や資料を元に、未解決の難事件に挑む!? シリーズ第二弾。文庫オリジナルで登場。（佳多山大地）
お-68-3

垣根涼介
午前三時のルースター
旅行代理店勤務の長瀬は、得意先の社長に孫のベトナム行きの付き添いを依頼される。少年の本当の目的は失踪した父親を探すことだった。サントリーミステリー大賞受賞作。（川端裕人）
か-30-1

垣根涼介
ヒート アイランド
渋谷のストリートギャング雅《みやび》の頭《ヘッド》、アキとカオルは仲間が持ち帰った大金に驚愕する。少年たちと裏金強奪のプロフェッショナルたちの息詰まる攻防を描いた傑作ミステリー。
か-30-2

加藤 廣
信長の血脈
信長の傅役・平手政秀自害の真の原因は？　秀頼は淀殿の不倫で生まれた子？　島原の乱の黒幕は？『信長の棺』のサイドストーリーともいうべき、スリリングな歴史ミステリー。
か-39-9

（　）内は解説者。品切の節はご容赦下さい。

香納諒一
贄《にえ》の夜会（上下）
《犯罪被害者家族の集い》に参加した女性二人が惨殺された。容疑者は少年時代に同級生を殺害した弁護士！　サイコサスペンス＋警察小説＋犯人探しの傑作ミステリー。（吉野　仁）
か-41-1

神永　学
ガラスの城壁
父がネット犯罪に巻き込まれて逮捕された。悠馬は真犯人を捕まえるため、唯一の理解者である友人の暁斗と調べ始めることに――。果たして真相にたどり着けるのか!?（細谷正充）
か-81-1

北村　薫
街の灯
昭和七年、士族出身の上流家庭・花村家にやってきた若い女性運転手〈ベッキーさん〉。令嬢・英子は、武道をたしなみ博識な彼女に魅かれてゆく。そして不思議な事件が……。（貫井徳郎）
き-17-4

北村　薫
鷺《さぎ》と雪《ゆき》
日本にいないはずの婚約者がなぜか写真に映っていた。英子が解き明かしたそのからくりとは――。そして昭和十一年二月、物語は結末を迎える。第百四十一回直木賞受賞作。（佳多山大地）
き-17-7

桐野夏生
柔らかな頬（上下）
旅先で五歳の娘が突然失踪。家族を裏切っていたカスミは、必死に娘を探し続ける。四年後、死期の迫った元刑事が、事件の再調査を……。話題騒然の直木賞受賞作にして代表作。（福田和也）
き-19-6

貴志祐介
悪の教典（上下）
人気教師の蓮実聖司は裏で巧妙な細工と犯罪を重ねていたが、綻びから狂気の殺戮へ。クラスを襲う戦慄の一夜。ミステリー界の話題を攫った超弩級エンターテインメント。（三池崇史）
き-35-1

貴志祐介
罪人の選択
パンデミックが起きたときあらわになる人間の本性を描いたSFから手に汗握るミステリーまで、人間の愚かさを描く、貴志祐介ワールド全開の作品集が、遂に文庫化。（山田宗樹）
き-35-4

（　）内は解説者。品切の節はご容赦下さい。

喜多喜久
プリンセス刑事
生前退位と姫の恋
女王統治下にある日本で、刑事となったプリンセス日奈子。女王が生前退位を宣言し、王室は大混乱に陥る。一方ではテロが相次ぎ――。日奈子と相棒の芦原刑事はどう立ち向かうのか。
き-46-2

黒川博行
封印
大阪中のヤクザが政治家をも巻き込んで探している〝物〟とは何なのか。事件に巻き込まれた元ボクサーの釘師・酒井は、恩人の失踪を機に立ち上がった。長篇ハードボイルド。（酒井弘樹）
く-9-4

黒川博行
後妻業
結婚した老齢の相手との死別を繰り返す女・小夜子と、結婚相談所の柏木につきまとう黒い疑惑。高齢の資産家男性を狙う〝後妻業〟を描き、世間を震撼させた超問題作！（白幡光明）
く-9-13

倉知　淳
ドッペルゲンガーの銃
女子高生ミステリ作家の卵・灯里は小説のネタを探すため、刑事である兄の威光を借りて事件現場に潜入する。彼女が遭遇した「密室」「分身」「空中飛翔」――三つの謎の真相は？
く-40-2

櫛木理宇
鵜《う》頭《ず》川《かわ》村《むら》事《じ》件《けん》
亡き妻の故郷・鵜頭川村へ墓参りに三年ぶりに帰ってきた父と幼い娘。突然の豪雨で村は孤立し、若者の死体が発見される。狂乱に陥った村から父と娘は脱出できるのか？（村上貴史）
く-41-1

小杉健治
父の声
東京で暮らす娘が婚約者を連れて帰省した。父親の順治は娘の変化に気づく。どうやら男に騙され覚醒剤に溺れているらしい。娘を救おうと父は決意をするが……。感動のミステリー。
こ-15-2

今野　敏《びん》
曙光の街
元KGBの日露混血の殺し屋が日本に潜入した。彼を迎え撃つのはヤクザと警視庁外事課員。やがて物語は単なる暗殺事件から警視庁上層部のスキャンダルへと繋がっていく！（細谷正充）
こ-32-1

（　）内は解説者。品切の節はご容赦下さい。

今野 敏
白夜街道
外務官僚が、ロシア貿易商と密談後に変死した。警視庁公安部の倉島警部補は、元KGBの殺し屋で貿易商のボディーガードとなったヴィクトルを追ってロシアへ飛ぶ。緊迫の追跡劇。
こ-32-2

近藤史恵
インフルエンス
友梨、里子、真帆。大阪郊外の巨大団地に住む三人の少女は不可解な殺人事件で繋がり、罪を密かに重ね合う。三十年後明らかになる驚愕の真相とは。現代に響く傑作ミステリ。（内澤旬子）
こ-34-6

笹本稜平
時の渚
探偵の茜沢は死期迫る老人から、昔生き別れになった息子を捜し出すよう依頼される。やがて明らかになる「血」の因縁と意外な結末。第18回サントリーミステリー大賞受賞作品。（日下三蔵）
さ-41-1

佐々木 譲
廃墟に乞う
道警の敏腕刑事だった仙道は、ある事件をきっかけに休職中。だが、心身ともに回復途上の仙道には、次々とやっかいな相談事が舞い込んでくる。第百四十二回直木賞受賞作。（佳多山大地）
さ-43-5

佐々木 譲
地層捜査
時効撤廃を受けて設立された「特命捜査対策室」。たった一人の専従捜査員・水戸部は退職刑事を相棒に未解決事件の深層へ切り込む。警察小説の巨匠の新シリーズ開幕。（川本三郎）
さ-43-6

真保裕一
こちら横浜市港湾局みなと振興課です
山下公園、氷川丸や象の鼻パーク、コスモワールドの観覧車、外国人居留地――歴史的名所に隠された謎を解き明かせ。港町・横浜ならではの、出会いと別れの物語。（細谷正充）
し-35-9

真保裕一
おまえの罪を自白しろ
衆議院議員の宇田清治郎の孫娘が誘拐された。犯人の要求は「記者会見を開き、罪を自白しろ」。犯人の動機とは一体？　圧倒的なリアリティで迫る誘拐サスペンス。（新保博久）
し-35-10

雫井脩介
検察側の罪人（上下）
老夫婦刺殺事件の容疑者の中に、時効事件の重要参考人が。今度こそ罪を償わせると執念を燃やすベテラン検事・最上だが、後輩の沖野はその強引な捜査方針に疑問を抱く。（青木千恵）
し-60-1

塩田武士
雪の香り
十二年前に失踪した恋人が私の前に現れた。だが彼女には何か大きな秘密があるらしい。彼女が隠す「罪」とは。『罪の声』著者が京都の四季を背景に描く純愛ミステリー。（尾関高文）
し-63-1

髙村　薫
地を這う虫
——人生の大きさは悔しさの大きさで計るんだ。夜警、サラ金とりたて業、代議士のお抱え運転手……。栄光とは無縁に生きる男たちの敗れざるブルース。「愁訴の花」「父が来た道」等四篇。
た-39-1

高嶋哲夫
イントゥルーダー　真夜中の侵入者
その存在さえ知らなかった息子が瀕死の重傷。天才プログラマーの息子は原発建設に絡むハイテク犯罪に巻き込まれていたのか？　サントリーミステリー大賞・読者賞ダブル受賞の傑作！
た-50-10

高野和明
13階段
前科持ち青年・三上は、刑務官・南郷と記憶の無い死刑囚の冤罪をはらす調査をするが、処刑まで時間はわずか。無実の命を救えるか？　江戸川乱歩賞受賞の傑作ミステリー。（友清　哲）
た-65-2

大門剛明
鑑識課警察犬係　闇夜に吠ゆ
鑑識課警察犬係に配属された岡本都花沙はベテラン警察犬アクセル号と組むことに。元警察官の凄腕ハンドラー・野見山俊二の手も借り、高齢者の失踪、ひき逃げ事件などの捜査に奔走する。
た-111-1

知念実希人
レフトハンド・ブラザーフッド（上下）
左腕に亡き兄・海斗の人格が宿った高校生・岳士は殺人事件に巻き込まれ、容疑者として追われるはめに。海斗の助言で、真犯人を見つけるため危険ドラッグの密売組織に潜入するが。
ち-11-1